霧笛荘夜話

新装版

浅田次郎

霧笛荘夜話

新装版

浅田次郎

角川文庫
20592

目次

おいで、
ひと部屋ずつ見せてあげよう。
どれもすてきな部屋さ。
ちょいとじめじめしているが、
あんたにゃ似合いだ。

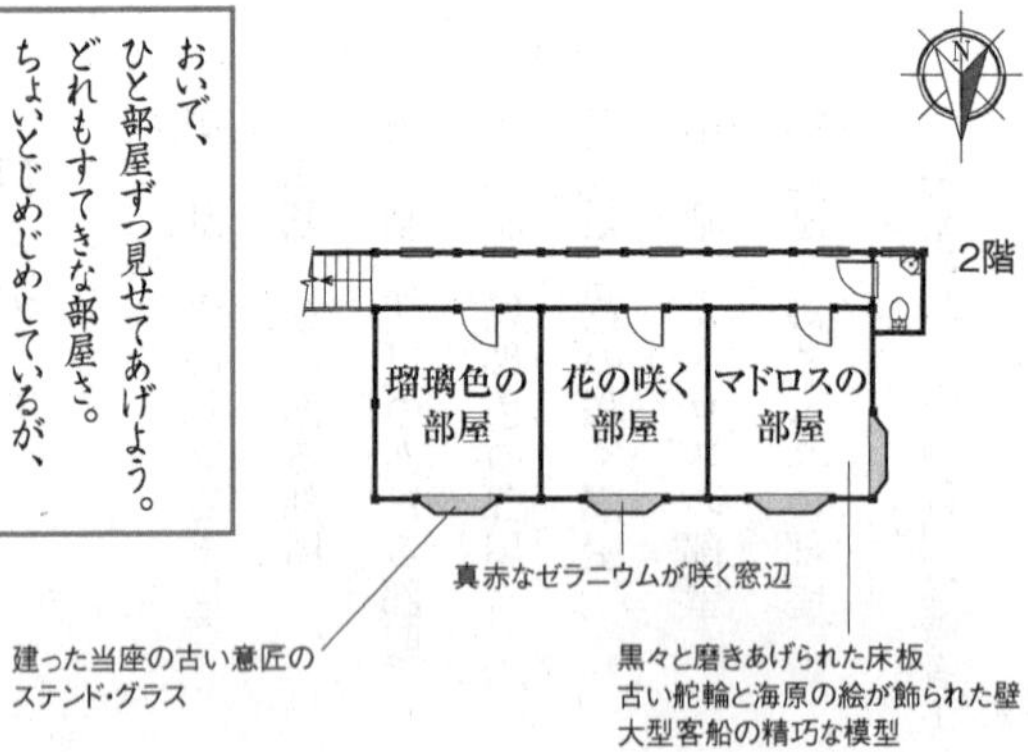

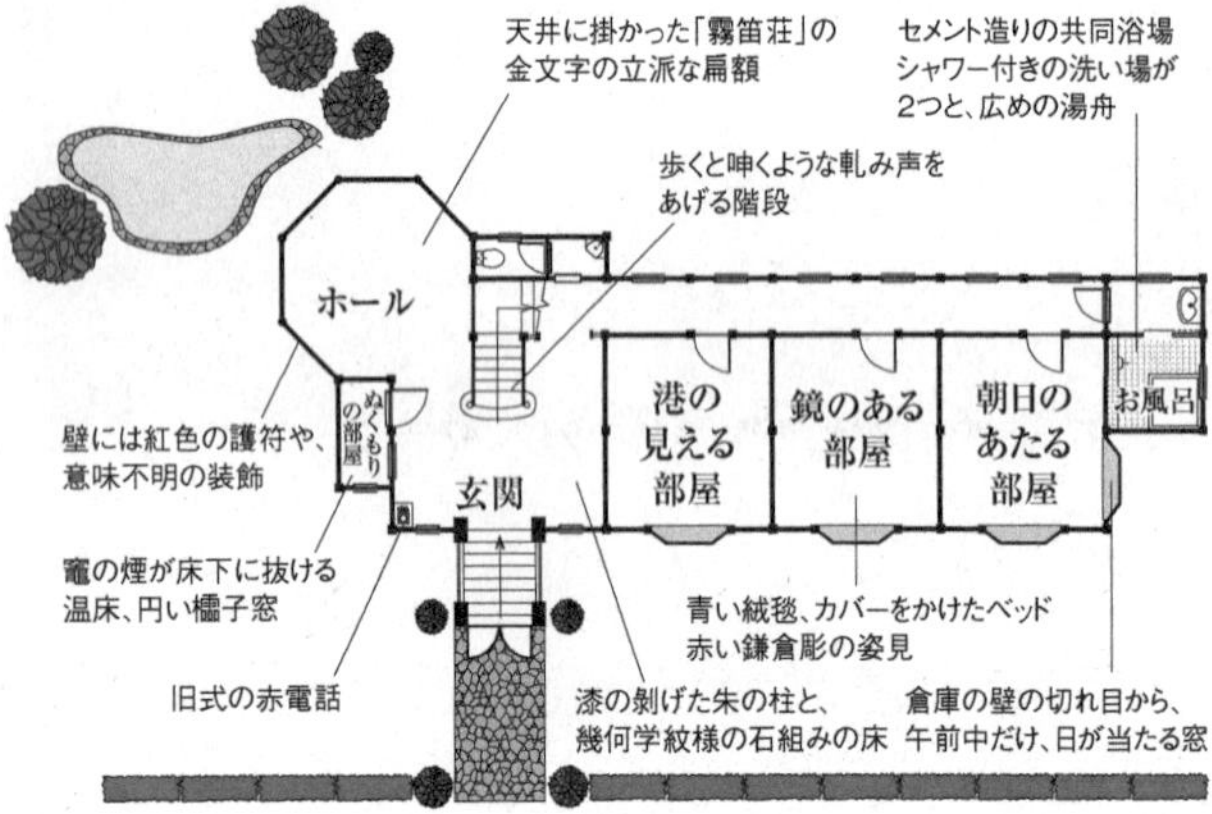

第一話　港の見える部屋

暗い運河のほとりに、その奇妙な意匠の建物はあった。

いったいいつの時代の物なのか、瘡《かさ》のように生い茂った蔓《つる》が壁を被《おお》い、屋根瓦《やねがわら》のあちこちには雑草が萌《も》えている。

玄関は色のくすんだタイルと、建物自身の重みですっかり歪《ゆが》んでしまった古煉瓦《れんが》で囲われ、そのきわに丸い中国風の櫺子《れんじ》窓《まど》が、ぼんやりと灯をともしていた。そのほかにあかりの見える窓はない。

夜が更けると港から獰猛《どうもう》な霧が湧いた。それがどれほど危険なものであるかは、波止場のどよめきからも知れる。碇泊《ていはく》する船はいっせいに舷灯《ポール・ライト》をともし、おののくように嘶《いなな》き始める。

べつにその家を訪ねるつもりはなくとも、ひたすら人目を避け、闇を求めて歩けば自然とそこにたどりつく。夜道は運河の堤防に断たれている。

玄関の前で訪問者は誰しもいちど振り返り、ほかに選ぶべき道のなかったことを知る。

そしてたちこめる霧よりも深い溜息《ためいき》をつき、重い観音開きの扉を引く。

建物の中の空気はひどく湿気《しけ》っている。扉が軋《きし》みをたててとざされると、訪ねる者はいきなり思いがけぬ五、六段の石段を降りねばならない。

そこで初めて、人は奇妙な意匠の正体に気付く。ふしぎなことにその建物は、地面を削りこんだ半地下と、はんぱな高さの中二階とでできあがっているのである。

ふと足を止めて考える。するとその異形の構造が、けっして必然的な理由によるのではなく、長い労苦の屈従と忍耐の果てに醜く変容してしまった、人間の姿のように思えてくる。


あやうい石段を降りると、がらんとしたホールがある。漆の剝《は》げた朱の柱と、幾何学紋様の石の床。壁には紅色の護符や、意味不明の装飾がやたらごてごてとはりめぐらされている。たとえば港町の異国人街にある、道教の観《てら》の堂内のようである。

廊下の先は闇に呑《の》まれており、そのとばくちに旧式の赤電話が置かれている。まるでそれだけが浮世とつながった、非常のものに思える。

見上げれば、灯の落ちた天井に立派な扁額《へんがく》が掛かっており、おそらく名のある書家の手になると思われる金文字が読みとれる。

霧笛荘――。

なんとも捉《とら》えどころのない名だが、注意深く見れば文字の下には小さな欧文が書きこまれていて、この不器用な命名が外国語の意訳であると知れる。

そこで、少し想像力のたくましい人ならば、この建物が遠い昔、東洋趣味の外国人貿易商の別宅か商館だったのではないか、と考えるであろう。

たぶん当たらずとも遠からず、そのようなものにちがいない。

ホールの脇の管理人室らしい小窓から、雑音だらけのラジオの声が洩《も》れている。灯がゆらいで人の動く気配がし、灰色の袍《パオ》を着た小さな老女が、まるで巣から這《は》い出るように現れた。

顔には深い皺《しわ》が刻まれているが、髪ばかりがビロードのように黒く、唇には血の色の紅をさしている。ぎこちなく歩み寄ってくる足元に目をやれば、玩具《がんぐ》のような纏足《てんそく》である。

老女はけっして人の顔を見ようとはせず、まるで突然の来訪者を予期していたかのように、低く呟《つぶや》いた。

「どの部屋も空いているから、ひとっとおり見て気に入ったのを使えばいい。見ての通り酔狂な男の建てたものだからどれもなかなか凝っていて……大丈夫、事情は訊《き》きゃしない。そんなことどうだっていいさ。あんたのその鞄《かばん》の中味が、札束だろうと生首だろうと、あたしの知ったこっちゃない……おいで、ひと部屋ずつ見せてあげよう。どれもすてきな部屋さ。ちょいとじめじめしているが、あんたにゃ似合いだ」

老婆は不自由な足を曳《ひ》いて、石組みの床を歩き出す。

火葬場の扉のようにしんとつらなった階下の三つの部屋の最初のひとつに、鍵《かぎ》がさしこまれる。

大きな軋みを残して扉が開く。半地下の窓から射し入る街灯の光が、六畳の部屋をまっしろに浮き立たせた。

「まだちょっと女の匂いがするね。でも悪い部屋じゃない。ほらごらん、窓から海も見える」

前の住人はいつもその窓に腰を下ろして、ぼんやり海を眺めていた、と老婆は言った。

＊　　＊　　＊

その女が霧笛荘のホールに現れたのは、横なぐりの雨が沫《しぶ》く嵐の晩だった。

傘も持たず、スカーフを頬かむりにしてトレンチコートの襟を立て、持ち物といえば小さな旅行鞄を提げているきりだった。

海は鳴り、空は吠《ほ》えていた。

玄関を後ろ手に閉めると、女は力尽きたようにホールの石段に座りこんだ。慄《ふる》えながらたて続けに煙草を何本も喫い、廊下に出入りする住人たちの影にも、ひどく怯《おび》えているふうだった。

「お風呂《ふろ》が、あるんですね――」

いくらか落ち着きを取り戻してから、女が口にした初めての言葉はそれである。廊下の突き当たりの共同浴場から、温かな湯の匂いと鼻歌が流れていた。

誰もが女のすがるような視線を避けた。

嵐の夜に鞄ひとつを提げ、ひとりきりでやってきたのに、女は誰の目にもとんでもない大荷物を抱え、大勢の人間をひきつれて来たように見えたのだった。

身の慄えを押しとどめるようにコートの腕を抱きかかえ、女は誰に言うともなくひとりごちた。

「でも私、何も持ってないの。タオルも石鹸《せっけん》も」

最初に声をかけたのは、やがて彼女の隣人になる眉子《まゆこ》という名のホステスだった。嵐の夜にお茶をひいて早々と帰ってきた眉子は、風呂あがりにその光景に出くわしたのである。

「ともかくそのなりを何とかしな。風邪ひいて死んじまうよ」

眉子は洗面器とタオルを女に押しつけた。

「ありがとう。助かりました」

まったく命を救われたように、女は眉子に向かって手を合わせた。

星野千秋《ちあき》、という名前は字面からしても偽名にはちがいない。だがともかく、彼女は霧笛荘の中で、星野千秋と呼ばれるようになった。

千秋が目覚めたのは、嵐の去った朝である。

がらんとしたまっしろな部屋の隅で、千秋は乾いた毛布にくるまっていた。しばらくの間ぼんやりと、ここにたどりついた経緯を思い返した。

ひどく酔ってはいたが、酔った勢いで死のうとしたわけではない。酒場に入る前に、身元の割れそうな持ち物はすべて捨てていた。ボトルを一本あけ、ホームの端に立った。しかしどうにも決心がつかず、何度も電車をやり過ごした末、結局終電に乗ってしまったのだった。

さまよい降りた駅から、港をめざして歩いた。嵐の海に身を投げてしまおうと思っていた。電車に轢《ひ》き潰《つぶ》されるよりはましな気がし、他人に迷惑をかけることも少なかろう、と。嵐に沸き立ち、逆巻く運河に沿って千秋は歩いた。堤防に登り、沫きの打ちかかる鉄橋を渡り、死に場所を探しあぐねるうちに、気がつけば古ぼけたアパートの前に立っていたのだった。

「いくじなし」と千秋は白い壁に頭をもたせかけて呟いた。

畳の上にコートと衣類が脱ぎ散らされている。

千秋は自分が素裸であることに気付いた。思いついたようにくしゃみをし、そこでようやくはっきりと目覚めた。

毛布にくるまったまま、雨上がりの陽の射し入る窓に寄る。立てつけの悪いガラス戸を押しあけると、窓の高さに海が見えた。潮風が頬をなぶって過ぎた。

路地では中国服を着たおばあさんが、不自由そうな足を曳きずりながら、ゆったりと体操をしていた。かたわらに置かれた鳥籠《とりかご》の中の小鳥が、鳴くのをやめて千秋を見つめた。

「おはようございます。ゆうべはどうも」

ここがいったいどこであるのかもよくわからぬまま、千秋は老婆を見上げて言った。

「お礼ならお隣さんに言いな。風呂に入れて、寝かしつけてくれたんだ――部屋ならそこしか空いてないけど、どうするね」

さして考えもせずに、千秋は答えた。

「ご迷惑でなければ、しばらくご厄介になります」

「敷金も礼金もいらないよ。どうせ年寄りひとりの食いぶちだし、金がなけりゃ家賃も月末でいい」

「お金ならあります。でも、保証人とかは――」

「そんなもの、いらないよ。あんたのこの先に責任もてるやつなんて、いやしないだろう」

老婆は港に向かって何度も深呼吸をすると、鳥籠を提げて路上から消えた。

千秋は窓辺に顎《あご》をあずけて、湿った煙草を喫った。何が解決されたわけでもないが、とりあえず生き永らえたのだ、と思った。

ドアがノックされて、返事をする間もなく眉子が入ってきた。髪にぎっしりとカーラーをつけたパジャマ姿のまま上がりこむと、眉子は熱いコーヒーカップを千秋に差し向けた。なんてきれいな人だろうと、千秋は言葉も忘れて眉子の素顔に見惚《みと》れた。

「着替えは？」

「少しなら持ってます。この毛布、貸していただいたんですか」

「飲みな。インスタントだけど」

千秋はぼんやりと眉子に見惚れたまま、コーヒーを啜《すす》った。

「どうしたの。あたしの顔に何かついてるかい」

「いえ。あんまりきれいだから、ちょっとびっくりして」

ふん、と眉子は鼻で嗤《わら》った。

「あんた、いくつだい」

「二十七です」

正直な年齢を口にした自分に愕《おどろ》いた。名前も齢《とし》も住居も、問われて本当のことを言ったためしはなかった。

「へえ。もっと若く見えるね。苦労が足らないんだ」

「いえ、足りてます。もう十分」

思わず毛布の襟元をかき合わせた。眉子は切れ長の目を細めて、じっと千秋を見ている。

「あんた、死にぞこねだろう」

たちまち鳥肌が立った。言いつくろわねばと思いながら、千秋は押し黙った。

「金はあるのかい」

「そんなにたくさんじゃないけど、当面の分ぐらいなら」

「だったら何も急ぐことないだろうに。ぎりぎりまで追いつめられてないから、決心もつかないんだ」

ずいぶんはっきりと物を言う人だと、千秋は思った。だが、たしかにそうかも知れない。

「難しいですね」

「そうさ。生きるのは難しいけど、死ぬことはもっと難しい。わかったろう」

眉子の視線を避けて窓の外を見る。港はうららかな初夏の陽に輝いていた。

「まあ、肚《はら》が決まるまでここにいるこった。誰も止めやしない。働くんだったら紹介するよ。あんたの器量なら稼げる」

「でも、着るものとか、何もないから」

「そんなもの何とでもなるさね。ともかく同じ死ぬにしたって、飢え死にが一番つらいことはたしかだよ。とりあえず、生きなきゃ」

生きるという言葉が、千秋にはひどく応《こた》えた。生きて行けなくなったから、ここにこうしているのだ。それは膝《ひざ》の上にどしりと置かれた鉛の玉のような重さだった。

答えあぐんでいると、眉子は苛立《いらだ》つように言った。

「いらぬおせっかいかね。ともかく毛布は返しとくれ」

千秋は裸になって毛布を畳んだ。うちにこもった自分の匂いがうとましかった。拭《ぬぐ》いきれぬ男の体液が、借り物の毛布を穢《けが》してしまったような気がした。

「なにが一番難しかった？」

ありがとうございました、と毛布を押し返しながら、千秋は答えた。

「苦しいのと、あとがみっともないのが――」

「やれやれ、ずいぶん贅沢《ぜいたく》な女だ。女学生でもあるまいに」

眉子は怖いほど美しい目でしげしげと千秋を睨《にら》みつけ、部屋を出て行った。


その日の夕方、眉子はなかば強引に千秋を連れ出した。

眉子の勤める店は、日本中のどこにも残っていないはずの、大時代なナイト・クラブだった。

面接をした支配人も、水商売の姑息《こそく》さを感じさせぬ紳士だった。ここでも千秋は年齢を偽らなかった。もっともその必要のないぐらい、ホステスたちは年増ばかりだったのだが。

眉子と支配人の言うなりに、千秋は制服のチャイナドレスを着て、その晩から店に出た。

老人ばかりのバンドが、まったく港町にはお似合いの古いジャズを奏でていた。クロスをかけたテーブルが、ダンスフロアをめぐる暗いホールと、吹き抜けになった二階の桟敷に並んでいた。

お揃いのチャイナドレスを着た女たちがマッチの火をかざすと、黒子のように礼儀正しいボーイがやってきて片膝をついた。

千秋はこの店が気に入った。夜の仕事にありがちの女同士のしがらみは何も感じられず、他人の胸の中などまったくお構いなしに、みんなが勝手に生きているという感じがした。敢然とした死の心構えと、その方法を見つけ出すまでの間を過ごすためには、少くとも適した環境にはちがいなかった。

その晩、店がはねて霧笛荘に帰る道すがら、眉子が訊《たず》ねた。

「どうするのさ、あんた」

勤めを続けられそうか、と訊《き》いたのだろうが、生きるのか死ぬのかと訊ねられたような気がした。

「しばらくお願いします」

と、千秋は答えた。

そう――しばらくの間。覚悟を決め、苦しみが少く見た目も醜くはない方法が見つかるまでの、しばらくの間だ。

眉子は無口な女だった。たまに口にする言葉はひどくぶっきらぼうで、そのくせ選《え》りすぐったもののように、心に突き刺さった。

しかし、悪意があるわけではない。それどころか、千秋に生きる希望を与えようと、真剣に考えてくれているにちがいなかった。

感情を顔に表すこともめったになかった。その造り物めいた静謐《せいひつ》さが、彼女によけい人形のような美しさを与えていた。

霧笛荘に帰ると、眉子は「ちょっと待っといで」と言って、夜具の一式を千秋の部屋に担ぎこんだ。

翌朝、千秋が目覚めるのを見計らったようにドアがノックされた。

「ごはん作ったから、おいで」

千秋は借り物の蒲団《ふとん》の上にはね起きて、

「すみません、何から何まで」と頭を下げた。すると眉子は呆《あき》れたように言った。

「あんた、ずっとそうやって世の中を渡ってきたんだろう。すみません、ごめんなさいって。あげくの果てがこのざまだ」

返す言葉はない。

「どうりで頭を下げる恰好《かっこう》が堂に入ってるよ。くだらない人生だね。いいかい、すみませんだのありがとうだのって言葉は、くたばるときにひとこと言やあいいんだ」

眉子の部屋はびっくりするほどきちんと整頓《せいとん》されていた。青い絨毯《じゅうたん》の上にも、カバーをかけたベッドの上にも塵《ちり》ひとつなく、鏡は磨き上げられ、造花のようにみずみずしい観葉植物が幾鉢か置かれていた。

ガラスのテーブルに、サラダと目玉焼が並べられていた。スープは湯気をたてていた。

「さめないうちにお食べ」

コーヒーを淹《い》れながら眉子は言った。灰皿の底に、同じ長さの喫い殻がきちんと並べられていた。

「お部屋、きれいにしてるんですね」

「性分さ」

「私が起きるまで、待っていてくれたんですか」

眉子は答えなかった。

「飲みな」

差し出されたコーヒーカップを胸に抱いたまま、千秋はうつむいて泣いた。

「ひとつだけ言っとくけどね、涙の出るうちは死ねやしないよ。自分で自分の命をとっちまうのは、そんなに甘かないはずだ」

眉子はそう言って、泣きくれる千秋の頭にタオルを投げた。

ぞんざいな物腰とはうらはらに心のこもった食事を味わいながら、千秋は室内を見渡した。ベッドと箪笥《たんす》とテレビとが六畳の部屋の半ばを占領しているにもかかわらず、不自由のない広さに感じられるのは、彼女のいう「性分」のせいだろう。

ベッドの枕元に子供の写真が飾られていた。私立の小学校の制服を着た男の子と女の子である。

「あら、お子さん？」

眉子は答えるかわりに、きつい目で千秋を睨みつけた。

黙りこくって食事をおえると、眉子は洋服箪笥から無造作に衣類を抜き出してベッドの上に積み上げた。

「サイズは同じだろう」

「——いいんですか」

「いいも何も、着たきりってわけにゃいかないだろうに」

どれも趣味のよい、高価そうな服ばかりだった。

「お借りしておきます。少しずつ揃えたら、ちゃんとお返ししますから」

少し呆れたふうに千秋を見下ろして、眉子は言った。

「苦労性だね、あんた」

「え？　苦労性って」

「几帳面《きちようめん》に生きてるってことさ」

「私、そんなんじゃありません。いいかげんだし、何でもいいわいいわで」

「くれるって物は貰《もら》っときゃいいんだ。借りた物だって、無理してまで返すことはない」

千秋はひやりとした。自分が追いつめられたいきさつを、眉子はすべて知っているような気がした。

「あんた、子供はいるの？」

「いいえ。身寄りはないんです。故郷《くに》に兄がいるんですけど、貧乏だから」

「だったらどう転んでも苦労なんかなかろうが。身ひとつじゃないの」

千秋は心の中で抗《あらが》った。少くとも自分の立場はそれほど簡単ではない。

眉子は無頼な感じに煙草を横ぐわえにすると、コーヒーカップを持って窓辺に寄った。ベッドの上に形の良い脚を投げ出し、頭を柱にあずけ、白く長い首を伸ばして半地下の路上を眺める。ちょうど倉庫の煉瓦塀《れんがべい》に阻まれた眉子の窓からは、運河も港も見えはしなかった。陰湿さに変わりはないが、海の見える分だけ自分の部屋の方がましだと千秋は思った。

「あんた、きちんとした人に見えるんだけどねえ。頭も良さそうだし、あたしなんかよりずっと意志も強そうだし」

煙草の煙は溜息《ためいき》のように眉子の薄い唇から洩《も》れ、路地の小さな空に吸いこまれていった。

こうしてともかくも、千秋は見知らぬ町で命をつないだ。

しかしもちろん、絶望から免れたわけではない。死はいつも千秋の目の前にあった。たまたま逃げこんだ砦《とりで》の中で、千秋は息を殺して死ぬ方法ばかりを考え始めたのだった。

嵐の晩の経験は、死をいよいよ難しいものにさせてしまった。眉子に言われるまでもなく、自分で自分を殺すことの難しさを、千秋はあの晩に思い知ったのだった。

まず恐怖と苦痛を飛び越えねばならない。それは巨大で堅牢《けんろう》な壁である。生来小心な千秋にとって、ビルの屋上や駅のホームから身を躍らす方法は、もはや不可能に思えた。

次に体面である。ただきれいに死にたいと希《ねが》うわけではない。自分なりに潔癖に生きてきた人生を、醜い死に様で穢《けが》したくはなかった。首を絞《くく》る方法も、海に身を投げる方法も、そう思えば選ぶことはできなかった。

刃物で手首を切ったり、咽《のど》を突いたりする方法も考えたが、やり遂げる自信はなかった。万が一仕損じたあとのことは、想像するだに怖ろしい。

結局、薬だと思った。

しかし思い立って薬局に行き、睡眠薬を買おうとすると、身分証の提示を求められた。不眠症をかたって病院にも行ったが、健康保険証も持たぬ患者に睡眠薬の処方はしてくれなかった。

死と向き合ったまま、単調な日々が過ぎていった。

見知らぬ町での生活は夢の中の出来事のようであり、怒りや笑いや悲しみや、あらゆる人間的な感情とは無縁だった。

日がな窓辺に寄って海を見ながら、千秋は死ぬことばかり考え続けた。

どうかすると、自分はあの嵐の晩にすでに死んでいて、魂だけが成仏できずにこうしているのではないかと思うことすらあった。

そんなことを考えて怖ろしくなると、千秋は決まって念入りに化粧をし、眉子から借りた服を着て港の公園に行った。ぼうっと海を眺めていると、閑《ひま》をもて余した男たちが声をかけてきた。今さら誘惑に乗る気にはなれないが、そうして昼ひなかに誘いかけられると、ようやく自分が誰の目にも生きた人間であると確認することができた。

男たちの誘いを断り、踵《きびす》を返して霧笛荘に戻ると、ほんの少しだけ気持ちが楽になった。

眉子は毎日、昼食を兼ねた遅い朝食を用意してくれた。日が経つにつれて、それはお互いの日課になった。ときどきは千秋の方から眉子を訪ねて、わがままな男のおかげですっかり上達した料理の腕をふるうこともあった。

夕方になれば一緒に出勤し、店がはねるとまた連れ立って帰った。客と同伴して店に入る時も、帰りに食事に誘われた時も、眉子は必ず千秋を伴った。

そうしてできうる限り、眉子が千秋を監視していることは明らかだった。

寡黙な眉子は時おり、短い言葉で千秋を力づけた。

「不幸の分だけの幸せは、ちゃんとあるものよ。どっちかが先に片寄っているだけさ」

「人間なんて現金だから、悪いことはどんどん忘れちまう。でも、いいことは忘れないよ」

「女の幸せなんて、結局は男次第よ。男は自分の人生をこつこつ積み上げて行くしかないけど、女は何かの拍子にひょいとそれに乗っかれるからね」

しかし、死は依然として千秋の中にどっかと腰を据えたまま動かなかった。

何とか思いとどまらせようとする眉子の善意は、死の淵《ふち》にうずくまる千秋にとって、中天の太陽のようにまばゆく、しかも辛《つら》かった。

明日かあさってか、あるいは一ヵ月後かに必ずやってくる、そのときの眉子の失意を思うと、千秋は美しい隣人の顔を正視することができなかった。


単調なひと月が過ぎた。

ある晩、老人ばかりのジャズバンドが煤《すす》けたラストナンバーを奏で始めたころ、眉子がホールの隅に千秋を呼びよせた。

「あのねえ、今晩どうしてもあんたと二人きりで食事をしたいって言うんだけど――」

「誰ですか？」

眉子の視線を追うと、桟敷の真上から初老の男が笑いかけていた。

「崔《さい》先生？──眉子さんのお客様じゃないですか」

眉子はうんざりと男から目をそむけて、千秋の耳に囁《ささや》いた。

「いいお客さんなんだけど、あたし、どうしても苦手なのよ。お願いできないかな」

これも眉子の好意だろうと、千秋は思った。崔は禿頭《はげあたま》ででっぷりと肥え、そのうえ下品で饒舌《じょうぜつ》で風采《ふうさい》のあがらぬ男だが、ともかく中華街に診療所を持ち、週に何度かは総合病院の外来で診察もするれっきとした医者である。店の最上客のひとりであることにまちがいはない。

「いや？」

「べつにいやじゃないけど、何だかお客さんを横取りするみたいで」

「かまやしないわよ。あたしがそう言ってるんだから」

「そうですか、じゃあ」

桟敷を見上げてもういちど崔と目が合ったとき、千秋の脳裏に暗い目論見《もくろみ》がひらめいた。

「いいんですか、ほんとに」

「いいわよ。どうせあたしは客には不自由しちゃいないんだから。さ、行ってらっしゃい」

そう言って励ますように腕を握る眉子の掌《て》は熱かった。

この人は私に何でも与えてくれる、と千秋は思った。私の欲しいものは何でも。何から何まで——。

崔は噂どおりの、好色で飲んだくれの男だった。女房子供にはとうに愛想をつかされ、診療所の二階で独り暮らしをしているという話も、まったくさもありなんと思われた。寿司《すし》屋では鮪《まぐろ》ばかりを注文し、下卑た冗談を言っては客たちの顰蹙《ひんしゅく》を買い、人前も憚《はばか》らずに千秋を口説いた。

面倒な手順を踏みたくはなかった。口説き文句を体裁の分だけあしらいながら、千秋は男の気を引き続けた。

肥えた毛むくじゃらの手が膝《ひざ》に置かれただけで鳥肌が立った。しかしいずれ薬物の出所を追及され、責任を問われる相手としては、むしろ都合のいい男だった。

長いこと口説き文句から身をかわしたあとで、千秋はついに根負けしたように、崔の醜い手をそっと握り返した。

寿司屋を出ると、崔は千秋の翻意を怖れるように、腕を摑《つか》んで歩き出した。車を止めるでもなく、気の利いた冗談で間をつくろうでもなく、ただがつがつと千秋を曳《ひ》きずるように歩くのである。

「どこ行くんですか、先生」

たまらずに千秋が訊《たず》ねると、

「うちでいいだろ、なあ。誰もいないし」

と、いささかも悪びれずに答える。つまりこの男は下品なのではなく、常識がないのだと千秋は呆《あき》れた。

路地裏の診療所は荒れすさんでいた。スリッパの足うらが不快に感じるほど埃《ほこり》が積もっており、診察室はまるで子供の部屋のようなちらかりようだった。

「お仕事、してらっしゃらないんですか」

饐《す》えた男の匂いと消毒臭に胸が悪くなって、千秋は訊ねた。

「ここは開店休業。近ごろじゃ患者だって来やしない。だが週に二回は総合病院の外来に行ってるからな。毎晩飲みに行くぐらいの稼ぎはあるさ」

崔はそう言って、あろうことか診察台の上に千秋を押し倒した。なすがままに身を任せながら、ふとこの獣《けだもの》が自分にとって最後の男になるのだ、と思った。心が体を哀れんだ。

無作法に非常識に性急に、まったく獣の交尾のように男が果ててしまうと、千秋は禿頭の耳元で囁いた。

「先生、お願いがあるんだけど」

「なんだよ。金ならないぞ。飲み代だって月末まではみんな眉子のつけなんだ」

「そうじゃなくって。近ごろ眠れないの。いいお薬があったら、いただけますか」

崔は面倒くさそうに診察台から下りると、無様な裸に白衣を羽織って薬品棚をかき回した。

「いいのがないねえ。薬屋の営業もよりつかないからな。たしかハルシオンが少しあったはずだが……ああ、このあいだ自分で嚥《の》んじまったんだ」

言いながら崔は、古ぼけたスチールの薬箱を持って診察台に戻ってきた。

「あるにはあったが、あんまりいい薬じゃないな。こりゃだめだ。あさっての午前中に外来にこいよ、ハルシオンを処方してやるから」

「それは？」

「バルビタール。今じゃあんまり使わん薬だよ」

「効かないの？」

「いや、そうじゃない。効きすぎて危ないから、近ごろじゃ使わないんだ」

「それでいいわ」と千秋は崔の手から薬箱を奪った。

「おいおい、たくさんはだめだって。強い薬なんだから」

「ここに置いといたらもっと危ないわ。だめじゃないの、お医者さんが酔っ払ってこんなもの嚥んだりしちゃ」

「おまえ、そんなこと言ってこれっきりにするつもりだろう。つれない女だなあ」

「そういう先生だって、ちょっとずつ渡してちょくちょく来させるつもりでしょう。おあいにくさま、そんなに安い女じゃないわ」

　二人はじゃれ合うように薬箱を奪い合った。笑いながら冷たい床の上を転げ回って、力が尽きると千秋は男の唇を吸った。

「じゃあ、半分こ。当分はもつわね」

「俺とも当分つきあうか」

「いいわよ。空き家だから」

　崔の口を封じて、もういちど長い接吻《せっぷん》をした。自分の死んだあと、おそらく重大な責任を負うことになるだろうこの男のために、せめてあと何度か抱かれてやろう、と千秋は思った。

　夜の白む時刻に霧笛荘に帰った千秋は、ためしに崔が念を押した適量の一錠を嚥んだ。するとほどなく強いめまいを感じ、服をようやく脱ぎちらかして夜具に横たわった。

　かつて味わったことのない幸福な眠りがやってきた。薄れて行く意識の中で、苦しみなどなにもないのだと、千秋は思った。


　次の晩も、崔は店にやってきて千秋を指名した。

「どうだい。きのうは久しぶりに、よく眠れたろう」

　いちど体を許した男がみなそうするように、崔はうって変わったなれなれしさで千秋の肩に腕を回した。この男に抱かれたのかと思うと今さらむしずが走る。だがともかく、崔が軽蔑《けいべつ》すべき男であることは都合がいい。

「おかげさまで、ぐっすり」

「薬のおかげかね」

「いいえ、先生のおかげ」

崔はぶ厚い唇の端をひしゃげて、満足げに笑った。

「必ず一錠ずつだぞ。そこいらの薬屋で売ってる物とはちがうんだからな」

「わかってるわ。それより、眉子さんには内緒よ。私たちのこと」

「ああ」と崔は肥えた首をめぐらして、遠いテーブルの眉子を少し未練がましく見た。

「まったく話のわからん女だよなあ。さんざっぱら気を持たせて、いよいよ面倒になりゃ他人におっつける。もっとも――どこの店でもナンバーワンなんてのは、あんなものだ」

「けがの功名じゃないの」

「まあ、そうにはちがいないがね」

今日は勘定をしていこうと、ポケットからむき出しの金を取り出す崔の手を、千秋は押し返した。

「いいのよ先生。お給料日までにいただければいいわ」

その月末は永久に来ないだろう。そんな形で崔にいくらかでも死の対価を支払うのは、われながら名案だと千秋は思った。

千秋と崖の関係はたちまち店の中で噂になった。年増のホステスたちは、いかにも尻軽《しりがる》な若い女を見るような目を、千秋に向けるようになった。

それと同時に、自分を監視する眉子の目が急に緩んだことに千秋は気づいた。眉子はしつこく言い寄る客を千秋に押しつけたのではなく、目の離せぬ隣人を崖に押しつけたにちがいなかった。女好きの男がみなそうであるように、嫉妬《しっと》深く、まめで、けっこう人の好《よ》いところのある崖は、たしかに監視を分担するには好適な人物だろう。少くとも千秋が崖に抱かれている間、眉子は枕を高くして眠ることができるのである。

しかし——眉子の作戦とはうらはらに、千秋は希《ねが》ってもない死の準備を整えた。

次の土曜日の晩にしようと、千秋は決意した。独り者の男女ばかりが住む霧笛荘は、ちょうど独身寮のように土曜の夜は人が減り、日曜の朝は遅いのだった。

千秋は何ごともなく一週間を過ごした。それはまるで手巻時計の秒針がきっちりと一秒を刻み続けて行くような、正確で緊密な日々だった。

片付けようもない部屋を、千秋は毎日念入りに拭《ふ》き清めた。

自分の素性は誰にも明かしてはいない。本名も、ここにやってきたいきさつについても。

正体の知れる物は、あの嵐の晩にすべて捨てている。このまま無縁仏として葬られ、まるで生まれてこなかった人間のように、誰の記憶からも消えてしまうことを千秋は心から希った。そしてたぶん、そうなるにちがいなかった。

土曜日は雨だった。二つめの台風が接近していると、管理人室の古いラジオが伝えていた。

こんな日に店に出るのは億劫《おっくう》だが、いつもとちがう時間割にしてはならない、と千秋は最後の化粧をしながら思った。出渋る眉子を誘って霧笛荘を出た。

店の近くのコーヒーショップに寄って紅茶とケーキを注文し、愛想のよいボーイをからかい、テーブルの上のあやしげなおみくじを引いて、今晩の客足を占う。すべてはいつもどおりだった。ちがうところといえば、明日の今ごろはとんでもない迷惑を蒙《こうむ》っている眉子に、心の中で詫《わ》び続けていることぐらいだった。

嵐の夜の店は暇だった。ホステスたちは壁際のボックスに集まって煙草をふかしながら、愚痴を言い合っていた。

その夜の千秋は自分でもふしぎなくらい饒舌《じょうぜつ》だった。残された時間を惜しむように誰かれとなく話しかけ、見知らぬ客の席に押しかけては酒をねだった。実際、彼女にとってこんなに愉快な晩は生まれて初めてだった。

店のひける時刻には、タクシーのワイパーも用をなさぬほどの、ひどい吹き降りになっていた。ひと月前のあの夜と同じように、海がごうごうと鳴っていた。

陽気にしゃべり続ける千秋の言葉を遮るように、眉子は嵐に見舞われた街路を見ながら言った。

「ねえ、千秋ちゃん。あしたお天気だったら、お弁当作って公園に行こうか」

あした、という言葉の空虚な手触りに、千秋は一瞬口を噤《つぐ》んだ。それは永久に来るはずのない日である。

「いいわよ。でも、午後からにして。日曜はゆっくり寝たいから」

微笑みを返しながら、千秋は答えた。


「おやすみ」

「おやすみなさい。おつかれさま」

隣室の錠がおろされるのを確かめてから、ドアを後ろ手に閉めた。もうこれで笑うことも話すこともしなくていいのだと思うと、圧《お》し潰《つぶ》されるほどの疲労が襲いかかってきた。

まっしろな壁に幻灯のような雨だれが映し出されていた。濡《ぬ》れたコートの裾《すそ》を曳《ひ》いて、千秋は部屋のまんなかに座った。

さて、これからどうすればいいのだろう。酔いもすっかり醒《さ》め、怖ろしいぐらいに冴《さ》え返った頭の中で、千秋はこれからの手順について考えた。

　眉子から借りた衣類はクリーニングを済ませて、押入れの中にきちんと畳まれてある。そのほかの物を下着から湯呑《ゆの》み茶碗《ぢゃわん》にいたるまでとりまとめ、ボストンバッグと紙袋に詰めて運河に捨てに行った。

　トイレを済ませ、ずぶ濡れで部屋に戻ると、することはもう何もなかった。

　暗い窓の中にはひと月前の嵐の夜とまったく同じ姿の自分が立っている。あの日とちがうものはただひとつ、安らかな微笑だった。長い時間をかけて、ついにそれを手に入れた自分に千秋は得心した。

　窓を開け、雨の中に座る。ペンキの剝《は》げかけた窓枠に頰をのせると、目の高さの闇の果てに暗い港がうねっていた。

　コートのポケットから財布を取り出し、ていねいに畳んだ札を伸ばして、一枚ずつ風に向かって投げた。それらは無意味な紙片となって倉庫の屋根に吹き上がり、路地の水溜《みずたま》りに落ち、あるいは運河の闇に消えて行った。

　自分の人生をずっと縛《いまし》めてきた呪符《じゅふ》たちがそうして残らず消えてしまうと、決心がついた。

　流し台の下の戸棚から、薬箱を取り出す。正確に数えながら、五十錠を畳の上に並べた。

（必ず一錠ずつだぞ。そこいらの薬屋で売ってる物とはちがうんだからな）

　崔の忠告が甦《よみがえ》った。掌の上に盛り上げられた薬は、目に見える死そのものだった。

　コップの水を一口飲んでためらい、煙草を一服喫った。押しとどめようもないぐらい体が慄《ふる》え出した。

　しかし長くためらった後で、はじめの何錠かを嚥《の》み下してしまうと、恐怖は嘘のように消えた。もうどっちみち死ぬのだという考えが、次々と食物のように薬を嚥み続けさせた。一口ごとに何だか自分自身にとどめを刺しているような気がした。

　灯《あか》りを消す。すると今まで決して感じたことのない幸福が体中に広がった。

　窓を閉め、カーテンを引く。寒気がやってきた。濡れたコートの襟をかき合わせ、膝《ひざ》を抱えて座ったとたん、体がふわりと浮き上がるような気がして千秋は仰向《あおむ》けに倒れた。

　港から、魂の行方をいざなうように霧笛が鳴った。


　ここはどこだろう――。

　考える間もなく胸がむかついて、千秋は苦い胃液を吐いた。

「星野さあん、目が覚めましたかあ。聞こえますかあ」

　看護婦に瞳《ひとみ》を覗《のぞ》きこまれたとたん、千秋は声を上げて泣き出した。若い医者がやってきて、注射を打った。

「今さら泣いたって始まらんよ。どうだ、さっぱりしたろう」

　医者は冷ややかに言った。そのまま眠るでもなく覚めるでもなく、遠い耳に人々の不機嫌なやりとりを聞いていた。少くとも病人ではない自分は、彼らにとってまったく厄介者なのだろうと思った。

　足元からすっと忍び寄るように、眉子が姿を現した。

「もう大丈夫よ。ばかね、あんた」

　肩に添えられた眉子の掌は熱かった。

「ごめんなさい、ごめんなさい」と千秋は咎《とが》められた子供のように泣き続けた。

「もう二日間も眠りっぱなしだったのよ。でもよかった。何だか胸騒ぎがしてね、朝早くに見つけちゃったの」

「朝早く？」

「そう。おとついの晩、あんたちょっとおかしかったからね」

　眉子は気付いていたのだ。タクシーの中で、明日は弁当を作って公園に行こうなどと言い出したのも、きっとそうして自分の顔色を窺《うかが》っていたのだろう。

　部屋の隅の衝立《ついたて》の蔭《かげ》から、男の昂《たかぶ》った声が聞こえた。

「崔先生、叱られてるのよ、さっき何も知らずにのこのこ出勤してきて」と眉子は小声で言った。「薬の出どころを訊《き》かれたんで、ついしゃべっちゃったんだけど。ここ、先生が勤めてる病院だし、あとで警察沙汰《ざた》になったりするよりは、その方がいいと思ったんだけどねえ。あの薬、彼から貰《もら》ったんでしょう？」

千秋は顎《あご》の先で肯《うなず》いた。眉子のとっさの判断が正しかったことは、崔を叱りつける医師たちの声からもわかった。

「そりゃ内輪のことですから、おおごとにはしませんけどね。大変なことですよ、これは。人殺しですよ、先生」

薄汚れた白衣の背を丸めてうなだれる崔の姿が目に見えるようだった。別の声が言う。

「酔った上でのことなんて、そんな言いわけがあるかね。酔っ払って処方をまちがえたとか、誤診をしたとか、そんな理屈が通るわけないだろう」

「それに、今どきバルビタールなんて、何ですかそりゃ。しかも何錠渡したのかもわからないなんて、立派な自殺幇助《ほうじょ》ですよ」

「ともかく、こんなことが表沙汰になったら、あなたひとりじゃなくて、みんなが迷惑するからね。ナースにもよく言いきかせておくけど。わかりましたね、崔先生」

やがて崔は若い医師に押し出されるようにして、泣き続ける千秋の枕元にやってきた。怒るでもなく慰めるでもなく、崔は怯《おび》えた、やるせない目でじっと千秋を見つめた。いろいろな人に迷惑をかけたが、故意に騙《だま》したのはこの男だけである。そう思うと詫びる言葉も声にはならなかった。

「いや……そんなつもりだったとは、ちっとも知らなかった。俺は気の回らん男だから」

と、千秋が予想もしていなかったことを、崔は言った。

若い医師はそんな崖を蔑《さげす》んだ目で見、決して病人には言うはずのないとげとげしい口調で訊ねた。

「あんた、いったい何錠ぐらい嚥んだの」

千秋はもうろうとした頭の中で考えた。

「五十錠か、そのぐらい――」

医師は意地悪そうに、にたりと笑った。

「それじゃ死ねない」

「え？――でも、すぐにひっくり返っちゃって」

「だろうね。ああいう強い薬は、嚥みすぎるとかえってだめなんだよ。ほとんど吐きもどして、胃の中に残ったものもバリウムみたいに固形化してしまう。過ぎたるは及ばざるがごとし、っていうやつさ。で、嚥んだのは何時ごろ？」

「さあ、一時……いえ、夜中の二時ごろだったと思います」

「もうお酒も醒めてたろう」

「はい。ごみ捨てに行ったり、ぼんやりしてるうちに」

「それも幸いしたんだ。酒と一緒に嚥んでいたら、すぐに吸収されて肝臓も腎臓《じんぞう》もいかれちゃう。胃洗滌《いせんじよう》しても強制利尿しても、血液透析をしても、あとの祭りさ」

そんなものなのだろうかと、千秋は命の脱けるような溜息をついた。ぞんざいな手付きで空になった点滴をはずしながら、医師は言った。

「これでこりたろう。薬で死にぞこねた人間は、二度と薬は嚥まないよ。それでももういっぺんやるっていうのなら、今度は半分の二十五錠、ウィスキーと一緒に嚥むんだね。それならまちがいなく、僕らの出番はない――さあ、目が覚めたら帰りなさい。病人じゃないんだから」

突慳貪《つっけんどん》にそう言って立ち去る医師を、眉子はまるで母親のように腰を折って見送った。入れ替りに入ってきた看護婦が、処方箋《しょほうせん》と請求書を千秋の手に押しつけた。

「靴が、ないんですけど」

身を起こして千秋は言った。

「あたりまえでしょ。そこのスリッパはいて帰れば。ちゃんと返して下さいね」

看護婦が出て行ってしまうと、千秋は自分がとうとう死からさえ見放されたことを、はっきりと感じた。眉子と崔の手が背を支えていた。

「これは、俺が払っておくよ」

巨額の請求書を、崔は千秋の手から取り上げた。

「いえ、あたしが払うわ」と眉子がすばやく奪い返した。「そんなことより、千秋ちゃんをお願いね、先生。この子ったら、もう頼る人いないんだから」

すべてを捨て去った自分に残されたものは、結局この素性も知らぬ男と女だけなのだと、千秋は思った。

病院のスリッパをはいてタクシーに乗り、霧笛荘に帰る道すがら、千秋はどうしてもそれだけは訊いておかねばならないことを、眉子に訊《たず》ねた。

「ねえ、眉子さん。あなた、私が死ぬんじゃないかって、ずっと見張っててくれたんでしょう」

美しい顔をたそがれのネオンに染めながら、眉子は笑って答えた。

「あたりまえさ――ああ、疲れた。おかげでこの一ヵ月、まんじりともしてやしないわ」

うなだれる千秋の肩を、眉子は恋人のように抱き寄せた。

「気にすることないよ。人間はみんな相身たがいさ。ひとりで生きてくなんて、できるわけないいんだ」

「私、ひとりで死ぬこともできなかった」

すると眉子は、いかにも大仕事をおえたように、からからと笑った。

こうして千秋の人生には、とにもかくにもひとつの決着がついた。蘇生《そせい》したその瞬間から、千秋は魔が落ちたように死を怖れ、生きることばかりを考え始めた。

その夜、霧笛荘に帰ると、眉子は床を延べて重湯を作り、千秋にかわって一部屋ずつ詫《わ》びを言って回った。

「わかったでしょう。生きることも難しいけど、死ぬことはもっともっと難しいのよ」

眉子は子供を寝かしつけるように、千秋の手を握ってそう言いきかせた。

確かに難しかった。千秋はあの嵐の夜からずっと死ぬ方法ばかり模索し続けてきたのだった。眉子の目を盗んで、いくらかでも美しく、いくらかでも苦痛のない死を探し求めた日々が、正確な記録のように千秋の胸に甦《よみがえ》った。

「あの晩から私、ずっと死ぬことばかり考え続けてきて、ビルの屋上から下を覗《のぞ》いたり、真夜中に桟橋まで行ったり」

「知ってるわよ」と眉子は言った。

「うそ」

「ほんとよ。みんな知ってるわ」

いったいどういうことなのだろう、と考える間に、千秋は再び深い眠りに引きこまれていった。

ひどい渇きを感じて目が覚めたのは真夜中である。

台所まで這《は》って行き、蛇口に両手を添えてがぶがぶと水を貪《むさぼ》り飲んだ。砂漠のように乾ききった体に、水は際限なく吸いこまれていった。

運河のなかぞらに昇った月が、白い部屋にくっきりと影を落としていた。ペンキの剝げた窓辺に横座りに座って、千秋は長いこと舷灯《ポール・ライト》のさんざめく夜の港を見つめた。渇きが癒《いや》されると、胸の奥の暗みに命が芽ぶくような気がした。この町でもういちど生き直してみようと千秋は思った。

そのときふと、路地の向かいの煉瓦《れんが》塀《べい》に、隣室の窓の灯が映っていることに気付いた。

「眉子さん、まだ起きてるの」

窓枠ににじり上がり、半地下の路上に身を乗り出して、千秋は囁《ささや》いた。

答えはない。耳を澄ませば、深夜放送の音楽が細く聴こえた。眉子はきっとラジオも電気も消し忘れるほど、看病に疲れきっていたのだろう。

まだ覚束《おぼつか》ぬ足どりで、千秋は廊下に出た。

迷惑にならぬよう小さくノックをし、ドアのすきまから声をかけた。

「眉子さん……眉子さん……」

目ざとい眉子の起き出す気配はなかった。静寂が千秋を不安にさせた。おとついの朝、眉子もこんなふうにして自分を見つけたのだろう。

鍵穴《かぎあな》から覗きこむと、ベッドの上に仰向けになった眉子の寝姿が見えた。もういちど名を呼びかけて、千秋は慄然《りつぜん》とした。眉子の足首が、浴衣《ゆかた》ごと赤い帯紐《おびひも》でくくられていたのだ。

「眉子さん、起きて！　起きてよ！」

扉を叩《たた》いて千秋は叫んだ。これは悪い夢だろう。きっとそうにちがいないと思いながら、千秋は覚めきった頭でけんめいに眉子の名を呼び続けた。

人々が廊下や階段の手すりに集まってきた。隣室のやくざな男が彫物のはいった肩をいからせて言った。

「まったく騒々しい人だな、あんた。いいかげんにしろよ」

千秋は腰を抜かしたまま、迷惑げな人々の顔を仰ぎ見、男の足にすがりついた。

「眉子さんが死んじゃう。薬嚥んじゃったんだ」

「おい、寝呆《ねぼ》けんなよ。薬嚥んじまったのはそっちだろうが」

「ちがうちがう、眉子さん、薬の残りを持ってたのよ。私、半分しか嚥んでないもの。きっと隠してたんだ」

廊下のどよめきが凍えついた。

「おい、冗談だろ」

「お願い、何とかして。ひどいよ眉子さん、こんなのないよ」

人垣を分けてやってきた管理人の手から鍵束をふんだくって、男は吐き棄てるように呟《つぶや》いた。

「くそ。まったくよォ、何だって俺がばんたびこんなことしなきゃならねえんだ」

不運な男は、おとついの朝も同じことをしたにちがいなかった。合鍵を探り当てると、男は足元の千秋を押しのけて部屋に躍りこんだ。

「こら、しっかりしろ。目を覚ませ！」

千秋は上がりがまちににじり寄って、まるで客席から一幕の舞台を見上げるように、呆《ぼう》然《ぜん》と男の動作を見つめていた。男が平手で頰を叩《たた》き、揺り起こそうとしているのは眉子ではなく、自分のような気がした。

男は千秋にもたぶんそうしたように眉子の体をベッドに俯《うつぶ》せて、背を叩きながら毛むじゃらの指を口に押しこんだ。

「吐け、吐かなきゃだめだ。おい、誰か醬油《しょうゆ》とってくれ、早く！」

千秋は台所を這いずり回って醬油瓶を探し出し、男に手渡した。ぐったりとした眉子の顔をねじ曲げ、男は瓶の栓をはじきとばしてごぼごぼと注ぎこんだ。

「飲め、おいこら、飲まなきゃだめだ」

醬油はくろぐろと眉子の唇から溢《あふ》れ、白い顎を伝って滴り落ちた。瓶を投げ棄てると、男は眉子の鼻先に手をやり、はだけた胸に耳を寄せた。

「……もう、息してねえよ。心臓も止まっちまってらあ」

磨き上げられたガラスのテーブルの上に、嚥み残した錠剤がきっちりと並べられていた。ウイスキーのボトルと、口紅のあとの残るコップを、千秋はぼんやりと見つめた。

バーゲンのチラシの裏に、眉子の端正な字が一行、書き置いてあった。

〈ありがとう、千秋ちゃん〉

遠くで霧笛が鳴り、しばらく間を置いて曳舟《タグ・ボート》の甲高い笛がそれに応《こた》えた。

石組みの廊下に、救急車を呼ぶ電話の声が響いていた。霧笛荘の人々はおそらくそれぞれのうちに抱いた業《ごう》に打ちのめされて、みな言葉もなく佇《たたず》んでいた。

鏡台ににじり寄って、刺子を打った藍《あい》木綿のカバーをはずす。鏡の底に眉子の美しい死顔が横たわっていた。

「ずるいよ、眉子さん」

千秋は数時間前に眉子が死化粧を施したにちがいない化粧道具をかき回すと、すっかり乾ききり、ひび割れた自分の唇に炎のような紅をひいた。

＊　　＊　　＊

「皮肉なもんさ。結局この部屋で死ぬことばかり考えていたその子は死にぞこね、隣の部屋の女がうまいこと死んじまった。わかるだろ、世の中には要領のいいやつと悪いやつは、いるもんだ――」

老婆は話をおえると、港の見える半地下の窓を押しあけた。路地にわだかまる霧が、瘴《しょう》気《き》のように部屋を満たした。

「その子がどうなったかって——そんなこと聞いてどうするね。他人にゃ関係あるまい。おやおや、すっかり蝶番《ちょうつがい》が錆《さ》びちまって、これじゃ部屋も湿気《しけ》るわけだ」

老婆は立てつけの悪い窓をきいきいと鳴らしながら、言わでもがなのことを呟き始めた。

「天気のいい朝に、港の公園を散歩してみるがいい。籐《とう》の乳母車を押して、レースのパラソルをくるくる回すくせがあるから、すぐにわかる。だが、声をかけたりするんじゃないよ。他人は関係ないんだから——亭主かね？　病院を馘《くび》になったのがかえって幸いしたのさ。貨物船の船医はなり手がいないから、飲んだくれのヤブでも雇ってくれる。港に帰ってくれれば、娘みたいな女房と孫みたいな赤ん坊が待っているんだ。果報な男さね」

窓を閉め、真鍮《しんちゅう》の止め金をおろすと、老婆は前歯の欠けた口をあけて、おかしそうに笑った。

「なんて顔してるんだい。ちっぽけな幸せなんか、まっぴらごめんかね。それじゃこの部屋はやめて、隣に行こうか。死んだ女の部屋だって、べつにかまやしないだろう。第一、引き取り手がいないものだから、家具もベッドもそっくりそのままさ。身ひとつのあんたにゃもってこいの部屋だよ。さ、おいで」

老婆はそう言って纏足《てんそく》の足を曳《ひ》きながら、暗い廊下に出た。

第二話　鏡のある部屋

纏足の老婆は二番目の部屋の鍵《かぎ》を開けた。

軋《きし》みをあげて、赤黒く艶《なま》めいた扉が開く。六畳の部屋には主《あるじ》のいない調度類が整然と並んでいる。

「霊柩車《れいきゅうしゃ》を横づけにして死体だけは引き取って行ったんだが、あとの物は皆さんで形見分けにってね。そんなこと言われても死に様が死に様だろ、誰も気味悪がって持ってきゃしないさ。おかげでこの通り、居抜きの空部屋になっちまった」

老婆は路地の高さの半地下の窓を開ける。饐《す》えた海風が髪を逆立たせた。

「あたしゃ嘘のつけない性分で、なぜだと訊《き》かれりゃ、かくかくしかじかとしゃべっちまう。おかげでずっと空いたままさ。なあ、どうだね。身ひとつで住むにゃもってこいじゃないかね」

カバーをかけたベッド。小さなテレビ。サイドボードに洋服箪笥《だんす》。それらの間にひときわ立派な、鎌倉彫の姿見が置かれている。

老婆は刺子の被《おお》いを上げると、鏡に向かって乱れた髪を結び直し、歯の欠けた口を歪《ゆが》めて笑う。

「化けて出てきたって、あんた、ちょいとした見物だよ。なにせ別嬪《べっぴん》だったからね。あの子が周旋屋に渡された紙切れを見ながら、そこの路地の先からやってきたとき、わたしゃてっきり映画の撮影か何かだと思ったもの。まっしろな服を着て、帽子の庇《ひさし》を指の先でこう、ちょいと持ち上げて、眩《まぶ》しそうに空を見上げてさ。そう――あの子はいつだって眩しそうな目をしてたっけ。まるで見えもせぬ遠い物を見てるみたいにね」

老婆は鏡に向き合ったまま話し始めた。

＊　＊　＊

仮に二つの名前を紙に書いて、いったいどちらが彼女のものかと訊かれれば、百人が百人、「尾上《おのえ》眉子」のほうを択《えら》ぶにちがいない。

しかし本当の名は「吉田よし子」という。

その事実は彼女の周辺をしきりに嗅《か》ぎ回っていた興信所の探偵の口から、ほどなく住人たちの知るところとなるのだが、誰にとっても、だからどうだというわけではない。

もともと霧笛荘の玄関の郵便受に並ぶ名前は、どれもいいかげんなものだったし、廊下の赤電話には聞き覚えのない名の呼出しが、しょっちゅうかかってくるからである。通りすがりに受話器をとった住人はみな、その名が何号室の誰をさすかというおおよその見当はついていても、呼びに行くことはなかった。

べつにかばい合うつもりはないが、そうすることはこのアパートの住人たちの間の礼儀なのだった。

よし子は自分の名前が大嫌いだった。

吉田よし子——語呂《ごろ》が悪いばかりではなく、書いてみれば字面も悪い。何だかぞんざいな感じがし、しかもどことなく淋《さび》しげで、貧相でもある。

もし十年前に夫婦の別姓が認められていたなら、よし子は迷わずにそうしたはずだった。どうしてもなじめない。病院の待合室や銀行の窓口でフルネームを呼ばれるたびに心のささくれ立つ思いがし、カードで買物をするときも、手元を見つめる店員の視線が気になって仕方がなかった。

夫との見合の席につくまで、そのことに気付かなかったのはうかつだった。仲人《なこうど》がホテルのテラスに二人を残して立ち去るとき、冗談めかしてふと口にした言葉は、よし子を少なからずあわてさせた。

「吉田よし子さん——とても幸福そうなお名前よ」

はなから結婚を前提とした見合だった。まさか名前が気に入らぬからといって破談にするわけにもいかぬまま、よし子はこのぞんざいでどこか淋しげで、貧相な感じのする名を持つはめになった。

世界中の人々が祝福するような結婚だった。

よし子の美貌《びぼう》と教養にふさわしい男性は、夫を除いて二人とはいるまいと誰もが考え、また資産家の御曹子《おんぞうし》でありながら如才ない好青年である夫にとって、よし子はいかにもふさわしい新妻だった。

戦後の荒廃期に苦労して財を成した舅《しゅうと》と姑《しゅうとめ》はいずれも人格者で、嫁をわが子のように愛し、のみならず若夫婦との関係を気遣って広い邸内に別棟を新築した。

つまりこの結婚には最初から経済的不安も夫への不満も、舅姑との葛藤《かっとう》もありえなかった。よし子はただ与えられた幸福を実感すればよかった。難しいことは何もない。誰からも愛される男を愛し、誰からも尊敬されている舅姑を敬えばよかった。

そんな幸福の中で彼女が抱いている唯一の不満——それが「吉田よし子」という、まったく我慢のならない名前だった。

やがて夫妻は二人の子をもうけた。ともに穏やかな性格の、手のかからない子供だった。夫は三十の半ばで家業を譲り受け、隠居した父母は別荘で暮らすことが多くなった。幸福は日を追うごとに完全さを増していった。

事業といっても、都心の一等地に何棟もの貸ビルと賃貸マンションを持つ、いわば「巨大な大家」である。実務は大手不動産会社に委託してあるから、夫の仕事といえば余剰金の運用と税金対策だけだった。要するに資産家としての夫に要求されるものは堅実さの他には何もなく、野心や事業欲はむしろあってはならぬものだった。そして実際、夫はその通りの人物だった。

よし子の結婚生活はこうして、まったく暦とともに過ぎていった。

そんなよし子がある日突然、奥歯に石を嚙《か》み潰《つぶ》したような重大な疑念に見舞われたのである。

思い立って女子大のクラス会に出席などしなければ、よし子は永遠に吉田よし子のままだったのだ。

結婚以来、ぷっつりと十年も欠席していたことに格別の理由はない。しいて言うなら欠席する理由がないのと同じように、出席する理由もまたなかったからである。

もともと人前に出ることは好きではなかった。人付き合いがへたというより、他人の視線が気になって仕方がなく、ひとりで食事をしたり喫茶店にはいることもできなかった。青春を懐かしむ気持ちがないではないが、いざ再会したときに交わす会話や、それをきっかけに始まるかもしれない付き合いを考えると、どうしても足が遠のいてしまったのである。

たまたま出席する気になったのは夫の勧めだった。

朝食のテーブルに置き忘れた葉書の裏には、長いこと出席していないのはあなただけだからぜひいらして下さい、というような文句が書き添えられていた。

何気なくそれを読むと、夫はふしぎそうに言った。

「なんでおまえだけ義理を欠いているんだい。変なやつだなあ」

「べつに義理なんてないわ。ふだんのお付き合いもないし」

夫は呆《あき》れたように言った。

「そういうのを不義理って言うんだろう。第一そんなことじゃ付き合いだってできるわけないよ」

「でも、お食事とか子供たちのこととかあるし——」

思いついたことを口にして、へたな理由だと思った。子供はもう手のかかる齢《とし》ではないし、夫はもともとがまめな男である。

「そんなことは何とでもなるさ。行ってこいよ」

「あなたにはわからないでしょうけど、女同士のこういう席って、いろいろ面倒なことも多いから」

「どういうことだろうな」

「たとえば、着る物ひとつにしても、男の人がお仕事の帰りにちょっと寄るというわけにはいかないんです」

夫は高笑いをした。だが幸福が背広を着て歩いているようなこの夫は、決して妻の愚かしさを笑いとばしたままにはしない。

「うん、そうか。それはわからんでもないね。しかしおまえもまったく難しいやつだな。何だか俺が不自由させてるみたいじゃないか」

「べつに、そういうわけじゃないけど」

「よし、わかった。今度の日曜、デパートに行こう。俺が見立ててやるよ」

厄介なぐらい如才ない夫である。邪推もしないかわり、耳にした言葉以上の深慮もない。すべては育ちの良い、珠《たま》のような性格ゆえである。

夫は約束通り、週末のゴルフをキャンセルしてよし子をデパートに連れていった。

車の中で夫は、運転手に気遣いながら囁《ささや》いた。

「自分の背広をあつらえるのは面倒だが、女房のよそいきを買いに行くのは悪くない。何だかチルチルとミチルになったみたいだね」

きっと自分は不機嫌そうな顔をしているのだろう。よし子は笑顔をつくろった。

「チルチルとミチル？」

「そう。幸福の青い鳥を探しに行く兄妹の話さ。知ってるだろう」

「それは、知ってますけど」

この人はなんで照れもせずにこんなことを言えるのだろう、とよし子は思った。

しかし夫の言葉に何ひとつ虚飾のないことはすぐにわかった。玄関まで迎えに出た外商部の店員を伴って売場に入ったとたん、夫はまさしく幸福の青い鳥を探す少年のように、妻に似合う服を物色し始めたのである。

デパートは明るい初夏の装いに満ちていた。

舶来ブランドを扱うショップの前で夫は足を止め、つき従ってきた外商部の店員に声をかけた。

「本当はこういうのが似合うと思うんだが、どう思うね」

「はい、まったくその通りでございますね。奥様はどちらかと申しますと、いつも地味めでらっしゃいますから」

「やっぱりそう思うだろう——おい、よし子。着るだけ着てみないか」

よし子はあわてて首を振った。それはまるで地中海の船の上で着るしか方法のないような、透けた長袖《ながそで》のボレロがついた純白のドレスだった。マネキン人形は金の鎖のついた籐《ラタン》のショルダーバッグを提げ、大きな庇《ひさし》の帽子を冠《かぶ》っていた。

「これを、私が？」

「そう言わずに、どうだいこの一揃い。良く似合うぞ」

「すてきだけど、現実味がないわよ。地中海にでも行かなくちゃ」

「着るって約束するなら、チケットは用意するよ」

「遠慮しておきます。中味に自信がないから」

酔狂な夫ならやりかねない、とよし子は思った。

結局、夫をなだめすかして一番安心のできるミセス・ショップに連れこみ、いかにも良家の若奥様ふうの、たとえばやんごとないお方がお出ましになるときのようなスーツを買った。

妻の試着して見せた何着かのうちのひとつをしぶしぶと選びながら夫は、

「いつもと同じなんだけどなあ」

と、不満げに言った。


クラス会の当日はあいにくの雨だった。

会場のホテルに向かうまでの道すがら、よし子はまるで初舞台に臨む役者のように、旧友たちと交わすセリフをあれこれと考えた。

日常生活の話題はきっと自慢話に聞こえるかも知れない。なるたけさし障りのない思い出話をしよう。謙虚な笑顔を絶やさずに。

しかしバンケット・ルームに一歩足を踏み入れたとたん、よし子は用意していた言葉をすべて忘れてしまった。

そこはよし子の予想だにしなかった、きらびやかな社交場だった。誰もがここまでどうやって来たのだろうと思われるほどの派手なドレスを身につけ、宝石やアクセサリーをミラーボールのように輝かせながら、まるでオペラ歌手のように大声で語り合っているのだった。どの友人のいずまいにも、生活のかけらすら見当たらなかった。

すっかり怖気《おじけ》づいて、よし子は壁回りの椅子に腰を下ろした。しばらくそうしていると、友人たちの嬌声《きょうせい》を聞きながらいつも木蔭《こかげ》で本を読んでいた、女子大のキャンパスを思い出した。誰も自分のことなど気にしてはいない。考えすぎだったんだ、とよし子はかえってほっとした。

見覚えのある顔が近寄ってきて、グラスを差し向けた。印象はずいぶん様変わりしているが、おとなしいばかりのよし子が多少は親しくしていた、数少ない友人である。

「変わらないわね、よし子」

そう言われたとき、これは褒めているのだろうか、と考えた。友人はすっかり美しくなっている。

「あなた、みちがえたわ。誰だかわからなかった」

「そう、少しはいい女になったでしょ。苦労の分だけ」

と、友人は満身のアクセサリーをジャラジャラと鳴らして、下品な笑い方をした。何だか冗談には聞こえずに、よし子は黙って微笑み返した。

「なによ、ジュースなんか飲んじゃってさ。さあ、飲んで飲んで。久しぶりじゃないの」

酒は飲めないわけではない。外で飲むことのめったにない夫の晩酌に付き合って、味も知っている。しかし酔って帰るわけにはいかない、と考えていたのだった。

「なんだ、飲めるんじゃないの。そうよね、社長夫人ってさ、お酒飲んだりするのも仕事のうちなんでしょう」

「そんなことないわよ」

答えてから、よし子はぎくりとした。結婚してこのかた、クラス会には出席していない。友人たちとの連絡も絶えている。

「なにもびっくりすることないじゃない。クラス会を欠席するのって怖ろしいのよ。来てない人の噂ばっかりなんだから」

底意地の悪そうな目つきだけは昔のままである。たぶん自分の幸福を快く思ってはいないのだろう、とよし子は思った。早く話題を変えなければ。

「しかし、よし子。あんた良く見ると老けたわねえ。まるでおばさんよ」

「え、そう？――そうかしら」

よし子は歯に衣《きぬ》きせぬ言葉に愕《おどろ》いた。この会場の中で自分の身なりが地味に見えることはたしかだが、面と向かってそう言われては返す言葉もない。

「地味だったかしら。そうかしら。これでもできるだけ派手めなのを選んだんだけど。主人が見立ててくれたの」

やれやれ、というふうに友人は赤いイヴニング・ドレスの袖を振り、はずみでよろめきながらボーイの持ってきたグラスを取った。

「地味だかどうだか、鏡を見てらっしゃいよ。お葬式でもあるまいに、シルクのシャネル・スーツにケリーバッグ。たしかにお高そうですこと」

悪い酒だ、とよし子は思った。

「あんまり飲まないほうがいいわ。ご主人、心配なさるわよ」

「心配?――今どきそんな亭主、あんたのとこだけよ」

「大丈夫なの? 酔っ払って帰っても」

「ぜえんぜん。週に一度はべろべろになって帰るもの。ご近所の仲間とカラオケにくり出してさ。若い男とバカッ騒ぎして朝帰り。楽しいわよ、今度さそおうか――むりよね、あんたじゃ」

友人は笑いを吹き消して、しげしげとよし子を眺めた。

「しかしまあ、どうしちゃったっていうんだろう。奇跡よね、天然記念物だわ」

「そんなに、おかしい?」

「べつにおかしくはないけどさ。でもあんた、ちょっとは構わないと旦那《だんな》もかわいそうよ。もともとダサいんだからスーツの趣味はまあ仕方ないとしても、せめてそのヘアスタイルぐらいなんとかするとか、外に出るときぐらいちゃんとお化粧するとか」

美容院は出がけに寄り、化粧も念入りに直してきたつもりだった。よし子は何だか自分がひとりだけ文明人の中に紛れ入ったような気分になった。

「もっとも、あんたが私らと同じわけないわよね。社長夫人だもの」

とまどうよし子の肩を抱き寄せて、友人は隣の椅子に腰を下ろした。酒臭い息を吐きかけながら、人差指でよし子の鼻先をつついて囁《ささや》いた。

「よし子、あんた旦那しか男を知らないんでしょう。知ってるわけないよね、なにせあのころバージンだったんだから」

「なによ、いきなり」

「ねえ。旦那以外の男に抱かれたことないんでしょう」

「もういいかげんになさいよ。あなた、酔ってるわ」

「不幸よねえ。美人薄命って、このことよねえ。幸せだ幸せだって自分に言いきかせながら、そのまんま齢をとっていくなんて、悲劇よねえ」

会場を埋めつくした友人たちの目が、自分ひとりに向けられているような気がした。

「不幸よねえ、悲劇よねえ。籠《かご》の中にちぢこまって、ああ幸せ幸せ、って。かわいそうよねえ」

友人の腕をすり抜けて人混みに紛れ入っても、声は執拗《しつよう》によし子の後を追いすがってくるようだった。


その日以来、よし子はしばしば鏡と向き合うようになった。

寝室のドレッサーや洗面所の鏡のほかに、今までは磨くことしかしなかった玄関の大鏡や居間のスタンドミラーや、階段の踊り場に造りつけられた鏡を、長い間のぞきこむ癖がついた。

鏡の中の自分は美しい。二人の子供の母であるといえば、誰もが愕くほど若い。

だがやはり、どこかがちがう。

いったいどこがちがうのだろうかと考えあぐねるほどに、よし子は鏡の面を医者のような手付きでまさぐってみた。

鏡の前を去ると、鏡の中の自分も消えている。

ふと、妙なことを考えた。

鏡の中のもうひとりの自分は、もしかしたら鏡の前でだけ、自分をあざむいているのではないだろうか。どこかに立ち去った彼女が戻る場所は、まったくちがった家、まったくちがった世界なのではないだろうか――。

よし子は廊下の先の、天窓の入り陽に輝く鏡を振り返って慄然《りつぜん》とした。

そうしてある日突然、よし子は鏡の中に歩みこんだのだった。

夏の日盛りのことである。朝から妙に苛立《いらだ》っていたのは生理が近いせいで、ほかに何があったというわけではない。

こんなときは出かけるに限る。よし子は庭先で遊ぶ子供たちをテラスから眺めながら考えた。テニスをするには陽射しが強すぎた。フィットネスクラブに行けば、聞きたくもない愚痴を聞き、下世話な噂に相槌《あいづち》を打たねばならない。

子供らの夏服を買いに行こう、と思った。車ではあてにならないが、電車なら夕方までには帰ってくることができる。

家を出るとき、高台の石垣をなにげなく見上げた。日傘の下に現れた家は見るだに暑苦しかった。重厚な輸入材の煉瓦《れんが》を、ぎっしりと積み上げた家。垣根には夾竹桃《きようちくとう》の花が溢《あふ》れ、それを乗り越えるようにさるすべりの猛々《たけだけ》しい花が咲き誇っており、芝を打った斜面にはカンナの厚い花が並んでいた。

すべては燃え立つような赤である。四季の花を絶やさぬ夫の趣味だが、これは幸福の押し売りだと、よし子は思った。

デパートは一月前に夫と来た、いきつけの老舗《しにせ》である。

ひととおりの子供服を買い揃えて一階に下りたところで、ゲームソフトが欲しいと子供らが言い出した。月並みの叱言《こごと》を言うと、近ごろすっかり大人びてきた長男が言い返した。

「おかあさんだって自分の着る物を買ってくればいいじゃないか。せっかく来たんだから」

そうだ、せっかく来たんだ、とよし子は思った。親子は一時間後に正面玄関で落ち合う約束をして別れた。

じゃあね、と子供らがエスカレーターに乗って手を上げたとき、よし子は母親らしいささいな淋《さび》しさとともに、ふいに殻の割れるような解放感を覚えた。

たった一時間の自由だけれども、見知らぬ海原に漕《こ》ぎ出すような気分だった。考えてみればこんなふうに無目的な、予定外の時間を持ったためしはなかったのだ。

まるで大空を仰ぎ見る旅人のように、吹き抜けのホールを見上げる。子供も夫もいない世界は見知らぬ光と風に満ちており、彼女を三十年以上も縛《いまし》めてきた日常はその瞬間、怖ろしい勢いで遠ざかった。

吉田よし子はこのとき確実に、もうひとつの世界に歩みこんだ。

「お客様、お客様——」

振り向くと化粧品売場のマヌカンが微笑みかけていた。

「よろしかったら、お試しになりませんか。お時間はとらせませんので」

言われるままにコーナーの鏡の前に座った。商品の説明を遮ってよし子は言った。

「あなたの思い通りにして下さいます？　気に入ったらいただくわ」

マヌカンは鏡の中で自信ありげに肯《うなず》き、すばやく手を動かし始めた。汗にまみれた化粧が拭《ぬぐ》い落とされ、思いもかけぬエキゾチックな顔がそこに描き出されるさまを、よし子は魔法でも見るように見つめていた。

「こんな感じ、いかがです。お顔立ちがよろしいんですから、このぐらい個性的なほうがずっとお似合いですわ。シャドウは濃いめになさって、口紅は――」

説明などどうでも良かった。このありのままの化粧をしっかり覚えておこうと、よし子は身を乗り出した。

「髪が――これじゃとってつけたみたいだわ」

「そうですねえ」とマヌカンは少し考え、「お客様はお顔の輪郭がおきれいだから、いっそシニョンに結ってしまったほうが」

「お願いできます？　それ、みんないただくから」

マヌカンはよし子の髪を梳《す》き、ウェーブを伸ばすと手早くうなじでくくって、たしかに良く似合うロマンチックな束髪を結い上げた。

鏡の中の女はまったくの別人だった。

「ああ――お変わりになりますねえ、お客様。こちらがびっくりするぐらい」

お世辞ではない。よし子もマヌカンもしばらく鏡を見つめていた。

「困ったわ。これじゃお洋服も替えなきゃ」

首だけをすげかえたように、地味なスーツが似合わなかった。

化粧品の袋を提げて柱巻きの鏡の前を通り過ぎたとき、そこに美しい婦人が不恰好《ぶかっこう》な借着を着ている姿を、よし子はたしかに見た。

とっさに決めたことがある。

一月前に夫と見た舶来ブランドの、あの純白のワンピースを着よう。地中海の日ざしの中にしかありえぬ、腕の透けるボレロがついた、大きなフレアのドレス。

エスカレーターを駆け上がり、吹き抜けに面した店に飛びこむ。純白のドレスは壁回りのラックに下げられて、よし子を待っていた。

「よかった――売れてなくって」

ここでもベテランの店員は、まるで物言わぬ人形を飾るようによし子を変えた。

「とても良くお似合いです。サイズもぴったりで、あつらえたみたい」

フィッティング・ルームから出て鏡の前に立ったとき、店員は溜息《ためいき》まじりにそう言った。

同じブランドの籐《とう》のショルダーバッグを提げ、踵《かかと》の低い靴を白いパンプスにはきかえ、大きな庇《ひさし》の帽子を冠《かぶ》ると、鏡の中にいるのはあの日に見たマネキン人形そのままの貴婦人だった。

「私、おかしい？」

きっかりと店員を見据えて、よし子は訊《き》いた。

「とんでもございません。まるで絵の中から抜け出したようですわ」

目を丸くして店員が答えたとき、よし子は鏡に向かって、かつて自分でも見たことのないあでやかな笑い方をした。

おかしいわけないじゃない。これが本物の私なんだから。

「このまま着て行くわ。正札を取ってちょうだい。それから――古いものはみんな捨てて下さいますか」

「は？……あの、全部ですか？」

「そう。靴も、バッグも」

ハンドバッグの中味を移しかえながら、よし子はクレジットカードを差し出した。

「あのう、このバッグはまだ新しいんじゃございませんか。エルメスのケリーバッグ」

「似合わないものはいらないわ。よろしかったら、あなたお使いになって。偽物じゃありませんから。ちゃんとこちらでいただいたものよ」

男の店員が不審げによし子を見つめた。きっかりと男を睨《にら》み返して、よし子は言った。

「照会なさるんでしたら、カード会社よりもこちらの外商部のほうが早いわ。うちは家具から庭木まで、みんなこちらの外商に届けていただくのよ」

嘘ではない。だが、他人が自分の口を借りてそう言ったような気がした。

「失礼いたしました。すぐに外商の者にご案内させますので。担当者は誰でございましょうか」

「吉田と言って下さればどなたでもわかるわ」

「それでは伝票は外商に回しておきますので。こちらのお品物も」

「あら、ごめんなさい。べつに気分を害したわけじゃないんですよ。ともかくそれは捨てて下さい。支払いもカードでいいわ。家のものと私のものを一緒くたにしたら、主人に申しわけありませんから」

店員はすっかり恐縮しきってカードを受け取った。サインをするとき、奥歯に石を噛《か》んだような気がして、よし子は顔をしかめた。

吉田よし子――この名前も何とかしなくては。


子供らと待ち合わせた定刻まで、よし子は香水やネックレスやイヤリングを買い歩いた。それらの品々はまるですきまをうずめつくすように、彼女を完全に変身させた。

時間がきた。よし子は玄関に続く赤い絨毯《じゅうたん》の上を何も考えず、ただ人の流れに沿って歩いた。

置き去りにしてきたもうひとりの自分が、吹き抜けの二階からぼんやりと見送っているような気がした。

いや、置いてきたのではない。古いスーツやエルメスのバッグや踵のない靴と一緒に、そこに捨ててきたのだ。

子供らは真夏の光が燦々《さんさん》と降り注ぐ玄関で母を待っていた。長男は灼《や》けた大理石の階段に腰かけて買物の中味を覗《のぞ》きこんでおり、やんちゃな娘は青銅の獅子《しし》と戯れていた。

冷房の吹きおろすエアカーテンを潜り抜けると、滾《たぎ》るような夏の午後だった。よし子はたちまちまっしろに感光した頭の中で、さあこれからどこに行こうかしら、と考えた。

帽子の庇を上げて、いちど空を見た。

おもちゃの兵隊のようなドアマンが、汗を拭《ふ》く手を止めてよし子を見つめた。通りすがりの人々はみなちらりと視線を向け、背広を担いだサラリーマンは行き過ぎてから振り向いた。

子供たちだけが、母に気付かなかった。

よし子は石段に座りこんだ長男に向き合った。長男は手元を被《おお》った影を振り仰ぎ、そこに立ち現れたものをにわかには信じられずに、口をもぞもぞと動かし、目をしばたたいた。

「さきにお帰りなさい。気をつけて」

長男は差し出された電車賃を受けとると、返す言葉もなく妹の手を引き寄せて、母の後ろ姿を見送った。

流れにたゆとう百合《ゆり》のように、よし子は灼けた舗道を去って行った。心の中で考え続けていたことはただひとつ、この装いにふさわしいヒロインの名前だった。

大通りをゆっくりと歩いて、銀座の街並にまでさしかかったころ、よし子はあれこれと思いめぐらした名前の中からひとつを選《え》り出した。

尾上眉子。なんてすてきな名前だろう。美しくて奔放な、恋愛小説の主人公のような名前。

歩くほどに尾上眉子をめぐる数々のエピソードが脳裏に溢《あふ》れ出した。

貧しい母子家庭の生まれなのだが、その出自には亡き母しか知らぬ高貴な秘密が隠されていること。眉子自身はそのことをうすうす気付いてはいるのだが、決して語ろうとしなかった母の遺志を尊んで、もはや詮索《せんさく》しようとはしないこと。恩も恨みも心に留めぬ淡白な性格であること。たぐいまれな美貌《びぼう》を武器にして大勢の男たちを籠絡《ろうらく》してきたが、男によって変えられたものは何ひとつないこと。たとえば酒の好みも、煙草の銘柄すらも――。

思いついて煙草とライターを買い、交叉点《こうさてん》を見下ろすビルのティールームに入った。

細巻きの煙草を吹かしながら考える。

そう――そして眉子は今しがた、男から逃れてきた。野卑で強引で、でっぷりと肥えた首と毛むくじゃらの手を持った、暗黒街の顔役。逃げ出した理由は、若い恋人との関係が男の知るところとなったからだ。

追手は迫っている。果たして恋人の待つ港町まで、無事にたどり着くことができるだろうか。

眉子は交叉点の雑踏に目を凝らしながら、アイスティーを啜《すす》って気持ちを落ちつけた。

翌朝彼女が目覚めたのは、古いホテルの一室である。曳舟《タグ・ボート》の甲高いホイッスルにまどろみを破られ、枕に顔を伏せて錯乱した。悪い酒が体に残っていた。

ベッドの両脇に、吉田よし子と尾上眉子が立って、目覚めきらぬ彼女を詰問した。いったいどちらを選ぶのか、と。

答えは自明だった。デパートの玄関に子供を放棄したこと。無断で家をあけたこと。外見の一切を改めてしまったこと。

もう艫綱《ともづな》は解かれてしまったのだ。そう思い切ると、彼女はシャワーを浴び、入念に化粧をし、脱ぎ散らした純白のドレスを着た。

新たな人生を歩み出す前に、あとひとつだけ片付けておかねばならぬことがあった。

ホテルを出て銀行に行き、おろせるだけの現金を引き出した。それはひとり身の生活を始めるには十分な額だった。そして、クレジットカードも通帳も印鑑も、吉田よし子というまわしい名前のあるものはすべて屑籠《くずかご》に捨てた。目的は現金を手にすることではなく、それらを捨てることだった。

地下街の屑籠をひとつずつめぐり、最後に残った印鑑をティッシュペーパーにくるんで捨てたとき、心の空洞は一瞬にして尾上眉子の劇的な記憶でうずめつくされた。

中華街でランチを食べ、古い鋼の扇風機が回る周旋屋に立ち寄った。老店主は広東《カントン》なまりの日本語で訊《たず》ねた。

「港が見えるアパートって、また、どうしてだね？」

さして考えもせずに眉子は答えた。

「そこで、人を待つんです」

店主は訝《いぶか》しげに眉子の顔を見つめ、それからやっとわかったというふうに、「好好《ハオハオ》」と肯いた。

店主はとっさに美しい想像をめぐらしたにちがいなかった。

しかし渡されたメモにある道順は少しも要領を得ず、眉子は複雑に入り組んだ炎天の路地をうろうろと徨《さまよ》い歩かねばならなかった。それでも決してあきらめはしなかった。そのアパート――「霧笛荘」という名のそのアパートには、ふさわしい人生がきっと待っているはずだったから。

やがて尋ねあぐんだ倉庫街の、潮風の吹き抜ける運河のほとりに、眉子は半地下と中二階とでできた奇体な建物を発見した。

不吉な瘴気《しょうき》に満ち、それでいてどこか温かい匂いのする、くすんだ瑠璃《るり》色の瓦《かわら》のあちこちに雑草の萌《も》え立ったアパート。

玄関の脇の縁台に腰を下ろして、灰色の袍《パオ》を着た老女が眉子を出迎えた。

「敷金も礼金もいらない。なんなら家賃も月末でいいよ——そうおかしな顔しなさんな。べつに何も出やしない。ばばあひとりの食いぶちさね」

老婆はそう言って纏足《てんそく》の足を曳《ひ》きながら、船倉のような屋内に歩みこんだ。

いくつかの空部屋の中から、眉子は窓の外の景色が倉庫の壁で遮られた、最も陰鬱《いんうつ》な部屋を選んだ。窓辺に立てば、路地は胸の高さだった。湿気はひどかったが、窓と扉とを開け放しておけば、心地よい海風が通り抜けた。

隣室の扉も開いており、色の抜けた藍暖簾《あいのれん》が風に揺らいでいた。隙間からたくましい男の裸が見えて、眉子は挨拶《あいさつ》の文句を呑《の》みこんだ。

「誰だい」

殺伐とした濁《だ》み声《ごえ》で男は言った。片膝《かたひざ》を立て、缶ビールを飲みながら半ば振り返った男の頬にはひきつったような傷があり、玉の汗を浮かべた背中には中途半端な輪郭だけの彫物があった。

ぼんやりと戸口に佇《たたず》む眉子を認めると、男は案外あわててシャツを着こみ、ズボンをはいた。

はいはい、と似合わぬ声音をつくろって暖簾を引き、そこに立つまぼろしのような美女を見て、男はたじろいだ。

「保険屋、じゃねえよな。ああ、神様仏様なら用はないぜ。そんなものありゃしねえことは俺が一番知ってらあ」

「いいえ、そうじゃないわ。お隣に――」

えっ、と男は神を見たように愕《おどろ》いた。

「へえ。はきだめに鶴たァこのことだな。だけど、何でまた隣なの。二階のもうちっとはマシな部屋も空いてるだろうが」

なぜ住み心地の悪い部屋を選んだのかは自分でもわからなかった。表情が翳《かげ》るのを怖れて、眉子はふいにあでやかな笑い方をした。

「あらまあ、真ッ昼間からご機嫌じゃないの。これも何かのご縁だから、不自由なことがあったら言ってね。よろしく」

尾上眉子がたしかにそう言った。すると男はようやく心を開いたように、頬の傷を歪《ゆが》めて笑い返した。

「そりゃ何たって不自由なことだらけだけどよ。そっちも力仕事なんかあったら言ってくれよ。それとか、客とゴタゴタしたときにゃよ——あんた、店どこなの」

「お店は、まだ決めてないわ」

「ふうん。何だかわけありみてえだな。もっともこっちだってごらんの通りのくすぶりだ。他人の事情なんて知ったこっちゃねえけどよ」

男はまじまじと眉子を見つめた。

「俺、佐藤鉄夫ってんだ。そりゃくすぶりだけどよ、ここらじゃ知らねえ者はねえんだ」

管理人の老婆が玄関で怒鳴った。

「鉄ッ、おしゃべりもたいがいにしな！」

鉄夫は舌打ちをし、眉子を押しのけて怒鳴り返した。

「うるせえぞ、クソババァ！　てめえにまでどうこう指図されるほど落ちちゃいねえや」

男の大きな掌《てのひら》が肩に触れ、目の前に厚い胸がせり出されたとき、眉子の耳の奥にかっと血が滾《たぎ》った。

その日の午後、眉子は運河を隔てた商店街で、当面の生活に必要な品物を買い揃えた。

じきに働き口を見つけて、あとの物はお給料のたびに少しずつ揃えていこう。

ひとつだけ思い切って、部屋には不相応に立派な鏡台を買った。牡丹《ぼたん》の図柄を施した、赤い鎌倉彫の姿見だった。

がらんとした部屋の壁際に鏡を据えつけると、眉子は汗ばんだドレスを脱ぎ、胸をときめかせながら買った藤色の下着を身につけた。

これからひとつずつ手に入れていく物について考えると、笑いがこみあげてきた。眉子は目まいのするほど幸福だった。

路地に足音が乱れ、荒くれた男たちの怒鳴り合う声が間近に聴こえたのは夜も更けたころである。

網戸に頬を押しあてて闇をうかがう。

何人かの男たちが、一人を運河の堤防に追いつめて袋叩《ふくろだた》きにしていた。情けない悲鳴と詫《わ》び続ける声を物ともせず、男たちはかわるがわる殴る蹴《け》るの乱暴を働いたあげく、どやどやと去っていった。

やがて廊下をよろめき伝ってくる人の気配がした。唸《うな》りながら鍵穴《かぎあな》を探し、どうと倒れこむ。

眉子はスリップ一枚で部屋を飛び出た。上がりかまちの壁に背をもたせたまま、鉄夫は血だらけの顔で眉子を見上げ、かまうなというふうに手を振った。

「ほっとけって。くそ、ついこの間まで小遣いやってたガキどもがよ、よってたかって。ちきしょう」

眉子は腰の抜けた鉄夫を万年床の上まで曳きずっていった。破れたシャツを脱がせ、濡《ぬ》れタオルで傷を拭《ぬぐ》った。

「だいじょうぶ？　病院、行こうか」

「いいって。こんなこたァばんたびだ。俺ァ打たれ強えんだ。あいつら、もうただおかねえぞ」

情けない命乞《いのちご》いの声が耳に甦《よみがえ》って、眉子は見る間に青黒くむくんでいく鉄夫の目がしらを冷やしながら訊《たず》ねた。

「佐藤さん、あなたいくつなの」

鉄夫は痛みに顔をしかめ、肩を慄《ふる》わせた。

「佐藤さんって、誰だ。ああ、俺か。鉄でいいよ、鉄で。齢《とし》ならよ、たぶんあんたより若いと思うが、あいつらよりは上だ。ちっきしょう」

「齢上でおあいにくさま」

「いてっ。――だが、こうして近くで見ると、あんたいい女だなあ」

鉄夫はしみじみと眉子を見た。自分が肌着一枚でいることに気付いて、思わず胸元をかばうと、鉄夫は顔をそむけて後ろ手にジャンパーを渡した。肩から羽織ると脂っこい男の匂いが鼻をついた。

「まったく情けねえよなあ。前向きゃひっぱたかれそうだし、後ろ向きゃ向いたで、みっともねえ筋彫りなんか見せなきゃならねえし」

「筋彫り、って？」

ふん、と鉄夫は肩を揺らして笑った。

「筋しか彫ってねえからよ。ヤクザ者の間じゃこういうのは笑いぐさなんだ。銭が続かなかったか、痛えのが我慢できなくなったかの、どっちかだからよ」

「あなたは、どっちなの」

「どっちでもねえ。筋まで彫ったところで懲役に行ったんだ。それで四年打たれて、この春に帰ってみりゃ、ガキどもがでけえツラしやがってよ。何で帰ってきたなんて顔しやがる。今だって、俺が用心棒代《ミカジメ》をくすねたって。組に上げねえで懐に入れたって。そうじゃねえんだよ。俺がまわりからコケにされてんのを知ってる古い店のマスターがよ、タダ酒飲ましてくれたり、小遣いくれたりするんだ。やつら、そんな俺のシノギまでよこせって、そりゃねえよな。なあ、ねえさん」

鉄夫の言うことは余り良くわからない。だがこのうだつの上がらぬヤクザがどういう人間であるのかは、眉子にもはっきりとわかった。

眉子は膝《ひざ》を抱えてそっぽうを向く男の背に、胸を押し当てた。とたんに鉄夫は、まるで刺客に襲われたように、窓まで跳ねのいた。

「からかうのはやめてくれよ。びっくりするじゃねえか」

眉子は自分の行動に愕きながら、考える間もなくいっそう思いがけぬ言葉を口にした。

「冗談だよ、鉄ちゃん。ちょっとからかってみただけさ。まったくいくじがないったらありゃしない。さ、愚痴はたいがいにして寝ちまいな。じゃあね、おやすみ」

部屋に帰り、鏡台の前に片膝を立てて煙草をくわえたとき、眉子は自分の無頼な姿を見てげらげらと笑った。


その翌日、眉子はまる一日を鏡の前で過ごした。化粧をしてはまた落とし、まるで子供の独り遊びのように、飽くことなく繰り返した。そしてその間にも虚構の記憶を頑丈に、正確に積み上げていった。

鉄夫がのそりと戸口に立ったのは夕昏《ゆうぐれ》どきである。

「めし、まだだろう。さめちまうから、走ってきたんだ」

手提袋にぎっしりと詰めこまれた中華街の饅頭《まんじゅう》は、まったく非常識な量だった。昨夜のお詫び、ということであるらしい。

「こんなに食べきれないわ。気を遣ってくれなくてもいいのに」

少し誇らしげに鉄夫は答えた。

「だって、世話かけっぱなしじゃうまくねえから。そんで朝っぱらから立ちん坊したら、運よくカンカン虫の仕事にありついてよ」

「カンカン虫、って？」

「ドックに上がった船に吊《つ》る下がってよ、こうやって、カンカンカンって貝殻を削るんだ。おっかねえけど、いい金になる」

眉子はおびただしい饅頭のぬくもりを胸に押し当てて考えた。この無一文で頭の少し足りない若者は、世話をかけた隣人のために痛む体をひきずって日雇いの仕事を探し、一日じゅう貨物船の船腹にはりついていたことになる。

「カン、カン、カン」

と、鉄夫はもういちど、ノミとハンマーをふるう仕草をした。

「よかったら上がってって。一人じゃ食べきれないし」

そういうつもりじゃない、というふうに鉄夫は尻《しり》ごみをした。

「いいよ、俺すっかり暑気《あつけ》しちまったから、ビール飲んで寝る」

「こっちで飲めばいいじゃないの。付き合うわよ」

笑いかけると、鉄夫は目をしばたたいておどおどとした。

「どうしたのよ。さ、上がんなさいな。いやなの？」

「いやじゃねえけど――ねえさん、もう冗談はすんなよな。俺、ああいうの苦手だから」

真顔である。どうやら鉄夫は傷の手当をしてもらったことよりも、背中に抱きつかれたことのほうが身に応《こた》えているらしい。いったいこの男の頭の中はどうなっているのだろうと、眉子は首をかしげた。

鉄夫は部屋に戻って冷えた缶ビールを二本持ってきた。廊下にひとけのないことを確かめてから、「おじゃまします」と呟《つぶや》いて上がりこむ。鏡台だけがぽつんと置かれた部屋をふしぎそうに眺めて、鉄夫は言いわけがましく言った。

「さっきの話なんだけど」

「なに、さっきの話って」

紙袋を乱暴に引き裂いて、鉄夫は饅頭にかじりついた。

「冗談はやめてくれって話。俺、実はその冗談のせいで四年も懲役行ってたんだ」

「どういうこと？」

「兄貴分のかみさんに、酔っ払ってくどかれたんだ。俺がくどいたんじゃねえよ、向こうが勝手に――わかるだろ、俺たちの間じゃ仲間の女に手ェつけるってのは最低なんだ。ましてや目上のあねさんなんて」

言いかけた話を取り戻そうとでもするように、鉄夫は押し黙った。

「それがどうして懲役と関係あるの」

「だからよ、ハジキ持って自首すりゃ勘弁してやるって。破門されたり指つめたりするよりいいだろうって、兄貴が。俺、本当は人殺しなんかしてねえよ。できるわけねえじゃねえか」

鉄夫の人となりを考えれば、すべてが仕組まれた罠《わな》であることは誰にも想像がつくのだが、当の本人だけがそのことに気付いてはいない。

「だから俺ァ、身から出た錆《さび》なんだけど——」

いきさつを知られているから、長い懲役をおえて帰ってきても馬鹿にされるのだ、と鉄夫は言おうとしたにちがいない。

ふと眉子は、馬鹿にされる本当の理由もわからずにいるこの男の馬鹿さかげんが、たまらなくなった。悲しすぎて滑稽《こっけい》である。

「ところで、ねえさん。店が決まってねえって言ってたけど、何なら俺が紹介するぜ」

懸命に話を変えようとする鉄夫を、眉子はまっすぐに睨《にら》みつけた。

「あんたの心配することっちゃないさ」

「でも、気になってよ。誰だって働かなきゃ食ってけねえもの」

眉子は飲みさしのビールを鏡台の上に叩《たた》き置いて、片膝を立てた。

「鉄ちゃん。あんた、働かなくたって向こう何年か食ってける方法、教えようか」

へえ、と鉄夫は興味ぶかげに顔を上げた。

「あんたの親分にね、これこれこういう女がここにいますって言ってみな。ちょっとした小遣いになるよ」

鉄夫は顎《あご》の動きを止めて少し考え、おそるおそる鏡の中の眉子を見た。

「何でそんなこと言うんだよ。俺のこと信じてるんか」

「信じてるわけないだろ。あんたのせいで亭主にめっかったら、言ってやる。こいつはあたしの男ですよ、って」

うわっと、鉄夫は饅頭を放り出して立ち上がった。

「知らねえよ、俺ァ、何もしてねえよ」

「知るも知らないも、こうして差し向かいで酒飲んでるんだから——まったくついてないねえ、あんたも」

眉子がひと睨みすると、鉄夫はあわただしく部屋から駆け出していった。

港町の古ぼけたナイト・クラブに勤め始めるようになってから、眉子は誘われるまま何人もの客に抱かれた。

当然ホステスたちの間では悪い噂になったが、そんなことはどうでも良かった。金のためでも欲望のためでもない。男と寝るたびに彼女のうちの「尾上眉子」が確立して行くことに気付いたからだった。眉子の持つ美貌《びぼう》と気高さ、そして夜の女にはない、いわば良家の奥様のような物腰は、十分に男たちを魅了した。

眉子はたちまちのうちに店の看板になった。一月ごとにベッドや箪笥《たんす》やサイドボードを買い、殺風景だった部屋も体裁を整えていった。

酔って帰れば、しばしば鉄夫を叩き起こして酒を飲んだ。けっして疑うことを知らぬこの粗野で単純な若者は、眉子の虚構を現実とするためになくてはならぬ存在だった。まるで奴隷のようにいちいち怯《おび》えながら、鉄夫は眉子の世界をしっかりと支えているのだった。

何かの拍子にふと自分の正体に気付いたとき、あるいは子供らの顔が頭をよぎったとき、眉子は鉄夫の前でいかにも眉子らしく振る舞った。そうすればたちまち薬でもあおったように、胸の痛みは拭《ぬぐ》われるのだった。

とうとう眉子に「追手」が迫ったのは、凩《こがらし》の立ち始めるころである。

霧笛荘の路地の入口で、人相の悪い興信所の調査員に呼び止められ、眉子の写真を見せられたときの鉄夫の愕きようはただごとではなかった。

鉄夫は眉子の部屋に転がりこむなり、「逃げろ逃げろ、殺されちまう」と、うわごとのように繰り返した。

「なあ、頼むよ、ねえさん。あんたがどこの大親分の女だったか、そんなこたァ知らねえし、知りたくもねえんだ。俺ァあんたに指一本ふれちゃいねえんだからな、今だってちゃんとシラ切ってきたんだからな」

眉子自身も虚構と現実の間でとまどっているというのに、鉄夫は決して眉子を疑おうとはしなかった。こうまでして自分の世界を支えてくれている男に、何か報いる方法はないものかと、眉子は考えた。

数日後、「追手」は予想もせぬ方法で眉子に接触してきた。

夫の会社の顧問弁護士から、尾上眉子あての配達証明つきの手紙が届けられたのである。

〈前略　今般の出来事につきまして、吉田社長ならびに先代ご夫妻と慎重に協議いたしました結果、左記の条件をご承諾の上、同封の離婚届に署名捺印《なついん》して御返送下さいますようお願い申し上げます

記

一、今後、吉田の名義一切を使用せざる事

一、親権を放棄なされる事

一、過去の功労に係る謝礼金は吉田家の相応と認める額を後日一括して支払うものとするが、その後の経済的関係は一切なき事

一、不服異議等については直接の通信等によらず、双方の代理人たる弁護士を介して協議する事

以上〉

簡単な内容である。だが信用が生命である資産家にしてみれば、苦悩に苦悩を重ねた上での結論にちがいなかった。

本人にも正確には説明のできない破綻《はたん》の理由を、彼らがどう解釈したかはわからない。しかし理由のいかんを問わず、家を捨てた女の現在の行状を知れば、結論はこれしかあるまい。

ただひとつだけ、わだかまりが残った。眉子は一晩思い悩んだ末、そのことだけのために意を決して受話器を取った。

弁護士は離婚届と引きかえることを条件に、次の日曜日の午後、子供たちとの対面を承諾した。

公園から望む港は、うららかな冬の陽に輝いていた。風は凪《な》いでおり、花壇を埋めつくした水仙《ナーシサス》の群はそよとも揺らがない。

ベンチで人を待ちながら、この幸福を奪う権利は誰にもないのだと、眉子は自分自身にもういちど言い聞かせた。

「季節はずれだけどよ、ここに来たら何たってこいつを食わにゃ。はい」

鉄夫はアイスクリームを差し向けて、眉子の隣に座った。

「ありがとう」

「どういう気まぐれだか知らねえけど、日曜にこんなことしてると、何だかデートしてるみてえでうれしいな」

「虫干しよ。おたがいカビが生えそうだから」

言いながら眉子は、鉄夫のジーンズの膝《ひざ》にハンカチを敷いた。

「ねえさんのこういうところって、いいよなあ。今どきの娘はぜったいしねえもんなあ」

何度たしなめても直らぬ貧乏ゆすりを、眉子は掌で押さえた。

「すっぴんでいると、ねえさん、どっかの奥さんみてえだろ。きっと俺は悪いやつに見えるな」

掌を引くと、鉄夫の膝はまた小刻みに動き出す。

「やめなよ、鉄ちゃん。私が笑われるんだから」

「だって仕方ねえだろ、ガキの頃からの癖だし――」

言いかけて鉄夫の表情が曇った。

「――笑われるって、誰に」

「もうじきわかるわ。鉄ちゃんは黙ってじっとしてりゃいいの」

とっさに立ち上がろうとする鉄夫の腕を、眉子は強い力で引き寄せた。

「おれ、関係ねえって」

「大丈夫。あんたには指一本ふれさせやしないわ。お願い、じっとしてて」

「やめてくれよ、ねえさん。何で俺を巻きこむんだよ」

鉄夫の頑丈な体が、おこりのように慄《ふる》え出した。

コンクリートにはぜ返る透明な光の中を、二人の子供を中に置いて、夫と老弁護士が歩いてきた。眉子を認めると夫と子供らは立ち止まり、弁護士だけが手を上げて近寄ってきた。笑顔をつくろってはいるが、弁護士の表情には重要な儀式に臨む緊張がありありと見うけられた。

「いいわね、ここを動いちゃだめよ。逃げたらあんた、どうなるかわからないよ。もうぐるっと取り巻かれてるんだから」

鉄夫は青ざめた顔を振り向けて、日だまりのベンチで新聞を読むセールスマンや、岸辺からぼんやりと海を見る若者たちに目をやった。

「ほんとかよ。ひでえよ、ねえさん」

「黙ってて。いい、何も言っちゃだめよ。じっと黙ってさえいれば、命までどうこうとは言わないわ」

「俺、関係ねえって。何もしちゃいねえって」

眉子はことさら寄り添って、鉄夫をベンチの端に追いつめた。歩み寄りながら、弁護士の顔から笑いが消えた。

「これは、いったいどういうことですかね、奥様。聞いていなかったが」

弁護士は険しい声音で言った。

「ごらんの通りよ。これでみなさん納得できるでしょう」

「しかし——なにもわざわざ……お子様の前ですよ」

「理由もわからないままじゃ、あの人も子供らも苦しむでしょうに」

眉子は子供らに笑いかけた。とたんに夫は視線を遮るように屈《かが》みこむと、子供らをもと来た公園の入口に向かって押し返した。そこには磨き上げられたリムジンが止まっていた。

夫はすくみ上がる鉄夫をまっすぐに睨みつけながらベンチに歩み寄った。ひごろの如才なさなど嘘のように、「出奔の理由」を目のあたりにした夫の顔は怖ろしげだった。

うろたえる弁護士を押しのけ、夫は不貞の妻には目もくれずに、やおら鉄夫の肩を摑《つか》んだ。鉄夫は身じろぐこともできずにうつむいていた。

溶けだしたアイスクリームが鉄夫の膝に敷かれたハンカチに滴った。

「おまえは頭のいい女だね。これで面倒な話し合いは何もしなくてすむ、というわけだ」

「申しわけありません」

眉子はアイスクリームをなめながら頭を下げた。

「きっとあなたが来ると思っていたから」

夫は鉄夫の肩に手を置いたまま、深い溜息《ためいき》をついた。

「先生、ちょっと席をはずして下さい」

老弁護士は不快さを顔に表して夫にていねいなお辞儀をし、その場を離れていった。

「面倒な話はしなくてすむし——それに、当然こういうことになるな」

夫はコートのポケットから封筒を取り出すと、鉄夫の慄える掌に握らせた。

「君も事情は聞いていると思う。口止め料といえば聞こえは悪いが、そういうつもりで受け取ってくれたまえ」

差し出された離婚届をポケットにねじこむと、夫はけっして妻と目を合わせようとはせずに去っていった。

世界が動き出すまでの間、二人は黙ってアイスクリームを食べた。わずかに風が出て、港の海面にけばだつような小波が立った。

「ね、いいお小遣いになったでしょう。それでしばらくはカンカン虫をやらなくてもすむわ」

鉄夫はぶ厚い封筒に印刷された社名をふしぎそうに見つめ、眉子の膝に投げ置くと、大きなあくびをした。

「どうしたの。いらないの？」

「もう俺をからかうのはたいがいにしてくれよ。そんなものもらう筋合じゃねえや」

鉄夫はこみ上げる怒りを押しとどめるように、拳《こぶし》を掌に打ちつけた。

「吉田総業って、名前はまどろっこしいけどヤクザじゃねえよな。有名な貸ビル王じゃねえか。旦那《だんな》、社長なの？」

眉子は奥歯を嚙《か》みしめ、瞼《まぶた》をきつく閉じた。胸の中で鏡が音をたてて割れた。

「鉄ちゃん、私と一緒になってよ。私を抱いてよ」

けっ、と鉄夫は眉子の手をはねのけ、ベンチから立ち上がった。

「ふざけるなよ。どんなわけありか知らねえけど、あんたの苦労なんてどうせ贅沢《ぜいたく》なもんにちげえねえ。そんなものに付き合わされるほど落ちぶれちゃいねえよ」

眉子は鉄夫のジャンパーの袖《そで》を引いた。

「そんなことないよ。私、今の暮らしの方がずっと幸せだもの。毎日毎日、どきどきするぐらい幸せだもの」

「しゃらくせえ」

と、鉄夫は眉子の足元に唾《つば》を吐きつけた。

「幸せの青い鳥を探しに旅に出ましたってか。そんなお伽話《とぎばなし》があったっけな。だがよ、ねえさん、探しに出たっきり帰り道がわからなくなったんじゃ、シャレになんねえぞ」

鉄夫の明察に、眉子は愕然《がくぜん》と立ちすくんだ。

「てめえなんか、死んじまえ」

鉄夫はとどめを刺すような捨てぜりふを残して去っていった。

水面を笹《ささ》立てて吹き寄せる凩《こがらし》の中で、眉子はひとりになった。南の空に真黒な雲が湧いたと見るまに、風景はたちまち色を喪《うしな》った。

ごうごうと轟《とどろ》く海鳴りに耳を被《おお》ってうずくまる女の背に、やがて魔物のような鈍《にび》色の翳《かげ》が、容赦なく襲いかかった。

＊　　＊　　＊

「いや、そうじゃない。あの子が狂っていなかったのは私が保証するよ。それどころか、とても頭のいい、常識のある女だった。そう——おかしかったんじゃなくて、まともすぎたんだよ。自分がいったいどこの誰で、いま何をしているのか。本当はそれをちゃんと答えられる人間なんて、ひとりもいやしないんだ。そうだろ、あんた」

老婆は鏡に刺子の被いをかけると、未練がましく室内を見渡した。

「そうかい。やっぱりいやか。ま、気に入らないんなら無理にとは言わない。じゃあ隣に行こう。ついこの間まで、くすぶりの半ちくなヤクザが住んでいた部屋さ」

老婆は不自由なつま先に布靴をつっかけると、石組みの廊下に出た。

第三話　朝日のあたる部屋

「ここには鉄夫っていう半ちくなヤクザ者が住んでた。ちゃんと日も当たる。ほら、うまい具合に対《む》かいの倉庫の壁が、この前だけ切れてるんだ」

管理人の老婆は、住人が残していったらしい汚れたカーテンを開けた。

ぎっしりと建てこんだ倉庫の間に、錆《さ》びついたトラックが眠っている。堤防に阻まれて海は見えないが、遠いドックの灯が夜空を円く染めていた。

「もっとも午前中だけだがね。お日様は一年中、そこのすきまから昇ってくれるよ。鉄の野郎はそれが眩《まぶ》しくって朝寝ができねえと、よく一人で癇癪《かんしゃく》を起こしてたっけ。『このやろう、こちとら夜なべ仕事でくたびれてんだ、ちっとァ遠慮しねえかい！』ってね。ハッハッハ——馬鹿なやつだろう。どんなにいきがったって、お天道様《てんとさま》にしか文句を言えねえような腰抜けさ。でも、根は悪い人間じゃなかった。稼ぎのあった日にゃ、決まって何か食い物を持ってきてくれてね。それも、見栄《みえ》っぱりなうえに、からきし金勘定ができないものだから、饅頭《まんじゅう》なら一抱え、スイカなんかよろよろするようなでかいのを、両手で提げて持ってきやがるんだ。さあ食え、ババア、ってね。あの間の抜けたツラは、忘れようにも忘れられない」

白い壁には、ちょうど腰の高さにぐるりと脂じみがこびりついている。怠惰な男が酒を飲みながら日がな輾転《てんてん》とし、長い間に描いていった髪の汚れにちがいない。

「ひどいくすぶりさ。ヤクザにしたって使《つか》い途《みち》がない。てめえが勝手に、俺ァヤクザだって言い張ってるだけで。銭のあるうちはテレビ見ながら酒ばっかくらって、なくなりゃどこかに稼ぎに出る。そのくせ月々の家賃だけはきちんと持ってきた。いいかげんなくせに、変に律義なところのあるやつだったよ――」

老婆は腰に下げたぼろ雑巾《ぞうきん》を狭い台所ですすぐと、まるで愛《いと》しむように溜息《ためいき》をつきながら、壁の汚れを拭《ぬぐ》い始めた。

＊　　　＊　　　＊

「このやろう！　こちとら夜なべ仕事でくたびれてんだ、ちっとァ遠慮しねえかい！」

鉄夫はとうとう業を煮やして半地下の窓を開けると、二階を振り仰いで怒鳴った。

朝っぱらから鳴り通しのエレキギターは、いやがらせのようにいちど音量を上げてから静まった。

運河を行く曳舟《タグ・ボート》の音が戻ってきた。

「わかりゃいいんだ、わかりゃ。べつに他人《ひと》様の趣味をどうこう言うわけじゃねえが、近所迷惑ってことがあるからな。そんなに弾きたきゃ波止場に行って思いっきり弾いてこい。誰も文句は言わねえよ」

二階の窓が開いたと思うと、身をかわす間もなくコーラが鉄夫の顔に降り注いだ。

「うわっ、何すんだこのやろう！」

痩《や》せこけた金髪の若者が、笑いながら見下した。

「あれ、いたんですか。気がつかなかった」

若者はギターを抱えたまま窓辺に腰を下ろし、朝日に目を細めながら不敵なゲップをした。

「てめえがカタギでなけりゃ、ただおかねえところだぜ。まったくいい若い者が、わけのわからねえ歌ばっか唄《うた》っててよ。たまにゃ額に汗して働いてみろ。おい、少年。聞いてんのか」

鉄夫はカーテンで滴を拭いながら、二階を見上げた。

「おっさんよォ、どうでもいいけど、その少年、ってのはやめてくれよな。成人式もちゃんとすませたんだ」

「けっ、何が成人式だ。獅子舞《ししまい》みてえな頭しやがって。ガキを少年と呼んでどこが悪い。

ていねいなもんじゃねえか」

「ちゃんと名前を呼べって。俺は――」

「知ってらあ。なんとか四郎《しろう》、ってんだろ。四男坊とァ今どき珍しい。故郷《くに》はどこだ、よっぽど楽しみのねえ山奥だろう」

「大きなお世話だよ。それより何で俺の名前を知ってるの」

「へっ。せんに追っかけのジャリが来てたじゃねえか。倉庫の壁に張りついて、シロー！だって。あいつらどうした、コマして捨てたか。それとも飽きられたんか」

二階の若者はこれ見よがしに、背中まで伸ばした金髪を梳《す》き始めた。抜け毛が降り落ちてきて、鉄夫は虫にたかられたようにうなじを振った。

「てめえ、たいがいにしとけよ。叩《たた》っ殺すぞ。こう見えても俺はな――」

「ヤクザでしょ。大港会《おおみなと》の鉄、っていう」

「てめえ、なんで知ってるんだ」

「別に有名なわけじゃないよ。このあいだそこで、倉庫のアルバイトを脅かしてたじゃないか。『大港会の鉄夫ってもんだ、文句あっか』だって。みっともないったらないね、高校生つかまえてさ」

鉄夫は返す言葉を失って窓を閉めた。少しヴォリウムを下げて、四郎はまたギターを弾き始めた。

本当ならたしかにただではおかぬところだ。しかし、同居人と悶着《もんちゃく》を起こして、ここに居られなくなっては困る。住み心地が良いとは言えないが、この霧笛荘の家賃は法外に安い。

そのうえ不自由な仮釈放中の身でもある。表向きは足を洗ったことになっており、月に一度訪ねてくる保護司のじいさんも、まじめに港湾作業をしていると信じている。もっとも、昔の仲間は誰も相手にしてくれないし、何日かに一度は寄場で立ちん坊をするのだから、まんざら嘘ではないが。

ここは辛抱だ、と鉄夫は天井を見上げた。

辛抱——そう、こいつが困りものなのだ。故郷を飛び出したのも、仕事を転々としたのも、十年ヤクザをやって誰も兄貴と呼んでくれないのも、みんな辛抱が足らないせいなのだ。

そのことにしたって自分ではちっとも気付かず、武兄ィに言われて初めてなるほど、と思った。

だから、「ここいらで男を磨いてこい。辛抱できるかできねえかの正念場だ」という武兄ィの言葉を信じて、懲役に行った。

事件《ヤマ》は殺人《ころし》で、刑期は四年。ふつうなら多少はハクがついていい兄貴分になるはずなのに、どういうわけか社会不在の分だけ出世もきっちり遅れた。今では四年前に面倒を見た暴走族《ゾク》あがりの若い者にもコケにされる始末だ。

やれやれ、とすっかり癖になった溜息をついて、鉄夫は冷蔵庫を開けた。

ビールがない。何だか冷蔵庫にまでコケにされたような気分になって乱暴にドアを閉めると、鉄夫はまた窓から顔を出した。

「おい、少年。おおい、顔かせや」

四郎は苛立《いらだ》つようにギターをかき鳴らした。

「なんだよ、おっさん。まだ説教する気か」

「そうじゃねえ。ひとつ頼みがある。ビールを一本めぐんでくれ」

「ねえよ、そんなもの」

「ウイスキーでも酒でもいいぞ」

「ねえって。俺は酒なんか飲まねえもの。コーラじゃだめかい」

あやうく顔を引っこめて、鉄夫はアパート中に聴こえる大声で怒鳴った。

「まったくよォ！　若い者が仕事もしねえどころか、酒も飲めねえってか。ああ世も末だ、世も末だ」

脱ぎ散らした服のポケットを探る。百円玉も見当たらない。ゆうべ酔った勢いで公園の浮浪者にジャリ銭までくれてやったことを、鉄夫はしみじみと後悔した。

「ああ、ああ、髪は染めるわ、耳たぶに穴なんぞ開けるわ、てめえを産んだ親のツラが見てえよ」

天井に悪態をつきながら、脂臭いジャンパーを羽織る。このところめっきり冷えこんで、こいつで一冬を越すわけにはいくめえと思いながら、鉄夫は部屋を出た。

「改心するってんなら、今からだって遅かねえんだぞ。カタギの仕事につくってんなら、力にならんでもねえ。親に詫《わ》びを入れるんなら、一緒に頭も下げてやる。よおっく考えろ、クソガキ！」

階段に向かって怒鳴りちらしながら、鉄夫は肩で風を切るつもりで歩いた。

管理人室の小窓からババアが顔を出した。

「クソガキはてめえだろ。やい鉄、とっとと寄場に行け。またアブれちまうよ」

「ふん。お天道様はとっくに上がっちまってらあ。いらぬ心配するな」

「そうかい。そんじゃまた事務所にどつかれに行くんか」

へっへっ、と鉄夫は瘦せた腹を突き出して笑った。

「なめるなよ、ババア。いいか、立ちん坊は仮の姿だ。ここんとこ日本人の手が足らねえんで、何とか現場でやつらをまとめてくれろって、手配師に頼まれてんだよ」

「はいはい、そりゃけっこうだね。ドックのカンカン虫が仮の姿だってんなら、正体は何だい」

「言わせるな、ババア。人目があるじゃねえか」

男物のパジャマを着た二階のオナベが、赤電話の受話器を抱えたまま笑いをこらえている。聞こえよがしに鉄夫は言った。

「俺ァな、こう見えてもバクチ打ちだ」

管理人もオナベも噴き出し、あらぬ方向からも笑い声が起こった。

「うちの武兄ィがよ。知ってんだろ、若頭《かしら》の武兄ィだよ。おとついからの麻雀《マージャン》でどうとも目がねえから、俺を代打ちにって、たってのご指名さ。もっとも四年ぶりのこって、どこまで勘が戻るかは保証の限りじゃねえが、そこまで言うんならむげに断れる相手でもなし、ちょいと加勢してやろうと思ってな」

管理人は黙って小窓を閉めた。

「鉄。まだ十本あるんだから大事にしな。ハンマーが握れなくなったらおまんまの食い上げだよ」

「うるせいっ。とっととくたばれ、ババァ。後がつかえてんだ」

鉄夫は船底のような半地下の石段を駆け上がって、秋風の立つ路地に出た。

寒い。月末にはいつもより余計に仕事をして、革ジャンパーを買おう。

「平和《ピンフ》」は中華街のはずれの麻雀屋で、武兄ィの姐《あね》さんが経営している。

二年前に賭け金《かきん》のゴタゴタで人が撃ち殺され、借り手のつかなかったものを、目はしの利く武兄ィがただ同然の家賃で借り受けたものだ。

よりにもよって「平和」という名前には呆《あき》れるが、今では大港会の身内専用になっているから、看板に偽りはない。

あちこちの雀荘を食い散らかされるよりはましなので、警察もあっさりと営業鑑札をおろしたし、捜索《ガサ》の入ったためしもない。もっとも武兄ィのことだから、摑《つか》ませるものは摑ませているのかも知れないが。

鉄夫は鼻歌を唄《うた》いながら急な階段を昇った。

武兄ィはたいてい夜中から午前中いっぱいは卓を囲んでいる。勝っていれば祝儀にありつけるし、負けていてもビールの一杯は出してくれる。つまり、そうばんたびでは旨《うま》くないが、たまに顔を見せる分には、とりあえず酒にありつけるわけだ。

鉄夫が社会不在の四年の間に、組は大港会の中でもナンバーワンにのし上がった。それもみんな若頭である武兄ィの才覚だ。なにしろ金貸しの事務所だけでも市内に九つ、近ごろでは中古車も不動産もやっているし、市民ホールの興行だって仕切っている。

鉄夫もまともなら事務所のひとつぐらい任されてもいいのだが、なにぶん字も満足に書けず、金勘定もできないのだから、それは仕方がない。

暴力団お断り、と書かれたドアを開ける。

「ごくろうさんでえす」

武兄ィはいつものように渋めの背広を着て、ネクタイもゆるめずに卓についていた。

「ちっともご苦労じゃねえよ。すっかりくすぶっちまって——ああ、もちょっとマシなやつが来りゃ、代打ちさせるところだが」

武兄ィは振り向きもせずに言った。

メンツは武兄ィとは五分《ごぶん》の、いつもの顔ぶれである。頭のいい武兄ィは、よほどのことがない限り目上とは打たない。遠慮があれば負けるに決まっているからだ。

「また安目ひいちまった。つかねえ。つかねえよ」

どうやら祝儀にはありつけそうにない。姐さんは長椅子の袖《そで》に俯せて眠っている。

「武ちゃんよォ、泣きっツラに蜂だな。手がくすぶってるうえに、鉄の野郎が来ちまった」

「こら鉄ッ、こっち来るな。武兄ィのうしろに立て。そうだ、それでいい」

「まったくそうしてると背後霊だな。がんばれ、鉄。兄貴にとり憑《つ》いてろ。祝儀やるから」

冗談めかして対面《トイメン》の差し出した千円札を受け取ろうとする鉄夫の手を、武兄ィはパシリと叩《たた》いた。

「みっともねえまねするな。いってえ何しに来た」

「何しに、ってことないすけど。たまにゃ顔見せとこうと思って」

武兄ィはうんざりと鉄夫を見上げ、他の兄貴たちは声を上げて笑った。

「鉄よォ、おめえ、いくつになったの」

ひとりが気の毒そうに武兄ィを見ながら訊《たず》ねた。

「三十一、ですけど」

「なんだか老けたなあ。四年ばかり打たれたとァ思えねえよ。どうしたって俺らより上に見える」

「やめとけよ、よっちゃん」

と、武兄ィは対面を睨《にら》んだ。

「こいつだって伊達《だて》や酔狂で懲役かけたわけじゃねえんだから。ちっとはいたわってやらにゃ」

武兄ィのこういう一言には、いつも胸が熱くなる。やっぱり他の兄貴たちとは物がちがうんだ、と思う。

「武ちゃんよォ、賽銭《さいせん》あげて厄払いしといた方がいいんじゃねえのか。それとも思い切って代打ちさせてみっか」

「ばかやろう。こいつに代打ちさせるぐれえならカカアの方がまだマシだ。見よう見まねだって、まさか対面からチーはしねえ」

自分が麻雀に向いていないことぐらい知っている。覚えたのは十年も前の話だが、いまだに手元で三牌《パイ》ずつ分けて置かないと、数字のつながり方がわからない。もちろん勝ったためしがないから、面白さも知らない。

「鉄、並べとけ。いいか、絶対ツモるなよ。並べとくだけだぞ」

武兄ィは背広を脱いで席を立った。長椅子の姐さんをいらいらと突き起こし、寝呆《ねぼ》けまなこのエプロンのポケットを探って何かを取り出すと、トイレに入って行った。

「おや珍しい。武ちゃんよっぽど熱そうだな。冷てえのを持ってった」

ひとりが上目づかいに言った。

「そろそろ時間きめといた方がいいんじゃねえか。きりがねえぞ」

「だが、目が覚めたとたんに、もうやめようとは言えねえ」

どうやら勝負は武兄ィの一人負けであるらしい。水を流しっぱなしにしたまま、長いこと武兄ィはトイレから出てこなかった。

「シャブだけァやめといた方がいいんだがなあ。知ってっか、近ごろミニパトに保安の刑《デ》事《カ》が乗ってるっての」

「何だそれ」

「つまり、駐車違反と注射違反をいっぺんにパクッちまうてんだよ。交番でキップ切りながら、ついでに小便とってけって」

「ひえ、寒い話だなあ――」

鉄夫は不安になって姐さんを振り返った。目が合ったなり意味不明に笑い返し、姐さんはまた肘《ひじ》の中に顔を伏せてしまった。

女房のシャブ好きは有名だが、それはむしろ亭主の悩みの種で、武兄ィが覚醒剤《かくせいざい》を打つのを見たことはない。よほど熱いのだろう、と鉄夫は思った。

やがて武兄ィは、うって変わった目覚めの顔でトイレから出てきた。

「よおっし、やるぞォ！」

長身で天井を押し上げるような伸びをし、おしぼりで顔を拭《ぬぐ》い、お得意のリーゼントを櫛《くし》で撫《な》でつけてから、武兄ィは晴れやかな感じで卓に戻った。

「こんな手になってますけど」

鉄夫は席を譲った。いい配牌であることぐらいはわかる。

「へえ。おめえもまんざら捨てたもんじゃねえな──よいしょっ、と」

一回目のツモでいきなり点張《てんぱ》ると、武兄ィは甘ったるい覚醒剤の匂いをふりまきながらにたりと笑った。

「ご苦労さん、これ手間だ。酒でも買って帰れ」

ワイシャツの胸から神経質な感じのする指先で一万円札をつまみ出すと、すかさず牌を叩き置いて、武兄ィは「ダブルリーチ！」と叫んだ。

七対子《チートイツ》の「北《ペー》」単騎待ちだ。

「へっへっ、効果テキメンでやんの。ほら鉄、早く行け。貰《もら》うもの貰や用はあるめえ」

「へい。ごちそうさんです」

去りかけて何げなく隣の手牌を見ると、「北」が暗刻《アンコ》で入っていた。

どうやら今日の兄貴はとことん目がないらしいと気付くと、鉄夫は逃げるように店を出た。

姐《あね》さんは苦労の標本のような痩《や》せこけた顔をソファの背にもたせて、つまらなそうに煙草を吹かしていた。


とりあえず冷えたビールを買ってアパートに戻る。とたんに幸福な気分になって、俺もまだまだ捨てたもんじゃねえ、と鉄夫は思った。

これだからヤクザはやめられない。汗水流さずに手に入る金というものは、何だかものすごく得をした気分になるのだ。

若い者にどう蔭口《かげぐち》を叩かれようが、管理人のババアや古いなじみのマスターにどう説教されようが、この暮らしを捨てる気にはなれない。

うきうきと中華街の目抜きを歩いて、いつもなら回り道をするはずが、うっかり交番の前を通り過ぎてしまった。

いいかげん歩いてから、鉄夫は呼び止められた。

「おいこら、鉄。ご機嫌じゃねえかよ」

四係《マルボウ》の万助が肩を寄せてきた。

「ああ、旦那《だんな》。ご苦労さんです」

「いつ放免になった」

「ええと、この春ですけど。挨拶《あいさつ》もしませんで、ども」

「そんなもん、いらねえよ」

地のヤクザの間では「万助」と呼ばれている名物刑事だが、本名か仇名《あだな》かは知らない。関り合いを避けて早足になる鉄夫の後を、頑丈な影のようにつきまとってくる。ひとけのない運河のほとりまで来て、鉄夫は情けない顔で振り返った。

「何だよ旦那。俺なんか追っかけたって何も出やしねえよ。みやげだってねえよ」

「べつに追っかけてやしねえ。俺の行く方におめえが歩いていくだけだ」

「ほら、見てくれ。酒買いに来ただけだ。ここんとこすっかり改心して、これだけが生きる楽しみなんだからよ」

万助は無精髭《ひげ》の立った真四角な顔を鉄夫の肩に寄せてきた。

「くせえくせえ。何だか甘ったるい匂いだ」

カマをかけているのはわかるが、今の今しがたのことで鉄夫はどきりとした。

「冗談だよ。いやな、春の異動で警察学校の教官になる予定だったんだが、何のことはねえマルボウから保安に移っただけよ。そしたら急に鼻が良くなった。おめえ、シャブだけァやめろよ。仮釈中にシャブで挙げられたら目も当てられねえぞ」

「わかってるって。俺ァそんなことしねえ」

「まじめにやってるそうじゃねえか。何ならドックに紹介するぜ。同じカンカン虫やるにしたって、その方がよかろう」

「いいよ。俺、あんなこと毎日する気ねえもの。ふところ具合で寄場に行く方がいいや」

運河を跨《また》ぐ鉄橋を渡りかけると、めっきり冷えた潮風が体をなぶった。暖かそうな万助の革ジャンパーを横目で見ながら、こういうやつを買おうと鉄夫は思った。

「いやな、おめえの家《ヤサ》、こないだの自殺さわぎでよ、警戒地点になってるのさ」

アパートまで付け馬されたのではたまらない。鉄夫は運河の上で立ち止まった。

「ふん。死にてえやつの心配までするってか」

「あやつきの場所を疑《うたぐ》るってのは、パトロールの常識だ」

「なんだよ。やっぱ俺を見張ってるんじゃねえか」

気色ばんで手すりから身を起こす鉄夫の肩を、万助は宥《なだ》めるように抱いた。

「まあそう言うな。見張ってるんじゃなくて心配してるんだ。なにせおめえは、殺しだって背負《しょ》っちまうほどのバカだからな」

万助は淀《よど》んだ川面を覗《のぞ》きこみ、かあっと咽《のど》を鳴らして痰《たん》を吐いた。

「てめえで調書まで取っといて、そりゃねえだろ、旦那」

やり場のない怒りを拳《こぶし》の中に握りこむと、鉄夫は怒るよりも悲しくなった。

自分が武兄ィの言いつけで罪を背負ったのも、万助がそれを承知で調書を作ったのも、そうするほかに手だてがなかったからだ。それはこの町の法律みたいなものなのだ。おたがい肚《はら》で割り切っていかなければ、不幸と貧乏がごたごたに煮つまったこの町では、誰も生きていけない。

「だがよう、鉄――」

と、万助はジャンパーの襟をかき合わせて、いやにしみじみと言った。

「タケシの回りをうろうろするのはやめとけ。おめえにとっちゃ金ヅルかも知らんが、たかだかの小遣いもらって有難がるような相手じゃねえぞ。どのみち割り食うのはおめえの方だ」

「知らねえよ。今さら武兄ィが俺なんか相手にするもんか」

万助のごつい体をすり抜けて橋を渡りきると、運河に似合いの濁《だ》み声《ごえ》が後を追ってきた。

「仮釈は甘かねえぞ。執行猶予《べんとう》とはわけが違うんだぞ。何かあったって、俺なんかじゃかばいきれねえんだからな」

霧笛荘には小さな共同風呂《ぶろ》がある。

ババアの話では、港が荷役《かえき》で賑《にぎ》わったころ、昼夜かまわず入れる風呂を作ったのだそうだ。人夫の数も減ってしばらくは物置になっていたものを、川向こうの銭湯が廃業したのでまた沸かすようになった。

たてつけの悪い引戸には「男」「女」と書かれた木札が下がっていて、入るときにはそれをひっくり返す。

なかなかの名案なのだが、たまにそれを忘れたり見落としたりして、黄色い悲鳴が起こる。ことに二階のオナベは木札を返さぬ癖があるので、しばしば騒ぎになる。

缶ビールをたて続けにあけていい機嫌になると、鉄夫は頭にタオルを巻いて部屋を出た。髪を洗うのは大嫌いだから、伸びきったパンチパーマをきのこのように膨れさせぬために、いつもそうするのである。

風呂場の曇りガラスには人影が動いていた。

「おおい、オスかメスか、それともオカマかオナベか、はっきりしろ。ちゃんと札かけとかにゃだめじゃねえか」

「すんませえん」と、四郎の声がした。

「へえるぞ。早く出ろ、コラ」

色気のないセメント造りの風呂だが、シャワー付きの洗い場も二つあり、湯舟も二人が並んで入れる広さだ。

四郎は背中まで伸びた金髪を洗っていた。

「おい、抜け毛は拾っとけよ。てめえの入った後は気味悪くっていけねえ」

シャンプーを流しおえると、四郎は鏡獅子《かがみじし》のように首を振って、わざと沫《しぶ》きを飛ばした。

怒っちゃならねえ辛抱だ、と鉄夫は湯舟に浸《つか》ったまま顔を拭《ぬぐ》って、じっと耐えた。

洗い場に並んで座ると、四郎は鏡の中で言った。

「ねえねえ、おっさん。コンサートやるんだけどさ、来てくれないか」

「人見て物言え。俺だって女子大生をバクチに誘ったりはしねえ」

「頼むよ、チケットの割当てがあるんだ」

「なんでえ。タダじゃねえのか」

「管理人のババアだって、隣のオナベだって義理で買ってくれたよ」

「俺ァてめえに義理なんかねえ。ババアは家賃で食ってるんだし、オナベはおめえに惚《ほ》れてる」

「頼む。この通り。三千五百円のところを三千円でいいから」

四郎は手を合わせた。ずいぶんと都合のいい野郎だとは思うが、鉄夫はこうした頼み事には弱い。

「てめえは物の言い方を知らねえ。買うの買わねえのじゃなかろうが。一世一代の晴れ舞台だと言やァ、祝儀をはずむのもやぶさかじゃねえよ」

「ほんと！　助かるよ。一枚でいいか」

「あったりめえだ」

四郎は鉄夫の背中に回ると、中途はんぱな筋彫りをごしごしとこすり始めた。


翌日、鉄夫は久しぶりでドックのカンカン虫になった。

ヘルメットを冠《かぶ》り、ノミとハンマーを持って貨物船の腹に吊《つ》り下がる。風にあおられ、奈落の底を見ながら船腹にこびりついた藤壺《ふじつぼ》を叩《たた》き落とすのである。

体もしんどい上に、年に一人や二人はおだぶつになる仕事だから実入りは良い。甲板洗いや荷役を三日やるぐらいなら、これを一日やってあとの二日を寝て暮らす方が、鉄夫の性には合っていた。

手先も器用だし、けっこう几帳面《きちようめん》なところもあるので、仕事の出来映えには自信がある。いちど塗装班の監督がほめてくれて、それ以来、寄場の手配師も鉄夫を見れば「やい、カンカン虫あるぞ」、と声をかけてくれるようになった。

力まかせにハンマーをふるいながら、いつも考えることがある。

自分の手でさっぱりとしたこの貨物船が、やがて真新しいペンキを塗られてインド洋や地中海まで行く。海といえば重油の浮かんだこの港しか知らないが、インド洋はインドマグロがいるぐらいだから、ものすごくきれいなのだろうと思う。地中海には大金持ちどものヨットなんかがいっぱい浮かんでいて、こいつはその間をでかいツラで航海して行くのだろう。イルカやカモメを子分みたいに従えて。

　そんなことを考えながら、カンカンとハンマーをふるううちに、何だか胸が熱くなって、頭の芯《しん》が痛くなって、わけのわからぬ涙がぽろぽろとこぼれる。

　潮風が目をただれさせるので、いくら泣いたって誰も怪しまない。甲板に引き上げられたときのカンカン虫たちの目は、みんな真っ赤なのだ。

　日当を貰《もら》うと、艀《はしけ》だまりの屋台に飛びこみ、冷や酒を呷《あお》る。これが効く。体がからからに乾ききっているから、まるで海綿が水を吸うみたいに、ものの三杯でべろべろになる。

送迎バスの出発までは間がないので、なおさらのことだ。

いちどバスの中でゲロを吐き、袋叩きにあった。それ以来、産業道路をぶらぶら歩いて帰ることにしている。歩いているうちにまた咽が渇くので、自動販売機のビールを買い、飲みながら歩く。これがまたいい。

　最終の送迎バスが追い越して行く。みんなが窓から顔を出して、「ゲロ、ゲロ、ゲロっぱき」と茶化す。鉄夫の酒はいい酒だから、何だか無性に嬉《うれ》しくなって手を振り返す。

　バスが信号で止まった。鉄夫はよろよろと走って、窓枠に飛びついた。

「ゲロはねえだろ。せめてカンカン虫って言ってくれ」

　すると一人が顔を突き出して笑った。

「ばかやろう、俺たちゃみんなカンカン虫だ」

バスは鉄夫を振り落として走り去った。路端《ろばた》に尻餅《しりもち》をついて、鉄夫は少し考えた。言われてみればその通りだ。その通りにはちがいないが——バスの中でゲロを吐いたカンカン虫は俺ひとりなのだ、と。

みんなが同じ仕事をして、同じ酒を飲んで、同じバスに揺られて、だのに自分ひとりがそう呼ばれるのは、やはり辛抱が足らないからなのだろう。

刑務所《ナカ》でもシャバでもコケにされるのは、頭が足らないとか勘定ができないとか字が書けないとか、そんなことじゃなくって、気持ちが悪くなったときにこらえ性がないせいなのだ。

産業道路を一時間も歩いて町なかに入ったころには、すっかり日が昏《く》れていた。まっくらな夜道を歩くのはみじめだから、冬になったら我慢してバスで帰ろう、と鉄夫は思った。

サーチライトがガード下の闇を染めていた。海に近いこのあたりでは、どこを掘っても厄介な工事になる。泥人形のようになった作業員たちを見るたびに、カンカン虫の方がよっぽどましなのに、といつも思う。

ぬかるみをよけて歩いて行くと、腰のすわらぬ手押し車がやって来た。

「あれ、なんだおめえ。こんなとこで働いてんのか」

まずいところを見られたというふうに、四郎はそっぽうを向いた。

「ばあか。後ろ向きゃよけいバレるぜ。ああ、ああ、自慢の金髪も泥だらけでよお、ざまあねえや」

手押し車を置いて、四郎は開き直った。

「しょうがねえだろ。チケットが売れないんだから」

「そりゃご苦労なこった。だが、てめえの切符をてめえで買うってのも、何だか虚《むな》しいなあ」

「チケット代を稼げば、ギャラはそっくり貰えるんだ。同じことさ」

ガードの上を貨車が過ぎて行った。

「ちょっと待て。同じじゃねえぞ。ギター弾くのが仕事で、これも仕事で、そんでもってギャラは一回だから、やっぱタダ働きじゃねえか」

「もういいよ。おっさんと話してると疲れる」

四郎は不器用に車を押しながら歩き出した。サーチライトの輪の中を、きゃしゃな体が右に左にと揺れ、足を取られたと思う間に山盛りの泥ごと四郎はひっくり返った。

ビールを啜《すす》りながら、鉄夫はしばらくの間、泥と格闘する四郎の姿を見ていた。そのうち分不相応な侠気《おとこぎ》がふつふつと滾《たぎ》ってきた。

「おい少年。切符はあと何枚残ってるんだ」

「なんだ、まだいたのか。買ってくれるのかよ、あと五十枚」

「五十枚てえと、一枚三千円だから三五の一万五千円か」

「――もういいよ。疲れるんだよ。一ケタちがうじゃねえか」

「てことは、なに、十五万！　そりゃきついな。若い者にゃムリだ。よしわかった、俺が五十枚うけたろうじゃねえか」

四郎はきょとん、と立ちすくんだ。

「ほんとかよ。いいの？」

「先のある若い者のこの苦労を見ちゃ放っておけめえ。ただし一週間待て。定期預金が満期になる」

四郎はとっさにヘルメットを脱いで、ぺこりと頭を下げた。

「助かるよ。ギャラ貰ったらちゃんと返すからさ。どうせ売るあてなんてないんだろ」

「なめるなよ少年。たかだか五十枚のパー券がさばけねえで、大港会の兄ィが務まるか。そこいらの店に置いて回りゃ、三十分で銭に化けらあ」

「ほんとに？　だったら三千五百円で売って五百円ハネていいよ」

「冗談よせ。三千円だって言やあ、どこの店だって五千円よこして、アニキ、あとはどうぞ手間賃に、とくらあ。それが仁義てえもんさ。なにせこちとら体張って市民の平和を守ってるんだからな――てことは、一枚二千円の儲《もう》け話だから二五の十《とお》で、ざっと一万がとこ儲かる。何ならもっと売ってやろうか、あ？」

「……いいよ、それだけで」

「ふむ。そうだな。何たって他人様《ひと》におんぶにだっこじゃためにならねえ。足らねえ分はてめえの体で稼げ。じゃあな」

——翌日からぶっ続けで一週間、鉄夫はカンカン虫になった。

安うけあいはしたものの、鉄夫には鉄夫なりの計算があった。

武兄ィに頼みこめば、チケットの五十枚ぐらい面倒見てくれるだろうと考えたのだ。羽振りはいいがけっこう金にはセコいから、「アニキ、一枚千円の手間抜いて下さい」と言えば、喜んで受けてくれるにちがいない。とすると、額面は三千五百円だから自分は差し引き五百円だけ損をすればいいことになる。それで四郎の苦労は救われ、自分の顔も立ち、兄貴は儲かる。

ところが、俺の頭もまんざら捨てたものじゃねえと、勢いこんで武兄ィに話を持ちかけたところ、にべもなく断られた。

誤算だった。コンサートは武兄ィが興行主だったのである。

武兄ィは鉄夫の頭をガンガン小突きながら怒鳴った。

「俺がおっつけたチケットを俺が買ってどうすんだ、え。千円の手間だァ？　あのな、このコンサートの売上は、ぜんぶ俺の手間なの。売りゃ売っただけ俺のゼニになるの。椅子席とっ払って、消防署に金渡して、定員の倍もチケット刷ってんだ。カンカン虫の日当を取り戻したきゃ、当日にダフ屋でもやって叩《たた》き売れ。そのぐれえのことなら目をつむってやる」

武兄ィの聞かでもの自慢話によれば、「ベイサイド・チャリティ・ロック・フェスティバル」と銘打ったそのコンサートは、いったい何のためのチャリティかは知らんが、けっこう人気のあるロックバンドが真打で出演するということだった。そこで駆け出しの前座バンドをずらっと並べ、メンバーのひとりひとりに五十枚ずつの立ち見チケットをギャラ相殺で押しつければ、それだけで会場費と宣伝費はまかなえるという計算らしい。

武兄ィの頭の良さには舌を巻く。しかし良く考えてみれば、鉄夫が武兄ィの打った興行に十五万の祝儀を包んだのと同じことになる。あんまりばかばかしいので、鉄夫はかえって必死になった。義理をからめて何枚かは知り合いに売りつけ、ゲームセンターにたむろする子供らに脅し半分、泣き半分で押しつけた。

それでも残ってしまった分は、武兄ィに言われた通り、当日の会場前でダフ屋をやることにした。

もっとも興行主の手前、チケット売場で客の袖《そで》を引くわけにもいかない。少し離れた場所に立って、片っ端から声をかけた。それとてプレミアがつくほどの盛況ではないから、いきなりダンピングである。当初の二千円を千円に値下げし、しまいには通りすがりのアベックに五百円でもいいと頼みこんで、やっとあらかたを売りさばいた。

一枚は残してある。

蒙《こうむ》った迷惑は別として、あの野郎の晴れ舞台なのだから、拍手のひとつもしてやらにゃなるめえと、鉄夫は最後のチケットを持って会場に入った。

ドアを開けて、鉄夫は尻《しり》ごみをした。

こういう場所はもちろん初めてなのだが、あまりにも勝手が違いすぎた。耳をつんざく大音響が谺《こだま》し、開幕早々だというのに若者たちの熱気と喚声が充満している。まるでステージと競り合う感じで、客席は煮え滾っているのだった。

まさか管理人のババアが来てやしねえだろうなと、鉄夫は気を揉《も》んだ。

それでも——何となく嬉しかった。

この大観衆の中の四十九人は、自分の連れて来た客だ。そいつらもきっと大声を張り上げ、頭上に手拍子を打って興奮しているにちがいない。

鉄夫は興の乗るほどに、十も十五も齢下の若者たちにもみくちゃにされながら、見よう見まねでジャンパーを放り上げ、指笛を吹き鳴らした。

やがて、吹き出す煙と炸裂《さくれつ》するライトの中に四郎が躍り出たとき、鉄夫の興奮は頂点に達した。

四郎の金髪はにわとりのとさかみたいに、天に向かって結い上げられていた。役者の隈取《くまど》りみたいなどぎつい化粧は、きっと隣のオナベが手を貸したのだろう。それに、いきなりがなり始めた曲は、毎朝悩まされ続けている、いつものやつだ！

「シロー！」と、隣の少女が両手を振った。

ぎょっとして、鉄夫は大声で訊《たず》ねた。

「おめえ、知ってんのかよ！　あいつのこと」

「おっさん、知らないの！　ギターうまいのよ。可愛い顔してるだろ！」

「知ってらい！　知ってらい！」

鉄夫は感極まって少女を抱きすくめ、声にならぬ裏声を張り上げた。

「シロー、シロー！　あいつがシローってんだ。霧笛荘の二階に住んでる、シローってんだよ！　俺のダチのよ、シローってんだよっ！」

四郎は怪物のような衣裳《いしょう》をひるがえし、ギターをかき鳴らして歌っている。そうだ——あいつはきっといつか、テレビにも出るぐらいのし上がるにちがいない。

鉄夫は絶叫する若者たちに混じってぶざまな恰好《かっこう》ではね上がり、作業靴を踏み鳴らし、まめだらけの手を叩きながら、わああと泣いた。

四郎の出番が終わると、鉄夫は急に正気に返ってすごすごと会場を脱け出した。

海岸通り《バンド》の並木にはやわらかな秋の雨が降っていた。道路の対《む》かいに白いベンツが止まっており、武兄ィが傘を並べて立話をしていた。

挨拶《あいさつ》をしようと通りを渡りかけて、鉄夫は自分の身なりに気付いた。熱狂する若者たちの真似をして薄っぺらなジャンパーを放り上げているうちに、どこかになくしてしまっていたのだった。いくら何でも脂だらけのTシャツ一枚ではうまくない。

武兄ィが気付いて手招きをした。連れの男はちらりとこちらを見たなり、傘をかしげて立ち去った。それが水上署の万助であることは一目でわかったが、だからどうというわけでもない。今さら俺の前で顔を隠すこともないのに、と鉄夫は思った。武兄ィと万助旦那《だんな》のいい付き合いが、この町の平和を保っていることぐらい誰だって知っている。

「なんだおめえ、そのなりは」

「へえ。今そこで、寒そうにしている浮浪者がいたもんで、くれちまったんです」

「そういうのをな――」

と、武兄ィは鉄夫をベンツのシートに押しこんだ。「目クソ鼻クソ、ってんだ」

隣に座ると、武兄ィは黄色いラクダのコートの肩をハンカチで拭《ぬぐ》った。ぶるっと身ぶるいをして、いったいどこでこんなに差がついちまったんだろう、と思った。

「そこいらをゆっくり流せ」

武兄ィが命ずると、ベンツは雨の海岸通りを滑り出した。

「ちょうどいい。おめえんとこに寄ってこうと思ってたんだ」

「俺んちに？　いってえ何ですか」

「なに、この間はつれねえことをしたからな。良く考えてみりゃ、おめえも苦労したんじゃねえかと思ってよ」

船のようにゆったりと揺れるベンツのクッションに、鉄夫はたちまち気分が悪くなった。走り去る街路に目を向ける。兄貴がこういうやさしい物言いをするときは、気をつけなければいけない。

ふと、万助の言葉が甦《よみがえ》った。

（タケシの回りをうろうろするのはやめとけ。おめえにとっちゃ金ヅルかも知らんが、たかだかの小遣いもらって有難がるような相手じゃねえぞ。どのみち割り食うのはおめえの方だ）

――たしかにそうかも知れない。

考えてみれば自分自身で踏んだ事件《ヤマ》なんて、ささいな喧嘩《けんか》と自転車泥棒と、せいぜいノミ屋の電話番をしていて捜索《ガサ》をくらったときぐらいのものだ。実際に裁判沙汰《ざた》にまでなったものは、みんな身がわりなのだ。

よその事務所にカチ込んだのも、つぶれた会社の社長を半殺しにしちまったのも、みんな他のやつがやったことだった。しまいにはとうとう、埠頭《ふとう》に浮かんだ死体まで、鉄夫のせいになった。

「兄貴、俺、仮釈中だから」

「そんなこたァわかってる。なに、たいしたことじゃねえ。荷物を受け取って、大阪まで持って行くだけさ」

「運び、ですか。だったらもっと気の利いたやつの方が——」

「いいや、おめえじゃなくちゃ務まらねえ」

と、武兄ィは鉄夫の凍えた肩を引き寄せた。

「おめえはバカだが、ひとつだけ誰にも真似のできねえところがある。わかるか」

「わからねえよ、そんなの。俺、人よりましなとこなんて何もねえもの」

「いいや。おめえは口が堅え。それにまちがったことのできねえ律義者だ」

そうではない。口が堅いのではなく、嘘をつく頭がないから、いつも黙秘《ダンマリ》を決めこむしかないのだ。そうすればあとは、組の弁護士が適当に罪を背負わせてくれる。

「うちの若い者を見ろ。おめえも知ってるだろ、どいつもこいつもおしゃべりで、おまけにやれ車だ女だと、銭ばっか食いやがる。そんなやつらに、シャブの運びなんて任せられると思うか、え？」

「シャブ、すか……」

覚醒剤《かくせいざい》がどのくらい重い罪であるかは知っている。世間を騒がせている犯罪だから、一歩まちがえれば五年も十年もの実刑が容赦なく打たれる。現に殺人罪の自分よりも、ずっと長く服役しているその手合の囚人たちを、大勢見てきた。

繁華街のショーウィンドの前で、武兄ィはふいに車を止めるように命じた。ぶ厚い札入れごと運転手の若者に渡して、

「おい、鉄兄ィに何か買ってきたれ。あったかそうなのな」

「兄貴、俺、腹へってねえよ」

「そうじゃねえ、そのなりを何とかしろ」

若者は食い物を買うのと同じぐらいに手早く、大きな紙袋を提げて戻ってきた。

毛皮の襟がついた、しなやかな革のジャンパーだった。

「こりゃいい。イタリー製だと。俺が欲しいぐれえだぜ」

鉄夫の濡《ぬ》れたTシャツの上からジャンパーを羽織らせて、武兄ィは真顔になった。

「なあ鉄夫。ぶっちゃけた話をしよう。実はな、今さっき万助が教えてくれたんだが、県警本部がとんがってるんだと。もっとも俺に万一のことがあったら旦那だってひとたまりもねえから、念のためってことにゃちげえねえんだが」

「旦那が言うんなら、よっぽどじゃないんですか」

「なあに、いつものことさ。万助も近ごろヤキが回って、妙に臆病《おくびょう》でよ」

いかにも大したことではない、というふうに、武兄ィは煙草をくわえ、退屈そうにシー

トに沈みこんだ。

「そう言われたって、来週に入る予定の荷はもう海の上だし、第一こっちの都合でビビッてたんじゃ大阪にも顔が立たんし」

「俺、そんなのできねえよ」

気の利いた若い者がいないのではなく、もしかしたら気の利いた若い者には任せられないぐらいヤバいのかも知れない、と鉄夫は思った。少くともそう考える方がずっと自然だ。

「大丈夫だって。な、百万でどうだ」

「いやだよ兄貴。勘弁してくれ」

とたんに鉄夫はひどい吐気に襲われた。冷たい汗が満身に噴き出た。パワーウィンドの操作がわからず、おろおろとする間に鉄夫はシートの上に激しく吐いた。

「うわ、このやろう！」

と、運転手は車を急停止させて、鉄夫を路上に引きずり出した。

武兄ィはうんざりとハンカチで口を押さえながら、水溜《みずたま》りに転がった鉄夫を罵《ののし》った。

「まったくてめえは辛抱の足らねえやつだな。何考えてやがる」

「勘弁してくれ、兄貴。俺ァそんなこと、おっかなくって」

「もういい。かわりはいくらでもいるわ。せっかくいい思いさせてやろうと思ったのによ。いいな鉄、金輪際、俺の回りをうろつくな。そのジャンパーは追い銭だ」

車は走り去った。

ガードレールに頭を預けていると、うなじを濡らす雨が吐気を嘘のように冷ましていった。

これでいいんだ、と鉄夫は思った。

兄貴にはとうとう愛想をつかされたが、このジャンパーがあれば一冬はしのげる。カンカン虫になりきるには、いい潮時かも知れない――。

翌日から鉄夫は、生まれ変わったように働き始めた。

まっさらの革ジャンを潮風にさらすのはもったいない気もするが、仲間も監督も目を丸くしてうらやましがる。

何だか男っぷりまで上がったようで、そっとバスに乗り込んでも、みんなが「鉄」と呼んでくれた。

それもそのはずだ。なにしろイタリー製の羊革で、襟には本物の毛皮が付いている。誰が見たって十万は下らない代物だ。

これでいよいよ長年の懸案である中途はんぱな彫物を完成させれば、俺はきっと作業班長に出世するだろう、と鉄夫は思った。

カンカン虫の腕なら誰にも負けない。あとはそこいらの飲み屋のねえちゃんでも捉《つか》まえて所帯を持てば、やくざな暮らしもいつか笑い話になるだろう。

毎朝、倉庫のすきまから狙い撃つように瞳《ひとみ》を刺す朝日にも、もう腹は立たなかった。むしろその輝きに揺り起こされることが快く感じられるようになって、カーテンを開けたまま眠った。

起きろ、鉄。仕事だぞ――と、お天道様《てんとさま》に怒鳴られながら、うつらうつらと考える。

班長になれば、日当は三万だ。酒をほどほどに控えて精を出せば、ちゃんと所帯も持てるし、そのうち郊外に中古のマンションでも買って、ネクタイを締めて通勤してやろう。ガキはなるたけたくさん作って、人並の教育を受けさせて、どうともできの悪いのはカンカン虫を継がせりゃいい。

結局、自分の辛抱のなさが思いがけない未来を開いたことに気付くと、鉄夫は無性におかしくなって、朝日にぬくむ万年床の中を笑い転げた。

こうなると敵は酒だけだった。

ところが、毎日仕事に出ればその酒の量さえぐっと減ることに気が付いた。

朝早くから寄場に立ち、一日の作業を了《お》えて屋台で飲む冷や酒。食堂で飲む一本のビール。そのあたりでもう睡気《ねむけ》がさしてくるから、あとは寝酒の一杯がせいぜいである。

酒が減った分だけ飯は腹に入る。それは食ったとたん力になって、どんな強情なインド洋の藤壺《ふじつぼ》でも、一撃で叩《たた》き落とせるようになった。

夜は泥のように眠れる。疲れは快く、決して積み重なることはなかった。

ちょうど折しも、今まで見たこともない大型船がドックに入って、おそろしく長いロープの先で仕事をすることになった。日当は同じだが、危険な分だけカンカン虫の志願者は減る。

「一号ドック、カンカン虫六名。ただし、三十メーター」

と手配師が言えば、たいていのやつらは怖気《おじけ》づいて挙げかけた手を引っこめる。

「おう、三十。上等、上等!」

と真新しい革ジャンパーの肩をそびやかして進み出るときの晴れがましさといったらなかった。

「どうせなら舳先《へさき》やらせろ。三十も四十もたいして変わりはねえや」

パナマ船籍のばかでかいタンカーに三十メートルも吊《つ》り下がると鳥肌が立つ。腰板一枚の下は地獄だ。見上げる甲板は、まるで空に張り出した岩山だ。

だが、この怪物が二十万トンの石油を積んでアラビアの海を往《ゆ》くさまを想像すると、鉄夫の胸は誇らしさでいっぱいになった。

まる一週間かかって舳先の藤壺をひとつ残らず叩き落とし、作業終了の笛とともに腰板が引き上げられるとき、鉄夫は軍手を投げ棄てて船腹を撫《な》でた。

塗装班のゴンドラが間近に迫っている。

「頼むぜえ、いい女にしたってくれよぉ！」

塗り残した舳先の腹を叩いて、鉄夫はハンマーを振った。

「おお、ご苦労さん、任せとけえ！」

二人の作業員がペンキだらけの手を振り返した。

どうやら間に合った。こいつは今晩徹夜で化粧をし、明日の朝にはドックを出る。

この次にやってくるのは、どんなひからびたあばたヅラだろうかと、鉄夫は灯《とも》り始めた舷灯《ポール・ライト》を見上げながら思った。


海岸通り《バンド》の銀杏《いちょう》並木は目の覚めるような黄色に変わっている。

公園に沿って並ぶ屋台の提灯《ちょうちん》を車窓から眺めるうちに、鉄夫は矢も楯《たて》もたまらなくなった。明日はドックもからっぽだし、お天道様も朝寝を許してくれるだろう。

「おおい、止めろ止めろ。ここで降ろせ」

バスがぞんざいに急停止し、満員の作業員たちはぶうぶう文句を言った。

「しょうがねえじゃねえか。わあ、気持ち悪い、吐く吐く！」

人々はどっと道をあけた。タラップを飛び降り、バスを見送ると、鉄夫は黄色い落葉に巻かれながら気持ちの良い伸びをした。

酒の減った分、腹は快調だ。

作業靴を踏み鳴らして通りを渡り、不景気な屋台を物色する。どいつもこいつも客待ち顔だ。

ころあいの暖簾《のれん》をくぐりかけて、鉄夫はふと凩《こがらし》に耳を澄ませた。くぐもったギターの音が、たしかに聴こえた。公園の闇に目を凝らす。銀色の街灯の下のベンチに、ギターを抱えた人影があった。

「なんだ、あの野郎。遠慮してるってか」

生垣を飛び越えて、鉄夫は四郎の背を叩いた。

「何やってんだ、おめえ。アベックのじゃまだろ、アパートに帰って弾け」

四郎はぎょっと振り返って鉄夫を認めると、気の抜けた挨拶《あいさつ》をした。

「波止場に行って弾けって言ってたくせに」

「いやいや、あれァ物のたとえだ。その、なんだ――どうやら俺ァ、おめえのことを安く見てたな。うん、おめえはきっとスターになる。俺が言うんだからまちがいねえ」

四郎はいかにも興が醒《さ》めたように、ギターを収《しま》い始めた。

「コンサート、来てくれたのか？」

「ああ、行ったともさ。義理がたいやつらを五十人ひきつれてな。すげえよ、大したもんだ。おめえはきっと、北島三郎みてえな大物になる。紅白だって、まあ今年はムリだろうが、来年かさ来年にゃ――」

「サンキュー。俺もやっと運が向いてきたみたいなんだ。来月も仕事が来た。今度は大仕事さ。ゲストのメンバーが麻薬で捕まったんで、俺がピンチヒッター。すげえだろ、本場のロックバンドのリードを弾くんだぜ」

「ひええ、そいつァたまげた。本物の金髪にまじってか」

「自分でも信じられないよ。こないだのプロモーターが推してくれてさ。おまけに――前《バ》渡《ン》し《ス》が百万」

言わでものことまで言ったというふうに四郎は口を噤《つぐ》み、それから嬉《うれ》しさをこらえきれぬように微笑んだ。

「夕飯おごるよ、おっさん」

ギターを抱えて歩き出す四郎の肩を、鉄夫は鷲摑《わしづか》みに引き寄せた。

「バンスが百万って、それ何だ。え？」

四郎はチエッと舌打ちをして、鉄夫の手を振り払った。

「わかってるよ。こないだの金なら返すよ。そうムキになるなって」

「そうじゃねえ。なんでそんな大金を貰《もら》うんだ。もう受け取っちまったのか」

「まだだよ。明日もらえる約束だ。そしたらちゃんと返すよ」

「おめえ――妙なこと頼まれやしなかったろうな。百万やるかわりに、何かをしろとか言われちゃいねえだろうな」

抗《あらが》いかけて鉄夫の真剣な表情に気付き、四郎は押し黙った。

「おめえ、何かを受け取って、大阪まで届けろって言われたんだろう。え、そうだろう」

肩を揺すり立てられながら、四郎は鉄夫の剣幕に怯《おび》えだした。

「でも、俺、何も知らねえもの。手がねえからちょっと頼まれてくれって。ここで外人から受け取った物を持ってくだけでいいって」

「ばかやろう！　てめえ、それがどんなものだか、見当はついてるだろうが」

鉄夫は四郎の頬を殴った。そのまま襟首を摑んで引きずりながら、あたりを窺《うかが》った。

「何すんだよ。今じゃねえよ。場所をまちがえるといけねえから、下見に来たんだよ」

「今じゃなきゃいつだ。何時なんだ」

「明日の朝の五時だって。誰にも言うなって言われてんだ。黙っててくれよ、せっかくの仕事がつぶれちまう」

公園の入口まで四郎を引き立て、枯葉の舞い落ちる舗道に向けて突き放した。

「いいか、絶対に来るんじゃねえぞ。そんなことしなくたって、てめえはきっといつかスターになる。立ちん坊じゃあるめえし、目先の仕事になんか飛びつくんじゃねえ。うまく行ったら、百万はちゃんとおめえに渡す。そんなはした金で、てめえの人生を棒に振ったらどうすんだ。いいな、絶対に来るんじゃねえぞ！」

四郎はずっとこらえていた恐怖から放たれたように、海岸通りを駆け去った。

「そうだ。おめえが百万じゃ安すぎる」

屋台に入ると、鉄夫はたて続けに冷や酒を呷《あお》った。勢いをつけて武兄ィのところに捻《ね》じこもうと思ったが、酔いが回るほどに気魄《きはく》は失せていった。

「俺ァいくじのねえ男なんだ。何をやったって辛抱が足らねえんだ。そうだろ、おやじ」

と、呪文《じゅもん》のように同じ愚痴をくり返しながら、鉄夫は悪い泣き酒を飲み続けた。


「看板にさせてもらえるかね、お客さん」

おやじに肩を揺り起こされて、鉄夫は顔を上げた。

「何時だ？」

「四時半だよ。よく飲んだねえ。あんまり気持ちよさそうに寝てるから、起こさなかったけど」

「ふう――四時半か。あんがとうよ、ちょうどいいや」

「このまま仕事じゃ体に毒だよ。きょうは帰って寝な」

「いや、そうも行かねえ。もうひと仕事しなくちゃ」

余分な勘定を投げると、鉄夫は千鳥足で公園の植込みを踏み分け、濡《ぬ》れたベンチに腰を下ろした。

パイロットランプを灯した小舟が、あちこちの溜《た》まりから沖に向かっていた。ホイッスルが重なり、港は目覚め始めていた。

水平線はほのかに白み、大桟橋の向こうのドックの空には、輝かしい光が盛り上がっている。

あいつはちゃんと化粧をおえて、ドックを出ただろうか。

三十分の間、鉄夫は手枕をしてベンチに横たわったまま、明け染める海を見ていた。酔いは潮の引くように醒《さ》めていった。

この港の景色も悪くはないが、いっぺんぐらいまっさおな海を見てみたいと思った。

五時きっかりに、背の高い外人が歩いてきた。ボストンバッグを提げ、片手には小犬の鎖を引いている。落ちつかぬ犬の歩みに任せながら、それでも正確に近付いてくる。

鉄夫がベンチから身を起こすと、男ははっきりと目で肯《うなず》いた。

さりげなく周囲を見渡す。少し離れた公衆便所の脇で、浮浪者が七輪にあたっている。みぎわの手すりに足をかけて、トレーニングウェアの若者が体操をしている。寄り添って海を見ているアベック。通りにはタクシーが並んでいるが、中は見えない。店じまいを始めた屋台にも客は残っている。

彼らがみな他意のない人間であることを、鉄夫は心の中で祈った。

長身の外人は犬の歩みに合わせてゆっくりと接近してくる。鉄夫の並びのベンチに腰を下ろして煙草を一本喫い、ボストンバッグを置きざりにして、もと来た道を引き返していった。

鉄夫はしばらくの間、そしらぬ顔で座っていた。誰も気に止めるふうはない。

ボストンバッグを横目で盗み見ながら、これからの段取りについて考える。さりげなくバッグを拾い上げて、タクシーに乗ろう。駅まで行ってから武兄ィに電話を入れればいい。面倒な説明は後回しだ。とりあえず荷の届け先だけを訊《き》く。

ふいに、トレーニングウェアの男が歩み寄って、ボストンバッグを指さした。

「これ、忘れ物じゃないですかね」

一瞬目の合った男の顔を、鉄夫は判断しかねた。用意された二つの答えをいくども選び直してから、鉄夫は思い定めて立ち上がった。

「いや、俺のだよ。俺の荷物だ」

そう言ってボストンバッグに手をかけたとたん、トレーニングウェアの男は強い力で鉄夫の腕を捻《ね》じ曲げた。

「そこまで。よおっし、逮捕、逮捕、午前五時十六分！」

そのまま鉄夫を地面にひねり倒して、男は叫んだ。風景はいっせいに動き出した。浮浪者が駆け寄って手錠をかけ、アベックの男はボストンバッグを改め、女は携帯電話を取り出した。小犬が紐《ひも》を引きずったまま、捻じ伏せられた鉄夫の目の前を走り去って行った。

「はい、ご苦労さん」

と、聞き覚えのある声がして、万助が鉄夫の襟首を吊《つ》るし上げた。決して目を合わせようとはせず、手慣れた動作で腰紐をくくりつける。

「旦那《だんな》。どうともならなかったのかよ」

万助は剣呑《けんのん》な目で鉄夫を睨《にら》み返した。

「それァこっちの言うセリフだ。おめえこそどうともならなかったのか」

鉄夫は一晩の逡巡《しゅんじゅん》を思い返しながら、どうともならなかったのだ、と思った。

「こぎたねえ革ジャンだな。そんなもの臭くって迷惑だ。脱げ」

万助は乱暴に革ジャンパーを引き剝《は》がした。そして何を思ったのか、自分の古ぼけたジャンパーを脱いで鉄夫の肩に掛け、手錠をきっちりと両手にはめた。

人目を避けるようにあわただしく鉄夫の背を押しながら、万助は呟《つぶや》いた。

「わかってるな、鉄」

「ああ。任しとけって」

「この、ばかやろうが」

パトカーに乗りこむとき、鉄夫は何げなく港を振り返った。黄色い銀杏の帳《とばり》を透かして、ほのかに赤みを帯びた水平線が見えた。

「待ってくれ、旦那。ちょっとだけ」

「なんだ。ご来光でも拝みてえか。よせよせ、柄にもねえ」

「そうじゃねえんだ、ほれ」

満艦飾の舷灯をともしたタンカーが、一号ドックの方角から曳航《えいこう》されてきた。

「どうだ、すげえだろ。パナマ船籍の二十万トンだぜ」

「ばかじゃねえか、おめえ」

「そんなの――わかってらい」

万助の力に踏みこたえながら、鉄夫は手錠にからめ捕られた両腕を、力いっぱい海に向かってはね上げた。

大声で吠《ほ》えたつもりが咽《のど》につまって、情けない裏声になった。

それでも鉄夫は歯を食いしばり、身を慄《ふる》わせて、昆虫のように鳴いた。

＊　　＊　　＊

老婆は壁を拭《ぬぐ》う手を止めた。

「八年の実刑だと。また懲りずに舞い戻ってくるんだろうが、あたしゃ知らないよ。どうせそれまで生きちゃいないだろうし――ああ、二階のぼうやか。あいつはうまくいった。テレビにもたまにゃ出るし、今じゃ大したものらしい。いやなことは忘れてくれりゃいいけどね。タケシか――あいつは死んだ。マンションの駐車場でハチの巣になったと。犯人は自首したらしいが、ハハ、どんなもんだか。万助は警察学校の教官になったらしいけど、妙なことまで教えてなきゃいいがね。べつに出世じゃないさ。相方《あいかた》がいなくなりゃこの町では用なしってところだ。でも、心配するほどのことは何もありゃしない。やつらがいなくたってこの町は変わりゃしないし、どだい人間の力でどうこうなるほど、やわな町じゃないのさ。ほんとはそんなこと、みんなわかっていた。そう——あいつらだってね」

老婆は鍵束《かぎたば》を摑《つか》むと、小さな足にはめこむように布靴をはいた。

「二階のぼうやがいた部屋に行こうかね。くすぶりの部屋よりハネたやつの部屋の方が、そりゃいいに決まってる」

第四話　瑠璃《るり》色の部屋

纏足《てんそく》の老婆はつややかなマホガニーの手すりに頼りながら階段を昇って行く。

踊り場の天窓には満月が嵌《は》まっており、二階の廊下はぼんやりと明るんでいる。

「四郎って、可愛いぼうやの住んでいた部屋さ。田舎の高校を出てから、二年ばかりもここにいたんだが、ちびで女みたいな器量よしだったから、中学生ぐらいにしか見えなかった。今じゃ大したものらしい。あんな売れっ子になるってわかっていりゃ、サインのひとつも貰《もら》っとくんだった」

真鍮《しんちゅう》の鍵を挿し入れ、立てつけの悪い扉を引くと、六畳の部屋は青や赤や緑の、ふしぎな色で溢《あふ》れていた。路地に面した窓は、古い意匠のステンド・グラスだった。

「この部屋だけ、建った当座のガラスが残っているのさ。何ともまあ、色っぽいだろう。昔、沖仲仕どもが賃金のごたごたで暴れたことがあってね。他の部屋の窓はそのときみんな割られちまった。ここだけ運良く、石が当たらなかったんだ。まあ、お上がりな」

老婆は瑠璃色に染まった畳の中央に横座りになって、しばらくうっとりと、月光を透かすステンド・グラスに見入った。

＊　　＊　　＊

持ち物といえばギターとボストンバッグが一個だけで、その中味もほんのわずかの着替えと、お気に入りのカセット・テープだけだった。

すぐ上の姉が、始発の待合室まで見送ってくれた。東京までの切符を買うとき、怪訝《けげん》そうに睨《にら》みつけた駅長に向かって、姉は気の利いた言いわけをした。

「まさかとは思うけど、おっかあは知ってんだべな」

「やあや、そったらこと当たり前でないの、駅長さん。私が送りに来たんだよ」

「なら、いいけど。あとでおっかあから、なして教えてくれなかったのって言われても困るべや」

「なーんも。やっとこさかあさんもねえちゃんらも説得したんだわ。せっかく札幌のコンクールで三位になって、他の子らはひと足先に東京に行ってるのに、肝心のリードギターが行けないんでは、どうしようもないしょ」

ふうん、と駅長は探るような目付きで、切符を差し出した。

「したってナッちゃん。バンドの他の子らはみんな町の子だべや。四郎ちゃん、ひとりで苦労するんでないかい」

「なんもなんも。この子はこれでけっこうしっかり者だからね。うまくやるしょ」

切符を受け取ると、姉はストーブに手をかざす四郎に向かって、片目をつぶってみせた。

発車を待つ間、姉はずっと氷の屑《くず》が舞うプラットホームで足踏みをしながら微笑み続けていた。低い唸《うな》りをあげて発車の時刻を待つジーゼル気動車の車内には何人かの顔見知りが乗っていて、二人は改まった別れの言葉を交わすことができなかった。

「ねえちゃん、もう帰っていいよ」

人目を憚《はばか》って窓を少し上げ、四郎は囁《ささや》いた。姉はまっしろな息のかかるほど、四郎に唇を寄せた。

「ちゃんと見送ってやるよ。そったらことよりおまえ、はんぱで帰ってくるんではないよ。ねえちゃん、それが一番困るからね」

「わかってるって。すまんね、ありがとう」

気動車が走り出すと、姉は不自由な足を曳《ひ》きながらホームを歩いた。

「危ねえよ、ねえちゃん。もういいから、さいなら、さいなら」

姉は吹き上がる雪の中で、いつまでも両手を振っていた。

四郎は寝つかれぬまま寝床に起き上がって、ギターを抱いた。

棒のような足をつっぱってホームに立ったまま、いつまでも手を振る姉の姿を思い出すと、どんなに疲れていても目が冴《さ》えてしまう。四郎はステンド・グラスのふしぎな色に裸の胸を染めながら、ギターをつまびいた。

何もしないうちに一年が過ぎて、冬がめぐってきた。バンドのメンバーは、まるでそれが東京に出るための口実であったかのように、一度だけ顔を合わせたきりばらばらになってしまった。

知らん顔で大学に通い始めたやつ、たちまちディスコの黒服に変身してしまったやつ。もうひとりのリーダーは、ちゃっかり八百屋の婿養子に収まった。結局、あの日駅長が予言した通り、自分だけが苦労しているのだと思うと、四郎はやりきれない気持ちになった。

姉はあれからどうしたのだろうと、思いめぐらすのは仕方のないことだが、考えずにはおられない。老駅長の守る過疎の駅は、いわば村の若者を検問する関所で、姉が見送ってくれなければとうてい通過することはできなかった。家出人の手引きをした姉はきっと、家族にはこっぴどく叱られ、村人たちからは白い目で見られたにちがいない。

四郎は末っ子の一人息子である。一番上の姉は近所に嫁ぎ、二番目は札幌のデパートに勤めに出ている。家には老いた母と、小児マヒの後遺症で足の不自由なすぐ上の姉がいるきりだった。たったひとりの男手が高校を卒業したとたんにミュージシャンを目ざして家を出た。それがどんなに無理な話であったかは、本人が一番よく知っている。

無理を通した姉が、どれぐらい周囲から非難を浴びせられたかは、四郎の想像を超えていた。炭鉱事故で死んだ父の補償金などはとっくに使い果たしており、一家の経済を支えてきたのは、札幌の姉からの仕送りと、わずかな障害者手当だけだった。高校の学費を出してくれていたのは、長姉の嫁ぎ先だ。

気動車のデッキで交わした姉との会話が、ありありと四郎の胸に甦《よみがえ》った。

(ねえちゃん、こったらことして、あとが大変だろうが)

(なんも。ねえちゃんは他になんもしてやれんものね。おまえのためにしてやれることっていったら、みんなに叱られることぐらいだもの)

(したって、どうすんの、これから)

(おまえはなんも心配することないよ。仕送りなんかするんではないよ。だいじょぶ、ねえちゃんが働くから)

(働くって――)

(その気になれば障害者の方が働き口はあるんだわ。それに、じっと引きこもっていたって、お嫁のもらい手ないもんね。ねえちゃん、足は悪いけど顔には少し自信があるんだわ)

たしかに姉は美しかった。東京に出てきたときまずびっくりさせられたのは美人の多いことだったけれども、良く見ればどれも造り物めいていて、姉のようなまっしろな肌と丸い大きな目を持った女は、そうそういない。もし姉が少しめかしこんで、六本木の交叉点《こうさてん》にじっと立っていたら、黙って通り過ぎる男はひとりもいないだろうと思う。

瞼《まぶた》に灼《や》きついた姉の美しさが、よけい四郎を哀しくさせるのだ。

妄想をふり払うようにギターをかき鳴らすと、背中で壁が蹴《け》られた。二度三度と、隣人の足が壁を蹴る。

「はいはい。わかったよォ、わかりましたよォ。おやすみなさあい」

壁ごしにヒステリックなあくびの声が聴こえ、床を踏みならしてドアの開く気配がした。いきなり錠をおろした四郎の部屋のドアをゆるがし、激しくノックをする。

「あけろ！　あけねえか、このタコ！」

言葉づかいはまるで男だが、声は甲高い。

「わかったって言ってんだろうが。近所迷惑だから騒がないでくれよ」

「どっちが近所迷惑だ。いいからあけろ。あけなきゃドアごとぶち破るぞ」

放っておけば本当にドアを壊しかねない剣幕である。四郎はおよび腰で把手《とって》を押さえながら錠を解いた。

とたんに、闇からぬっと伸びた手が四郎のうなじを摑《つか》んだ。そのまま強い力で座敷に押し戻され、ベッドの上にひねり倒された。

「いてっ。何すんだよォ、ひでえじゃねえか」

「夜中にギター弾いたらただじゃおかねえって言ったろ。このやろう、人をなめてるな」

ダボシャツとステテコ姿の隣人は、四郎の腹の上に馬乗りになった。その気になればはねとばすことのできる重さだが、いくらオナベとはいえ、女を相手に取っ組み合うわけにもいかない。振り上げた拳《こぶし》を押し返しながら、四郎は抗《あらが》った。

「わかった、わかったって、カオルさん。だけど、近所迷惑はおたがいさまじゃないの。そっちの声だって丸聞こえなんだ。たいがいにしてくれないと、こっちだって眠れやしねえよ」

戸口にぼんやりと佇《たたず》む下着姿の女に向かって、四郎が「ねえ」と言うと、カオルはいきなり頬を平手で張ってからベッドを下りた。

まったく亭主の口調で怒鳴る。

「なにボサッとしてやがる。女はひっこんでろい！」

女がびっくりして部屋に戻ると、カオルは畳の上に大あぐらをかいてリーゼントの頭をかきむしった。

「あのなあ、四郎ちゃんよ。そういう言い方ってないんじゃないの。わかるだろ、俺にしてみりゃ商売のうちなんだから」

「それを言うなら、こっちだってギター弾くのは商売だよ」

「けっ。一文の銭にもならねえのに、何が商売だ。ああ、やってらんねえ。タバコくれ」

カオルは煙草をくわえると、いかにも伝法な感じでマッチを擦った。すぐにカッとして怒鳴ったり殴りかかったりするのだが、からりと正気に戻る性格だ。ステンド・グラスの灯《あか》りに彩られた背中は、やはり女の細さだった。

「おめえ、いつまでこんなことやってんだよ。毎日道路工事だの荷役《かえき》だの、こんな暮らしをしてたってちっともラチがあかねえだろう」

「やれやれ、また説教か」

カオルに言われるたびに、四郎はうんざりとした気分になる。母と三人の姉との、ねちねちとした叱言《こごと》ばかりで育ってきた。

「いいか。日雇いの仕事なんてのはな、みんな初めは腰かけのつもりで始めるんだ。そのうち体がついてっちまって、居心地も良くなって、夢も何も見失っちまう。そろそろ一年だろうが。考えねえとだめだぞ」

「考えるって、何考えりゃいいんだよ」

「わからなきゃ、とりあえず故郷《くに》に帰れ」

「それができるぐらいなら、とっくに帰ってるさ」

カオルはベッドに頭をもたせかけて、煙を天井に吹き上げた。瑠璃《るり》色の光が幻灯のように煙を染めた。

「そのうち、本当に帰れなくなっちまうぞ。春先に較べりゃおめえ、すっかり筋肉ついちまって——まあ男なんだから、それもけっこうなことだけどよ」

四郎は何となく、壁のカレンダーを見た。十二月二十日。まるで命が削られるように、残った一年の数字が消えて行く。カオルもきっと、たいした理由もなく暦に追いつめられているのだろう。

「そんなこと、言われなくたってわかってるよ。何とかするって」

明日はちりぢりになったメンバーを訪ねてみよう、と四郎は思った。

大学に通い始めたドラマーは不在だった。アパートの隣人に訊《き》いたら、冬休みなので札幌に帰ったらしいと言われた。

ディスコの黒服に変身したベースに電話をすると、面倒くさそうにリーダーの居所を教えられた。受話器の向こうで女の媚《こ》びる声がした。

複雑怪奇で頭がどうかなりそうな地下鉄の路線図を見上げながら、四郎は落合《おちあい》という駅を、ようやく探し出した。

距離感がまるで捉《つか》めない。北海道の鉄道路線の感覚が残っているから、そこは一日がかりでやっとたどりつく、途方もなく遠い場所に思えた。

そして実際に何度も乗換駅をまちがえ、地下道を右往左往したあげく、長い時間をかけて落合にたどり着いた。駅から電話をしようと思っていたのだけれど、ベースマンの面倒くさそうな声が耳に残っていた。

リーダーは自分より十も齢上《としうえ》で、頼りがいのある人物だから、まさか他のメンバーのようにいいかげんな気持ちではないと思う。突然に八百屋の婿に入ったのも、たぶん彼なりの事情があるのだろうと四郎は信じていた。何だかうやむやのうちに一年が過ぎてしまったが、訪ねて行けばきっと納得のいく説明をしてくれるはずだ。グループがこのさきどうなるのか、自分がどうしたらいいのか、きっと教えてくれるだろうと思った。

場末の商店街の、八百屋というよりも小さなスーパー・マーケットの店頭で、リーダーは濁《だ》み声《ごえ》を張り上げて白菜を売っていた。髪を短く刈り、黄色いエプロンをかけた姿に四郎は目を疑った。

「こんちわ」と、目の前に立って言うまで、リーダーは四郎に気付かなかった。

やあ、と気まずそうな笑顔をうかべたなり、店の中に入って、レジに立つ店主らしい男に外出の許しを乞《こ》うているふうをした。店主は不本意そうに四郎を見、腕時計をリーダーに向けた。

「近くまで来たもんだから。忙しいんじゃないですか？」

と、エプロンをはずしながら店から出てきたリーダーに訊いた。

「なあんも」

とっさに訛《なま》りを口にして、リーダーは四郎の頭を引き寄せた。「そったらことよりおまえ、なしてずっと連絡よこさなかったの」

「え？――いえ、俺も忙しかったから。とりあえず食ってかなきゃならないしょ。少し落ち着いてから始めようって、リーダーも言ってたじゃないですか」

少し落ち着いた結果がこういうことだと、四郎はリーダーを非難したつもりだった。

冬枯れた街路樹の下を不機嫌そうに歩いて、リーダーは小さな喫茶店に入った。コーヒーを注文すると、眉《まゆ》をひそめてテーブルに身を乗り出し、リーダーは小声で言った。

「おまえ、家とは連絡ついてんの？」

「いえ。俺、家出同然だから――」

チッ、とリーダーは舌を鳴らして、うなだれるように顔を伏せた。

「ケンもユタカも、おまえの居場所を捜したんだよ。なんも言ってなかったか」

「ケンちゃんは冬休みで帰ったって。ユタカさんはさっき電話したんですけど、べつになんも」

「だからさ、いくら落ち着くまでって言ったって、なしてそのあいだ電話の一本もよこさんの」

「すいません。俺、右も左もわからんしょ。だから仕事みつけて、部屋かりて、何だかんだで日がたっちゃって」

「てことはおまえ、なあんも知らないんかい」

「知らないって、何を？」

「あーあ」、とリーダーは刈り上げた頭の上に指を組んで、天井を見上げた。

悪い予感がした。一足遅れて上京したとき、メンバーはみなばらばらに生活を始めていた。少し落ち着いてから活動を始めようと言ったリーダーの言葉には、何の疑問も感じなかった。だが一年ちかくもたって、人々の様変わりを見れば、何だか取り返しのつかないことになってしまったような気がする。

「何か、あったんですか。そりゃみんな忙しいのはわかるけど、俺いまさら――」

「そったらことじゃないよ、四郎。バンドなんてその気になればいつだってできるけど、そうじゃなくって、おまえ――」

リーダーは言い淀《よど》んだ。

「おまえ、アネキのこと聞いてないんだろ。なんも知らないんだべ」

「アネキ、って？」

「ほら、やっぱり知らねえ。まいったな、俺、責任感じるよなあ」

「どうしたんですか、アネキが、どうかしたんですか」

リーダーは気を取り直すようにコーヒーを啜《すす》り、煙草をつけてからきっぱりと言った。

「おまえの姉さん。ほら、札幌のコンクールのとき、ずっと楽屋にいた、きれいな人」

「すぐ上の姉ですけど――」

「死んじまったってさあ」

声にならぬ悲鳴を上げて、四郎は椅子から腰を浮かせた。

「なして。なして、リーダー？」

「ああ、会社の帰りに踏切を渡りきらんでさあ。ほら、姉さん足が悪かったろうが」

「いつですか、それ」

「二週間ばかり前かな。何でもひどく吹いた日で、信号機の音も何も聴こえなかったんじゃないかって――ともかく、すぐ電話しろ。人づての人づてで俺のところに連絡があったんだけど、おまえ、捜しようもないもんな」

四郎はとっさに、何も考えることができなくなった。ただ、姉が死んだ二週間前のそのとき、自分はどこで何をしていたのだろうと思った。

「何時ごろ、ですか」

「知らないよ、そこまでは。会社の帰りっていうから、夕方だべ。ともかく電話しろ」

会社帰りの時刻なら、きっと自分はアルバイトをおえて、定食屋の飯でも食っていたのだろうと四郎は思った。

「電話しろって」

「俺、いいすよ。今さら電話なんかしたって――」

「そりゃないだろ、おまえ。俺だってことづかった責任があるし」

「もういいよ、リーダー。すいません、面倒かけて」

四郎は小銭をテーブルの上に置いて店を出た。リーダーの声だけが後を追ってきた。頭の中がまっしろになって、自分がどこで何をしているのかもわからなかった。

見知らぬ町をさまよい歩きながら四郎は、慣れぬ通勤のさなか、吹雪に巻かれて不自由な足を曳《ひ》く姉の姿ばかりを思いうかべていた。

風が耳元で唸《うな》っている。横なぐりの雪に顔をそむけた姉の背後に、信号機が点滅している。

列車の警笛に気付いて振り返った姉は、もう逃げようとはせずに、じっと美しい目を閉じたのだろうか。


帰りついた港町はクリスマスのイルミネーションに溢《あふ》れていた。

駅前の人ごみを魂の脱けたようによろめき歩き、波止場へと続く長い道すがら、いくつもの電話ボックスを奥歯を嚙《か》みしめてやり過ごした。かわりに握りしめた小銭で自動販売機のコップ酒を買い、目をつむって一気に飲み干した。まだ覚えぬ酒が、毒のように体をかけめぐった。

自棄《やけ》を起こしたわけではない。酔った勢いでもいいから、ともかく勇気をふるって故郷に連絡をしなければならないと思ったのだった。

欅《けやき》の枯枝にぎっしりと豆電球を点滅させる並木道を運河に沿って曲がると、怪しげなホテル街の入口に電話ボックスがあった。それはまるで、自分のために誰かが先回りをして置いていった、大道具のような唐突さだった。

運河からは冷たい霧が絶え間なく湧き上がっており、夜気はどんよりと濁っていた。

四郎は意を決してボックスの扉を開け、あるたけの小銭を電話機に詰めこんでダイヤルを押した。遥《はる》かな夜を駆け抜け、海峡や雪原を飛び越して、捨てた故郷の家の呼音が鳴る。

〈はい、もしもし――〉

受話器の中で、母だか姉の誰だかもわからぬ声が聴こえたとき、四郎はあわてて蓋《ふた》を閉ざすように電話を切ってしまった。

過疎の村にまちがい電話などかかることはないから、母はたぶん勘を働かせたにちがいない。自分のふがいなさに溜息《ためいき》をつくと、急に強い酔いが来て、四郎は圧《お》し潰《つぶ》されるように電話ボックスの底にへたりこんだ。

そうして長いこと蹲《うずくま》って、ホテルの暗い玄関に出入りする人影を見るでもなく見つめていた。

おととしの冬、姉とラブ・ホテルに泊った。

札幌にライブ・コンサートを聴きに行き、食事をしながらロック談議に花が咲いて時を忘れた。デパートに勤めている上の姉の厄介になるつもりでいたものが、いざ夜更にアパートを訪ねてみると、男が来ていた。それで仕方なく、町なかのラブ・ホテルに泊ったのだった。

「俺、こったらとこ入ったことないよ。それもねえちゃんとなんて、何だか照れるわ」

「ねえちゃんだって入ったことないよ。したって事情が事情だもの、仕方ないしょ」

姉はとまどう四郎の手を引いて、ホテルの暗い玄関に歩みこんだ。カーテンのおろされたフロントで鍵《かぎ》を受け取り、エレベーターに乗って、水底《みなぞこ》のように青い灯《あか》りのともる長い廊下を歩いた。部屋に着くまで、二人はずっと手をつないでいた。

「やあ、もっとやらしいところかと思ってたら、すてきだねえ」

姉はベッドの上で腰をはずませながら、思いがけずに明るい室内を見渡した。そのまま俯《うつぶ》せに倒れこんで、枕元のスイッチを押す。照明が落とされ、天井のスピーカーからロマンチックなジャズボーカルが流れ始めた。

「俺で、おあいにくさま」

「なあんも。この次はちゃんとした彼氏とくるさ」

高校生のようなソックスの足うらの白さを見つめながら、四郎は胸苦しくなった。美しく快活な姉は、きっといつか——それほど遠くないいつか、恋人と一緒にこういう場所を訪れるだろう。姉がソファにもつれ合って口づけを交わすさまや、ベッドで男に組み敷かれる姿を想像すると、四郎はいても立ってもいられなくなった。

「俺、風呂《ふろ》はいってくる」

服を脱ぎ散らかし、丸い大きなバスタブに湯の満ちるまで、四郎は洗い場の椅子に座っていた。黒人歌手のせつないバラードが、浴室にも流れていた。

「サラ・ボーンだべか。こうやって聴くと、いいもんだねえ」

湯を使いながら、大声で訊いた。姉は答えない。そのまま眠りこんでくれればいいと四郎は思った。

浅い湯舟に仰向《あおむ》けに浸《つか》って、四郎は低く静かな女の歌声を聴いた。ふと、浴室のドアが開いて、裸の姉が入ってきた。

「うわあ、びっくりするでないかい。何だよねえちゃん、いきなり」

「なに言ってんの。ついこないだまで一緒に風呂はいって、一緒に寝てたくせに」

「したって、俺もう高校二年だよ」

「あたしだってもう十九だよ。それがどうかしたかい――どれどれ」

おどけて湯舟を覗《のぞ》きこむ姉に背を向け、四郎はあわてて体を隠した。

「照れてんの。めんこいねえ、おまえ」

姉はシャワーを使いながら、体を洗い始めた。肩ごしに振り返ると、息を呑《の》むほどに美しい女の体があった。

「髪、洗わんの」

「あたし、髪多いからなかなか乾かんしょ。風邪ひくといけないし」

「ドライヤー、あったよ」

「あ、そう。したら、洗おうかな」

頭に巻いたタオルをはずすと、豊かな黒髪が解き落ちた。

「ねえちゃん、きれいだな。東京に行けば、モデルにもなれるべや」

「背が足らんよ。それに――」

と、姉は造り物のような胸を洗いながら、少し言い淀《よど》んだ。「この体じゃ、そったらことより彼氏さがすことのほうが先だよ」

言いながら姉は、細く萎《な》えた右足を棒か野菜でも洗うようにごしごしとこすった。

シャワーを使う手をふと止めて、姉は思いついたように言ったものだ。

「おまえ、卒業したら東京へ行きな。さっきずっと考えていたんだけど、きょうのバンド、おまえらと大して変わらんもね」

――尻《しり》を蹴《け》とばされて、四郎は電話ボックスの底から顔をもたげた。

ダブルの背広の前をはだけ、派手なプリントのネクタイをゆるめて、カオルが立っていた。

「どこの酔っ払いかと思や、隣のぼうやじゃねえか。何やってんだおめえ、こんなところで」

「ああ、こんばんは。駅から歩いてきたんだけど、気持ち悪くなっちゃってさ」

「だったらアパートに帰って寝りゃいいじゃねえか。目と鼻の先まできてなにも電話ボックスで酔いつぶれるこたァねえだろう――はは あ、そうか。おめえ、酔っ払って里心がついたな。かあちゃんの声が聴きたくなったんだろう」

「そんなんじゃねえよ」

切ない記憶を抱きしめるように、四郎は膝《ひざ》をかかえた。カオルの靴先がまた尻を蹴った。

「ともかく出ろ。俺ァクリスマスのかき入れで忙しいんだ。こら、どけって。商売のじゃまするな」

カオルは四郎の襟首を猫のようにつまんで、電話ボックスから引きずり出した。そそくさと手帳を繰り、店の客らしい女に電話をする。

「おおい、誰だかわかるか。俺だよ俺。カ、オ、ル。お茶っぴきなんだけどよ、これから出てこねえか。ナニ、生理。だったらなおさらのこと、バッと行こうじゃねえか、バッとよ」

電話機に肘《ひじ》をもたせかけて笑う長身のカオルは、どこから見ても男だった。リーゼントに決めた髪には、生えぎわだけ金色のメッシュがかかっており、面ざしはアクション・スターのように精悍《せいかん》である。骨張った大きな手に、金のブレスレットやカマボコのようなごつい指輪が良く似合った。

四郎はカオルのことを良くは知らない。伊吹《いぶき》カオルという名前を知ったのも最近のことだが、もちろんそんな宝塚の男役のような名は本名ではあるまい。霧笛荘の住人たちはもっぱら、「二階のオナベ」と呼ぶ。

だが四郎は、このふしぎな隣人が嫌いではなかった。ギターの音がうるさいと言って怒鳴りこんでくるのはしょっちゅうだが、それは決まってレズバーの客が泊りこんでいる晩だけで、つまり女の手前ことさら男を装って意気がっているのである。

女のいない夜には思いもよらぬ手料理などを作って、ビール片手にやってくる。そんなときのカオルは、姿形も言葉づかいも、ふつうの女だった。怒鳴りこんだり乱暴をしたりするのは商売のうちで、そのあたりの事情はわかってくれと、口にこそ出さぬが詫《わ》びているようなものだった。

いったい何の因果で男のなりをし、女相手の商売をしているのだろう。いつか折を見て訊いてみようと思う。

客に振られたのだろうか、カオルは受話器を投げ置いてボックスから出てきた。いまいましげに四郎を睨《にら》みつけ、咽《のど》をかっと鳴らして足下に唾《つば》を吐く。

「振られたんか、カオルさん」

「ふん。大きなお世話だ。まったくクリスマスも近いってのによ、景気悪いったらありゃしねえ。同伴の客にゃすっぽかされるし、のこのこ店に出たらマスターにどやされる。このまま帰っちまおっと」

四郎とカオルは肩を並べて運河に沿った霧の道を歩き出した。舫《もや》い舟の岸を打つ音がごつごつと響く静かな冬の夜だった。怪しげな店の戸口を飾るネオン管が、虫の羽音のように鳴いている。

「アネキが、死んじまってさあ」

と、四郎はこともなげに言った。「へえ」と、カオルは眉《まゆ》をひそめた。

「踏切ではねられたらしいんだけど、俺、電話もできなくって」

「てことは、いつだか言ってた、足の悪いねえさんか」

声が詰まって、四郎は肯《うなず》いた。

「やれやれ」と、カオルは慰める言葉を探しあぐねたように、立ち止まって煙草をつけた。

「つまり、それでヤケ酒くらって、電話ボックスで泣いてたってわけだな」

「泣いてやしないけど、どうしていいのかわからなくなっちゃってさ」

「むりもねえよなあ。おめえの話きいてると、そのねえちゃん、まるで恋人だもんなあ。帰ってやれよ」

「一人前になるまで帰ってくるなって、ねえちゃんはそれが一番困るんだって言ってたから」

カオルと並んで濡《ぬ》れた堤防にもたれかかると、本当に涙が出た。

「ねえちゃん、クリスマスにこっちに出てくるはずだったんだろ。いやあ、いい女だってえから、ひとめ見たかったなあ。ねえちゃん、俺のタイプか？」

冗談めかして肩に回されたカオルの手はやさしかった。

「うん。タイプだったよ。きっとカオルさんはひとめ惚《ぼ》れだ」

霧笛荘にはときどき姉から電話があった。それでも訃報《ふほう》が伝わらなかったのは、姉が秘密を守っていてくれたからだ。最後の電話の声が、四郎の耳にありありと甦《よみがえ》った。

(四郎、おまえそっちで彼女できたのかい――ふうん、そうかい。それじゃ淋《さび》しいね。したら、ねえちゃんクリスマスに行くから、二人でイブしようね。羽田まで迎えにきて)

母や上の姉たちは、遺品の中から飛行機のチケットを見つけ出したかも知れない、と四郎は思った。そのとき人々は、いったいどんな憶測をめぐらしたのだろうか。

「めそめそしやがって、しょうがねえなあ。ほらよ、しゃんとしろ。男だろ」

カオルはオーデコロンの匂いのしみついたハンカチで、四郎の頬を拭《ぬぐ》った。悲しみを語ることのできる人間が、この奇妙な、素性も知らぬ隣人しかいないのだと知ったとき、四郎は淋しさで圧《お》し潰《つぶ》されそうになった。

霧が運河を伝って港にまで流れ出したのだろう、くぐもった霧笛が鳴り始めた。それはとても物哀しい音だった。短調の和音の低く高く重なり合うほどに、四郎はたまらずしゃくり上げて泣き出した。

「おい、四郎。男だろ、キンタマついてんだろ。俺なんか、ついてなくたって泣いたことなんかねえぞ。しゃんとしろって」

「したって、カオルさん、ねえちゃんのことなんか知らないべや。俺んち、貧乏だったから、中学までねえちゃんと一緒にもらい湯してたんだよ。風呂《ふろ》も一緒に入ってさあ、ひとつの蒲団《ふとん》で寝てたんだよ。だから、冗談なんか言わないでくれよ。頼むよ、カオルさん」

カオルは四郎の肩を抱き寄せて、舷灯《ポール・ライト》が霧にはじける運河の道を歩き出した。

「わかったわかった。じゃ、こうしよう。俺とクリスマスやろうじゃねえか。な、二人でねえちゃんの供養してやろうぜ」

「したって、カオルさん、イブはかき入れだろうが」

「レズバーのクリスマスは案外ヒマなんだよ。男にアブれたネコどもなんて、こっちが願い下げだ」

「約束だよ、カオルさん。ほんとにねえちゃんの供養してくれよな」

しゃくり上げる四郎を支えながら、カオルは運河にかかる錆《さ》びた鉄橋を渡った。真暗な倉庫街のただなかに、霧笛荘はぼんやりと窓までの灯をともしていた。

クリスマスまでの数日を、四郎は埠頭《ふとう》の荷役で過ごした。年も押し迫り、出稼ぎの沖仲仕が帰郷してしまったので、仕事にあぶれることはなかった。

金が欲しかったわけではない。道楽など何も知らないから、身を粉にして働く理由など何もなかった。ただ、昼間は汗を流すことで姉を忘れ、夜は疲れ果てて夢も見ずに眠りたかっただけだ。

ステンド・グラスを通した月かげが顔にかかって、四郎は目覚めた。夜光時計の針が真夜中を指していた。

窓を押し上げて、曳舟《タグ・ボート》の眠る運河を見た。舷灯が丸くにじむ、寒い霧の夜だった。見慣れた風景であるのに、四郎はひどく気が滅入《めい》った。ラブ・ホテルの窓から見下ろした札幌の冬景色を思い出したのだ。

大きな湯舟ではしゃぎ回り、すっかり茹《う》だってしまった体を、ビルの窓を開けて冷やした。ベッドの枕元に膝立って、姉も四郎も裸だった。

粉雪とイルミネーションに彩られた、華やかなススキノの街路が目の下にあった。しばらく窓辺に体を並べて肌の冷えるほどに、四郎の胸はときめいた。

「きれいだねえ。なんてロマンチックなんだろ」

ぼんやりと雪の夜を見つめる姉は美しかった。濡れた髪が凍らぬようにタオルでくるむと、小さな、形のよい顔の輪郭がきわ立った。ねえちゃんは足さえ悪くなければ、タレントにもモデルにもなれるのに、と四郎は思った。

目が合って、四郎は言葉を探した。

「ロックもいいけど、サラ・ボーンもいいな。こういうところで聴くのには、こっちのほうがいい」

答えずにじっと自分の横顔に見入る姉の視線がまばゆかった。

「風邪ひくよ、ねえちゃん」

四郎は羽根蒲団をたぐり寄せて、姉の肩にかけた。細い腕が四郎の脇腹を引き寄せた。

「ねえ、四郎」

「なにね」

行き交う車のタイヤ・チェーンのくぐもった音の中で、姉はぽつりと呟《つぶや》いた。

「キス、してみようか」

「なに言ってんの、ねえちゃん」

照れるふうもなく、姉はにっこりと笑った。

「したって、こんなにロマンチックなのにさ、なんもしないのって、損したみたいでないの」

「きょうだいでそったらことすんの、異常だよ」

「いやかい」

「べつに、いやではないけど。なして俺とねえちゃんとでキスせねばならんの」

姉の表情には思いがけぬ女の媚《こ》びがあった。

「キスするだけならいいでないの。おまえ、したことある？」

「あるわけないしょ。ねえちゃんは？」

「ないよ。だから、予行演習にしとこうかと思って。そしたらいざというときに、ねえちゃんもおまえも、恥かかなくてすむでないかい」

美しい理由だと、四郎は思った。ホテルに入ったときから、姉を抱いて寝たいと思っていた。もちろん男の欲望ではない。この世で一番いとしく美しいものを、抱きしめて眠りたいと思っていた。

「ひどいなあ、俺、練習台か」

「したらば、よその人に頼むけど、いいかい」

クリスマスの喧噪《けんそう》が、耳の奥に遠ざかっていった。

「キスだけだよ、ねえちゃん」

「当たり前でないの。練習なんだから」

「ほんとに練習だからな。ちゃんと目をつむって、好きな人のことを想像してけらしょ」

「わかってるよ。おまえもしっかり目をつむってて」

羽根蒲団で二人の肩を巻きこむと、姉は妖精《ようせい》めいた小さな顔を四郎に寄せてきた。フランス窓の硬い木枠に頭を預けて、四郎はビルの谷間に舞いおりる粉雪を見上げた。

「こら、目をつむれってば」

「ねえちゃんきれいだから、もったいない」

うなじを引き寄せられ、頰を支えられて唇の触れ合う寸前に、四郎は思わず顎《あご》を引いた。

「ねえちゃん、ほんとに初めてかい」

「初めてだよ。誰がねえちゃんにこったらことしてくれるもんか」

「なんだか、慣れてるような気がするけど」

「映画とかで、こういうの見てるだけだよ。ほんとは男の人のほうがリードするんだけどね」

「俺、心臓止まりそうだよ」

「そりゃ、ねえちゃんも同じさ」

「これ、悪いことではないかい」

「なんもなんも。ほら、目をつむって」

粉雪が上気した顔にふりかかった。おずおずと押しつけられた姉の唇は、熟れた果実のように柔らかかった。

姉の舌をまさぐりながら、四郎はけんめいに初恋の人や好きなタレントの顔を思いうかべようとした。しかし思いあぐねて薄目をあければ、誰よりも美しく愛らしい姉の顔があった。

唇をすべらせると、姉はまったく映画のヒロインのように、四郎の耳元で囁《ささや》いた。

「ねえ四郎。どんなことがあっても、ねえちゃんはおまえの味方だからね。おまえが幸せになれるんなら、ねえちゃん何でもするから」

どうして姉はこんなことをしたのだろう。どうして涙声でこんなことを言うのだろうと四郎は思った。

体の不自由な姉は、自分自身の未来など何も信じてはいないのだろうと思うと、四郎の胸は悲しみでいっぱいになった。

「ありがとう、ねえちゃん。俺もずっとねえちゃんの味方だからな」

二人はその晩、降り積む雪の音を聴きながら抱き合って眠った。ときおり目覚めてはたがいの唇を啄《ついば》むようなくちづけを交わし、またいつの間にか眠りに落ちた。

カオルの部屋の灯《あか》りがついている。

対《むか》いの倉庫の煉瓦塀《れんがべい》に人影が動いて、四郎はそっと声をかけた。

「カオルさん、花出しっぱなしだよ」

　シクラメンの鉢が錆《さ》びた窓の外で凍えていた。

　廊下で人を送り出す気配がし、カオルが窓を開けて首だけを突き出した。

「なんだ四郎、まだ起きてたんか」

「花、枯れちまうって」

「ああ、忘れてた。おめえはまったく女みてえなやつだな。花の心配までしてくれるのかよ」

　鉢を取りこんだとき、思いがけずに豊かなカオルの胸が目に入った。

「あれえ、カオルさん、おっぱいあるんか」

「ばあか、あったりめえだろ。ふだんはサラシ巻いてっからな。ボインじゃ客に嫌われる」

　石畳の路地で手を振りながら、中年の婦人が帰って行く。ジャケットを肩から羽織って、カオルはお愛想のように手を振り返した。

　女の姿が辻《つじ》に消えてしまうと、カオルは咽《のど》を鳴らして唾《つば》を吐いた。

「亭主が怪しむから帰るってよ。いってえ何を怪しむんだい。男がいるってか」

「女がいる、ってのもおかしいよな」

「ま、悪い遊びにはちがいねえけどよ。うう、寒い。風邪ひくぞ四郎、もう寝ようぜ」

「おやすみ、カオルさん」

「ああ、おやすみ——」

　窓を閉めかけて、カオルは四郎を呼び止めた。

「そう言やァ、おまえと約束してたっけな。あした、イブだろ」

「約束って、何だっけか」

「二人してねえちゃんの供養をしてやろうって、約束したじゃねえか」

「あ……いいよ、そんなの。悪いから」

「悪くなんかねえよ。男と男の約束じゃねえか。夕メシ食おうぜ。六時に港の公園で待ってろ」

　答えを聞こうともせずに、カオルは窓を閉めた。

「男と、男か……」

　つい独りごちて、自分はどうしてオナベなどに愚痴を言ってしまったのだろうと四郎は悔やんだ。


　あくる朝、四郎は歯を磨きながら上がりこんできたカオルに揺り起こされた。

「起きろ、四郎。仕事いかなくていいんか」

　姉の夢を見ていた。故郷の駅のホームで別れたときの姉を、そのまま夢に見た。

「もうちょっと寝かしてよ、カオルさん」

四郎は蒲団《ふとん》を巻きこんで背を向けた。

目を閉じると、棒杭《ぼうぐい》のような足を曳《ひ》きずって気動車の窓を追う姉の姿が甦《よみがえ》った。

(四郎、負けるんでないよ。ねえちゃん、きっとコンサートに行くからね)

(走るんでないってば。危ないよ。もういいって、ありがと、ねえちゃん)

(矢沢永吉みたいにビッグになるんだよ。おまえはバラードがいいんだから、いい歌いっぱい作って、テレビで聴かせて)

(わかった、わかった、もういいから、わかったから)

(なり上がれ、四郎。ねえちゃん、おまえのこと信じてる。毎晩おまえの歌聴けなくなるのは淋《さび》しいけど、がんばってテレビやラジオで聴かしてけらしょ)

ホームの端の雪だまりに立ち止まって、姉は白い息を吐きながら両手を振った。

――美しい夢を取り戻すことができずに、四郎は寝返った。

歯ブラシをくわえたまま、カオルが写真に見入っていた。

「おめえ、ちょっとおかしいんじゃねえの。アネキとのツーショットを額に入れて置いとくなんてよ」

「やめろよ」と、四郎ははね起きて写真を奪い取った。

流しで口をすすぎ、むせ返って大笑いに笑うカオルを、四郎は憎んだ。この世で最も醜い女が、最も美しい人を嗤《あざわら》っているような気がした。

男物のズボンをはき、サラシで胸をしめつけ、羽織った白いシャツの肩に薔薇《ばら》の入墨が透けている。こんなできそこないの女に、姉の弔いなどしてもらいたくはないと思った。

「ごめんごめん。気を悪くすんな」

と、カオルはベッドのかたわらに立て膝《ひざ》をついて座った。

「タンベ、もらうぜ」

煙草をくわえて火をつけ、もういちど姉の写真を手に取る。

「美人だよなあ。おまえと似てる」

「でも、こうして見ると、何だか影が薄い」

言ってしまってから、四郎は悲しくなった。姉の死は信じられない。認めたくはなかった。

「美人薄命ってやつか。だったら俺ァ、長生きするぜ」

影が薄く見えるのは服装のせいだろうと四郎は考え直した。

それはおととしの冬、札幌にコンサートを見に行ったあの日に、時計台の前で撮った写真だ。見知らぬ通行人にシャッターを押してもらったから、少しブレている。

姉と二人きりで遊びに行ったのはその一度きりで、二人の並んだ写真も一枚だけだった。よそいきのピンクのセーターは姉の白い肌によく似合うが、色が淡いせいか表情が淋しい。その上に安物のベージュのコートを着、白い毛糸のベレー帽を冠《かぶ》り、細い首にやはり白い毛のマフラーを巻いている。姉は赤や青の色を身につけることがなかった。不自由な体を目立たせるのがいやだったのだろうか。

　時計台の雪の路上に、姉はぼんやりと佇《たたず》んでいる。

「あのなあ、四郎――」

　と、写真を見つめながらカオルは言った。

「俺、北海道なんだよ」

　それは初耳だった。自分のことはよく訊《き》かれたが、カオルの過去を訊《たず》ねたことはなかった。もっとも暮らしが暮らしだから、詮索《せんさく》する気にはなれないが。

「浅草の生まれって言ってるけど、それはまあ、セールス・トークでよ。初めて勤めた店が浅草のレズバーだったから」

「北海道の、どこ？」

「日高《ひだか》」

「へえ。牧場ばっかりあるとこ」

「おやじが馬喰《ばくろう》でよ。おふくろが早くに死んで、あにきが一人。おめえと逆だな」

　その先を語ろうとして、カオルは口を噤《つぐ》んだ。

「ま、いろいろあってよ。今はこういうわけで、めでたしめでたし。いつまでも落ちこんでるんじゃねえぞ。きょうは俺、ホテルのディナーを奮発すっからよ。男どうしでねえちゃんの菩提《ぼだい》を弔おうぜ」

カオルの粗暴なやさしさに胸がつまって、四郎は俯《うつむ》いた。

「まったくよォ、センチなロッカーなんて、見てらんねえな。おめえは色男だし、才能もあるんだから、しゃんとしろ、しゃんと」

四郎の頭をごつんと拳《こぶし》で叩《たた》いて、カオルは出て行った。

冬の陽がステンド・グラスを透かして、畳の上に赤や青や緑の紋様を描いていた。原色の光の中に置かれた姉の写真はいっそう淋しげだった。

いつか歌もギターも忘れて、たとえば下の部屋に住むはんぱなヤクザ者のように、自分もこの町にはお似合いの男になっていくのだろうか。

姉の死は四郎の中から、確実に夢と闘志とを奪った。どんな努力も、今となっては無意味に思えてならなかった。

クリスマス・イブの恋人たちで賑《にぎ》わう元町《もとまち》で、四郎はハートの形をした銀のペンダントを買った。

姉の細い首には良く似合うだろうと、前から目をつけていたものだ。贈るあてもないプレゼントを買うのは悲しいが、買わずにはいられなかった。

胸元の淋しいピンクのオフタートルに、銀のハートが輝くさまを想像するだけでもいいと思った。しばらく姉の写真に供えて、年が明けたら郷里に送ろう。

店員はペンダントを立派な羅紗《ラシャ》のケースに入れ、クリスマスの包装紙で包み、赤いリボンをつけてくれた。

恋人たちの間を縫うようにして、四郎はたそがれのプロムナードを歩いた。

ポケットの中の手が、硬貨を握りしめたまま汗ばむ。宵のススキノを歩きながら、かたときも離れることのなかった姉の掌《てのひら》の感触が甦った。はじめは足の不自由な姉を気遣ってそうした。しかしいつのまにか二人は、恋人同士のように腕をからめ、五本の指を祈るように組み合わせて歩いていた。

もう歌は唄《うた》えないと思った。メンバーたちがいとも簡単に、ディスコの黒服や大学生や八百屋の婿養子に変身してしまったように、自分もこのまま沖仲仕になるほかはないと思った。

雪だ、と雑踏の中で誰かが叫んだ。

見上げれば、港から吹き寄せる饐《す》えた潮風に乗って、小雪が舞っていた。

そのとき、公園に姉が待っているような気がしたのはなぜだろう。雪の降るイブの港で、姉と待ち合わせているような気がしてならなかった。

繋留《けいりゅう》された古い客船に、満艦飾の灯がともっていた。

湾《いりうみ》を隔てた大桟橋には、最新鋭の大型客船が錨《いかり》をおろしている。どちらのデッキにも、恋人たちが抱き合って雪の舞う海を見ていた。

姉の姿を捜しあぐねて、四郎は街灯の下のベンチに腰をおろした。

暗い波間を横切って走る曳舟《タグ・ボート》の青い舷灯《ポール・ライト》を目で追いながら、自分はどうかしていると思った。本当に姉と待ち合わせたような気がして、港に沿った広い公園の隅々までを捜し歩いたのだった。

街灯の丸い輪の中で、四郎はひとりになった。夢の支えがひとつずつはずされていって、もう歩くことも、立っていることもできないような気分だった。

いくども考え、そのつど打ち払っていた姉の死の光景を、四郎ははっきりと瞼《まぶた》に描いた。信号機は鳴っていたのだろうか。雪の降り積んだレールを踏んで、倒れてしまったのかも知れない。あるいは横なぐりの吹雪が、列車との距離を見誤らせたのだろうか。

そのとき美しい姉は、声を上げたり騒いだりはせず、迫りくる死の前にただ瞼を閉ざしたのだろう。

列車が雪を巻き上げて、姉の体の上を乗り越えた。丸く愛らしい額も、柔らかな唇も、静脈のうっすらと浮く形のよい胸も、やさしい腕も、そして――棒杭《ぼうぐい》のような足もみなばらばらにこわれてしまった。姉は、死んでしまった。

四郎はベンチに身を折り畳んで泣いた。

そのときふと、懐かしい声を聴いた。

「ややや、四郎。捜したよお、こったらところで顔かくしてたら、わからないでないの」

街灯の白い輪の中に、姉が立っていた。

「ねえちゃん……」

姉はあの日のままだった。安物のベージュのコートにピンクのセーター。オフタートルの細い首には、白いマフラーが巻かれていた。毛糸の帽子に、雪の滴が光っていた。

「ねえちゃん、やっぱ生きてたんか」

「なあんも。ねえちゃんがおまえ残して、死ぬはずないしょ。いつだっておまえのそばにいるよ。おまえが一人前になってコンサートやるまで、ねえちゃんが死ぬわけないでないの」

姉はほっそりとした体を寄せて、四郎のかたわらに座った。

オーデコロンの匂いが鼻をついた。

「……なんだよ、カオルさん」

いったいどうしたことだろう。カオルが写真の姉とそっくり同じなりをして、四郎に微笑みかけていた。

「カオルさん、ほんとはきれいなんだな。ねえちゃんにそっくりだ」

薄化粧をした唇を嬉《うれ》しそうに引いて、カオルはあでやかで淋《さび》しげな、姉と同じ笑い方をした。大きめの前歯をこぼすさまや、長い睫毛《まつげ》が眦《まなじり》を被《おお》うさままでが、姉と同じだった。

「カオルさんではないもね。今晩だけ、おまえのねえちゃんだよ」

華奢《きゃしゃ》な肩を寒そうにすぼめて、カオルは雪を見上げた。

カオルは今晩だけ、自分のために男であることを捨ててくれた。きっと一日中デパートを訪ね回って、写真の姉と同じ衣裳《いしょう》を探し歩いたのだろう。とうの昔に忘れたはずの化粧もし、ルージュもさしてくれた。

ふしぎな隣人のやさしさに、四郎は泣いた。

「なんでそんなにやさしいんだよ、カオルさん」

「カオルさんではないってば。ねえちゃんだべさ」

「俺、あんたに何をしてやったわけでもないべや」

「なんもなんも。毎晩いい声きかせてくれたでないかい。ねえちゃん、こったら女でほかに何の夢もないからね。ほんとうはおまえの歌だけが楽しみなんだよ。もう泣くんでない。おまえ、男だろ」

言葉が胸を摑《つか》んだ。しゃくり上げながら四郎は、生まれて初めて、俺は男だと思った。

「男なんだから、ねえちゃんとの約束は果たさねばだめだよ。おまえからギターとって、何が残るの。しっかりせねば」

カオルは言いながら四郎の肩を抱き寄せた。

「ねえちゃん――」

「何さ」

「プレゼント、買ってきたんだけど」

「へえ。何だろね」

手渡されたパッケージを、カオルは膝の上で解《ほど》いた。

「ややや、これティファニーのオープンハートでないかい」

「俺、よく知らねえけど」

「おまえ、センスいいねえ。ねえちゃんこれずっと欲しかったんだ」

「ほんとに？」

「ほんとさあ。いちど札幌の三越で見てねえ、こんなの欲しいなって思ってたんだ――はんかくさいけど、ここでつけていいかい」

「俺、つけてやるよ」

白いマフラーをはずすと、花の茎のように細い首があらわになった。うなじに手を回して、四郎はペンダントをかけた。

間近に見るカオルは美しかった。頭の中の覚めた部分で、この人はどうして男のなりをするのだろうと、四郎は思った。

「カオルさん」

「そうではないってば。ねえちゃん、だろ」

うなじに手を置いたまま、四郎は少し言いためらった。この希《のぞ》みだけは、図々しいかもしれない。

「あの、ひとつだけ、俺のわがまま聞いて下さい」

「いいよ。お返しに、何が欲しいの」

まっすぐにカオルを見つめて、四郎はどうしても欲しいものを言葉にした。

「いちどだけ、俺とキスしてくれますか」

カオルは大きな瞳《ひとみ》をしばたたかせて、少し身を引いた。

「まいったな、そりゃ」

と、一瞬カオルはふだんの声で言った。

「やっぱ、だめかな」

「いいもだめも……俺、じゃなかった、ねえちゃん、男の人とキスするの慣れてないもね」

ふと雪を見上げてから、カオルは覚悟を決めたように目を閉じた。

「キスだけだよ、四郎」

「あたりまえでないの。きょうだいなんだから」

「ちゃんと目をつむってなければいやだよ」

「カオルさん、きれいだからもったいない」

「こら、目をつむれってば」

いつか姉がそうしてくれたように、四郎は少し首をかしげて、カオルの慄《ふる》える唇を吸った。

長い不器用な接吻《せっぷん》をかわしながら、四郎は喪《うしな》いかけた夢をとり戻した。

雪の港に、時を告げるホイッスルが谺《こだま》して、二人は唇を離した。

「メリー・クリスマス。ありがとう、カオルさん」

「メリー・クリスマス。男の子のキスも、悪くないね」

客船の灯が落ちるまで、二人は肩を寄せ合って港を見つめていた。

＊　＊　＊

老婆はまるで見てきたもののように語りおえると、床に落ちた瑠璃《るり》色の光を指でなぞった。

「この部屋は、おすすめなんだがねえ。なにせあの子も今じゃ大スターだ。ゲンがいいってもいいやァ、これほどいい部屋はないがね――ま、ついでということもあるから、あとの二つも見てみるかい」

黄ばんだカーテンを閉める。月光をさえぎってしまうと、瑠璃色の部屋は何の色気もないモノクロームに変わった。

「カオルがいなけりゃ、あいつもまだ荷役人夫でここに住んでるんだろうけど。こっちは部屋をあけられちまって、喜んでいいんだかどうだか——さて、カオルの部屋か。あいつは妙なやつで、柄に似合わず花が好きだった。おいで、まだ花が咲いている」

老婆は背を丸めて、真暗な廊下に出た。

第五話　花の咲く部屋

ドアを開けると、馥郁《ふくいく》たる香りが溢《あふ》れ出た。

この部屋に灯《あか》りはいらない。運河を見おろす窓辺には真赤なゼラニウムが咲いており、壁まわりに誂《あつら》えられた棚は色とりどりの蘭に埋まっていた。天井から吊《つ》られたブライダルベールの鉢には、闇がほのかに明るむほどの純白の花が盛られている。

とりわけ目を奪われるものは、身の丈ほども育ちながら蔓《つる》のかたちを整えられた、たわわなブーゲンビリアの花だった。

「あたしゃ面倒なんか見ちゃいない。何日かに一度、水をくれてやるくらいのもんさね。それでもこの通り、いつまでたったって枯れやしない。ふしぎだろ。花っていうのは、どうやら人の情けで咲くものらしい。むろんあたしの情けじゃないさ。カオルの情けは、いまだにこの部屋に残っている。たぶんこれからもずっと、花たちはカオルの情けを吸いながら咲き続けるんだろう」

ほかには何ひとつない奇跡の花園に佇《たたず》んで、老婆はまるで花々が呟《つぶや》くように語り始めた。

段ボール箱に盛り上げられた造花を十本ずつ束ね、緑色の針金で巻く。

そうして出来上がったプラスチックの花束を、いったい誰が買い、何に使うのかは知らない。出荷されたあとの未来を怪しむほどの、それはつまらない品物だった。

「何に使うかって、花ちゃん。そりゃあいろいろあるだろうに。なにせ、水をやらなくたって枯れやしないんだから」

この工場で二十年もパートタイムをしているおばちゃんは、花子が何度同じことを訊《たず》ねても同じ返事をする。

「あんたみたいな田舎育ちには信じられないだろうけど、東京じゃこれのほうが重宝《ちょうほう》なんだ。このごろじゃお墓にだって、一年中これが生けてある」

重宝という言葉の意味が、花子にはよくわからなかった。たぶん、便利とか好都合とかいう意味なのだろうけれど、そんな理由で飾られる花は、やはり花ではないと思う。

花子は無口なうえに、理屈を言葉にすることができなかった。

この工場で働き始めてから、かれこれ六年がたつ。だが、辞めようと思ったことはなかった。辞めたところでほかの人生は思いつかない。

＊　　＊　　＊

工場の二階は荒川の土手に面した古アパートで、花子は上京してからずっとそこに棲《す》みついている。

始業三十分前に着替えをして、事務所でインスタント・コーヒーとトーストの朝食をとる。やがてパートのおばちゃんたちが出勤してくる。九時になったら、カーペットを敷いた作業場に座って膝《ひざ》に毛布を掛け、造花をくくり始める。お昼の仕出し弁当は会社持ちだ。おばちゃんたちはその弁当を「カンベン」と呼ぶ。初めのうちは意味がわからなかったのだが、それは「官弁」で、つまり川向こうの拘置所で食べている弁当と同じものらしい。薄っぺらな鮭の切り身かコロッケ、それに沢庵《たくあん》と昆布の佃煮《つくだに》がついている。

弁当を食べながら一時までおばちゃんたちのおしゃべりにつきあって、五時には作業が終わる。終了のサイレンは隣のプレス工場からの借り物だ。

「あんたは、えらいよねえ」

日に一度は、誰かしらがそう呟く。答えようもないから、花子は愛想笑いを返すほかはなかった。しみじみとした言い方は、ほめられているというより慰められているように聞こえる。

六年前の春、この工場に雇われたのは同じ齢《とし》ごろの五人の少女だった。昔でいうなら集団就職というところなのだろうが、今どきそんな不幸な子供はそうはいないから、札幌の役場のロビーに見知らぬ少女らが集められて、飛行機に乗ってやってきたのだった。

おばちゃんたちは、ほかの四人を集団就職の幼なじみだと思っているらしい。もしそうだったなら、その四人がさっさと辞めたあとで、六年も工場に居残っている花子は感心な娘ということになるだろう。今さら説明をするのは面倒だった。

札幌の役場で顔合わせをしたとき、この子たちとは友だちになれないと思った。四人が四人とも派手な化粧をし、故郷を捨てる淋《さび》しさなどかけらもなく、はしゃぎ回っていた。つまり彼女らと花子はそもそも事情がちがうのだった。行きたくても高校に行けなかった花子と、高校に行くよりも東京に出ようと考えた少女たちは、まったく素性がちがっていた。

案の定、彼女らは工場に着いたその晩から遊びに出て、夜中まで帰ってこなかった。作業中にも、「やってらんねえよなあ」というのが合言葉だった。ものの一月か二月の間に、少女たちはみな姿をくらましてしまった。彼女らの住んでいた二階の部屋は倉庫になった。

そんなわけだから、いまだにおばちゃんたちから「あんたはえらい」と言われても、返す言葉に困る。もともと縁のない子供らが、勝手に自分の人生を決めただけなのだから、自分が較べられるいわれはなかった。

この工場では一日がゆっくりと過ぎてゆく。温室のような南向きの作業場で、誰に文句を言われるでもなく、せかされるでもなく、ひたすら造花のブーケをくり続ける仕事は自分に向いていると思う。

ラジオのニュースが、きのう全国各地で行われたらしい成人式の様子を伝えていた。何でも酔いどれの新成人たちが、市長の祝辞を弥次《やじ》ったり壇上に駆け上がったりして、大騒ぎをしたそうだ。たしか去年も、そっくり同じニュースを聞いたような気がする。

「あら、そう言や」

と、おばちゃんが花子の膝を叩《たた》いた。

「あんた、成人式じゃなかったのかい。終わっちゃったけど」

車座になったおばちゃんたちの手が止まった。

「あ、そうだった。すっかり忘れてた」

そらとぼけて、花子は笑い返した。もちろん忘れていたわけではなかった。区役所からは、区民ホールで行われる成人式の招待状もきていた。

「まったく、社長もそれくらい気が回らないのかね。もっともジジババばっかりの中の花一輪じゃ、気が付かなくっても無理はないか」

「いいです、いいです。言わないどいて。社長、気にするといけないから」

「そうは言ったってさ、花ちゃん。社長だってあと何年かすりゃ、てめえの子供の成人式なんだから。人の親としてはだね、そういうことはきちんと考えなきゃ嘘だよ」

と、べつのおばちゃんが責める口調で言った。

「社長に言われても行かなかったよ。お振袖《ふりそで》借りたり、洋服買ったり、大変だしね」

ほんとうは誰かが気付いてくれるのを待っていたのだけれど、自分から成人式に出たいなどとは言い出せなかった。

「それに、ああいうのって何だか、わざとらしくって好きじゃないし」

窓から射し入る冬陽が、俯《うつむ》いてしまった背中を宥《なだ》めてくれた。

そうして指先だけを動かしていると、何だか自分が花になったような気がする。感情が消えてしまう。もともと喜びも悲しみも怒りも、それほど感じることのない自分は、もしかしたら人間よりも花に近いのかもしれないと思った。

「花ちゃん、ちょっと」

ドアを細く開けて、社長が手招きをした。おばちゃんたちの訝《いぶか》しげな視線から身をかわすようにして、花子は作業場を出た。

「にいさん、来てるんだけど」

工場の冷気に鳥肌を立てながら、コンベアのすきまに見える事務所の窓に目を凝らす。革ジャンパーの襟を立てた兄の後ろ姿があった。

「前借りって言っても、まだ月なかだろ。俺は構わないけど、いちおう花ちゃんの耳に入れとかなきゃと思ってさ」

事務員をからかう兄の、下品な笑い声が聞こえた。

一回りも齢の離れた兄は花子の身元保証人だった。花子が物心ついたころにはもう東京に出ていて、故郷にもめったに帰ってきたことはなかったから、世間の兄弟よりもよほど縁は薄い。

「いいですよ。べつに会いたくもないし」

「そうは言ったってよォ。何だか俺とにいさんで、花ちゃんの稼ぎを勝手に使っちまってるみたいで気がとがめるんだよな。そりゃ、花ちゃんがそれでいいってんならいいけどよ。かみさんの手前ってこともあるだろ。ちょっと顔出してくれよ。そんで、あんましいい顔しねえで、説教のひとつもしてやってくれりゃ俺だって助かる」

「社長が、助かるんですか」

このごろでは、社長も兄も同じ男なのだと思うことがしばしばだった。男はみんな、自分のことしか考えはしない。

工場のおじちゃんたちは気の毒そうに花子を見ていた。兄の無心もこう毎月となれば、工場の噂にならぬはずはなかった。

花子が上京した初めのころには、たしかに世話を焼いてくれた。日曜のたびに工場まで迎えにきて、東京の右も左もわからぬ花子に、さまざまの知恵をつけてくれたのも兄だった。兄がいなければ、自分もやはりあの子たちと同じように工場を辞めて、水商売にでも入っていたかもしれないと思う。

兄の無心が始まったのは、おととしの暮れからだった。公営競馬の廐務員《きゅうむいん》を馘《くび》になったから年が越せないと泣きつかれて、僅《わず》かなボーナスをそっくり渡した。その無心が、ビタ一文返らぬままにくり返され、とうとう去年の夏からは、社長に泣きを入れて花子の給料を前借りするようになった。

「おにいちゃん」

事務所の窓を叩《たた》くと、兄は振り返って「よお」と手を挙げた。その笑顔が曲者《くせもの》だった。いつもにこにこ笑いながら冗談ばかりとばしている。悪びれるふうなどこれっぽっちもない。

「きょうはよ、おまえのお祝いに寄ったんだ。で、一生に一度の成人式なんだから、社長もさぞかし気を遣ってくれたろうと思ってよ。そしたら、うっかり忘れてたっていうじゃねえか。そこでだ、大切な妹を預けてる俺にしてみりゃ許せねえから、さんざ説教をしてたところさ」

「もういいよ、おにいちゃん」

聞こえよがしの大声をたしなめながら、花子は兄の腕を摑《つか》んで工場を出た。

荒川土手には気の早いたんぽぽが咲いていた。何も話したくはなかった。工場から連れ出したのは、社長の立場を考えたからだった。

「そんなに競馬が好きなんだったら、もういっぺん調教師《せんせい》に頭を下げて、雇ってもらえばいいのに」

けっして諭すつもりではなく、思いついたなりを花子は口にした。不愉快そうに黙りこくったあとで、兄はけらけらと笑った。

「今さら頭なんぞ下げられっか。いきさつを知らんおまえじゃあるめえ」

「それは、わかるけど――」

「だったらおふくろづらして、偉そうなこと言うんじゃねえよ」

ひどい言い方だと思った。怒りはしなかったが、その一言で胸が潰《つぶ》れてしまった。母さえ生きていてくれたなら、どんなに心強かったろう。

「そもそもあのクソおやじがよ、馬主さんから預かった金で競馬を打《ぶ》っちまったのが悪いんだ。馬喰《ばくろう》が馬券買ってどうすんだ。俺ァ好きで馬丁になったんじゃねえぞ。調教師《テキ》が立て替えた借金を、おやじのかわりにこの体で返したんだ。わかるか花子。この体で返したんだよ」

「そんな昔のこと言わなくたっていいしょ」

思わず忘れかけていたお国訛《なま》りが口からこぼれて、花子は悲しくなった。飲んだくれの父の顔や、日高の冬景色が瞼《まぶた》に甦《よみがえ》ってしまった。

「中学出てからこっちに来て、十六年も勤めりゃおまえ、いくら何だって借金はチャラだろう。だいたいよ、詳しい話は知らねえけど、おやじが馬券に変えちまった馬ってのは、まさかサンデーサイレンスとか、トニービンとかいうたいそうなもんじゃあるめえ。公営のダート走らせる馬が、そんなに高えはずはねえんだ。それをテキの野郎、これ幸いに十六年も大の男をこき使いやがって」

「何だって人のせいにしちゃいけないよ」

「人のせいになんかしちゃいねえ。俺ァずっと、人のためになってきたんだ。おかげでおやじとテキの野郎に、すっかり食い潰された」

だから私を食っているの、と言おうとして、花子は口を噤《つぐ》んだ。諍《いさか》いは好きではなかった。声にならぬ言葉は澱《おり》になって、花子の胸に積もりかさんだ。

「あのなあ、花子——」

兄は真顔で花子の顔を覗《のぞ》きこんだ。いつものように軽薄な冗談を言い続けてほしい。そんなまじめな顔で、洒落《しゃれ》にならない話をしないでほしいと花子は希《ねが》った。

「社長はよ、あれァ、悪いやつだぜ」

花子は草むらに咲くたんぽぽを指先で弄《もてあそ》んだ。

「にいちゃんが、おまえの稼ぎを前借りしてるわけじゃねえってのは、わかってるよな」

うん、と肯《うなず》くほかはなかった。兄が会社を訪ねて社長から金の無心をしたのは、花子が悩みごとを打ちあけたとたんだった。

「まさかとは思うけど、おまえの給料袋はからっぽじゃあるめえな」

「給料はもらえないよ。おにいちゃんが持ってってるから」

「そりゃまあ、事務手続上ってやつだ。ほかにほれ、相応のお手当てってのはしこたまもらってるだろう」

　これもまた、黙って肯くほかはなかった。酒臭い息を吐きながら、兄は花子の肩に体をすり寄せてきた。

「いくらぐらいもらってんだ。あ？」

「言えないよ」

「ふん。言ったら最後、俺がそのお手当てまでアテにするとでも思ってんだろ。冗談よせ。いくら何だってそこまでの屑《くず》じゃねえよ。いや、俺はおまえが、あの社長におもちゃにされてやしねえかって心配してるんだ」

「悪い人じゃないよ」

「そういうのが一番やばいんだ。ほれ、世間の人がいうには、俺たちのおやじだって、むろん俺だってよ、悪い人じゃねえだろう。だが、やってることは悪い。考えてもみろ、妹の給料を前借りして競馬を打つのは悪いことだろ。しかも本当は前借りじゃなくって、弱みにつけこんだゆすりたかりだってんだから、始末におえねえワルだよな。そんな俺だって、世間は口を揃えて言ってくれるんだぜ。あいつは悪いやつじゃねえんだがなあって」

　父にそっくりだと花子は思った。開き直った饒舌《じょうぜつ》は、父が兄の口を借りているようだった。

「おにいちゃん、あたしね——」

言いかけて花子は口ごもった。

「どうした。言いてえことは言え。何だって聞いてやる」

「おとうさんに、仕送りしてるんだよ」

え、と驚いて兄はしばらく押し黙った。よほど意外な話だったのだろう。まるで怯《おび》えるようなしぐさで煙草をつけてから、兄はようやく訊《き》き返した。

「いくら」

「毎月一万円ずつ。少しだけど、お酒ぐらい買えると思って」

「いつからだよ」

それはいつからだったろうと花子は考えた。ただの一度も帰っていないどころか、電話の一本すらかけていない故郷に、現金書留で一万円の金を送るようになったのは——思い当たったとき、花子は稲光りを見たようにきつく目をつむった。

「社長から、初めてもらったお金を送ったの」

「初めての給料か」

花子は膝《ひざ》を抱えて顎《あご》を振った。初めて抱かれた晩に、小遣いだと言われて渡された一万円札を、花子は持て余したのだった。その金を小遣いにしてしまったらおしまいだと思った。何も買ってはならず、何を食べてもならない穢《けが》れた金は、父親の酒代にでもするほかはなかった。

「ばっかやろう」

吐き棄てるような兄の悪態は温かかった。

「ばっかやろうが。おまえ、誰に似たんだ」

やっぱり悪い人じゃないと花子は思った。毎月お金は届いているはずなのに、父からは何の音沙汰《おとさた》もない。だが兄は事情を聞いてくれたし、ばかやろうと言ってくれる。

「たぶん、おかあさんに似たんだよ。ほかの誰に似るわけもないしょ」

兄はいたたまれぬふうに立ち上がって、土手道をとぼとぼと歩き出した。花子には後を追う理由もなく、かける言葉もなかった。しばらく歩いてから兄は振り返った。

「おまえ、おふくろにそっくりだな。顔も背恰好《せかっこう》も、ばかなとこまでそっくりだ」

とうとう泣けてしまった。涙を悟られぬように川面《かわも》をまっすぐ見つめて、花子は答えた。

「あたし、おかあさんの顔なんて知らないもね。おにいちゃんは思い出があってうらやましいよ」

声から逃れるように、兄は早足で遠ざかっていった。

日が翳《かげ》ると、冷たい風がセーターをつき抜けて過ぎた。正直なたんぽぽの花はつぼんでしまった。

おにいちゃんは、あたしの中のおかあさんに甘えているのかもしれない。そう思うと、花子の心はいくらか軽くなった。

　抱かれているうちに、まっさおなふるさとの空が見えてくる。暗い瞼《まぶた》の裏が少しずつ明るんで、サルビアや水仙や、ルピナスやラベンダーが色とりどりに咲く丘が拡がる。

　初めのうちは嫌悪感と罪悪感で圧《お》し潰されそうだったが、何かの拍子にその風景が現れてから、花子は社長の足音を待ちこがれるようになった。

「花ちゃんは花を咲かせるのがうまいよなあ。何かコツでもあるんか」

　仰向《あおむ》いて煙草を吹かしながら、社長は窓辺の鉢に顔を向けた。

「べつに。造花を咲かせるのはもっとうまいよ」

「そりゃそうだ。だがよォ、この部屋にはいつだって花が咲いてるもんな。うちのかみさんなんて、ガーデニングの本ばっかどっさり買いこんで、高い肥料をしこたまやってたって、こんなふうに咲かせられねえよ」

　そんな言い方をされても嬉《うれ》しくはない。だが、働きづめに働いてきたまじめな人なのだから、女心を知らなくても仕方がないと思う。もし社長の口から女房子供と仕事の話を奪ってしまったら、会話などひとつもなくなりそうな気がする。

「そうそう。きょういきなり聞いてびっくりしたんだけどよ、梅屋さんが閉めるんだと。参るよなあ、どうすっか」

兄の話題を避けるように社長は言葉をつないだ。梅屋は先代社長のころから身内同然の取引きをしている問屋である。たぶん工場で生産される造花の八割方は、梅屋に納品されているはずだ。

「商売をやめるんですか」

「だとよ。なにせ浅草橋で三代目の老舗《しにせ》だからな。この不景気でも金持ち喧嘩《けんか》せずってわけで、あとは貸ビル業で食ってくらしい。いいよな、余裕のあるところは」

「でも、店員さんとかは」

「そりゃあ、くれるものくれてやりゃあ文句は言うまい。困るのはうちみてえな工場だけさ。勝手だよなあ。俺が四の五の言っても始まらねえけど」

「大学出てる人なんかもいるんだから、やっぱり文句は言うと思いますよ」

社長は枕元の空缶に喫い殻を押しこんで、花子の乳房に手を置いた。

「大学出——そんなの梅屋さんにいたっけか」

「営業の小川さん」

「ああ、あいつね。あれは大学出っていったって、体育大学だからな。何でも怪我さえしなけりゃ、レスリングのオリンピック選手だったらしい」

そんな男が会社に文句をつける資格はないと、社長は言っているのだろう。毎日のようにワゴン車で集荷にやってくる小川が、何やかやと零細工場の面倒を見てくれているのはたしかだった。手形決済を控えているときには、社長の頼みを聞いて多めの発注をし、先払いの便宜をはかってくれたりしていることも、花子は知っていた。さんざ世話になったはずの小川を、社長がそんなふうにしか考えていないのは意外だった。

「あの体育会系じゃ、つぶしがきかねえよなあ。どうするんだろ」

「雇ってあげればいいのに。営業の人がひとりいれば、スーパーに直接納品したり、できるんじゃないですか」

「こいつ、女房と同じこと言いやがる。あの手の男は印象がいいんだよな」

「だめですか」

「だめも何も、どこから給料が出るんだよ。こちとらどうやって人を減らそうかって考えてるんだぜ。第一おまえ、造花なんて商品は梅屋さんみたいな小間物問屋が、ほかの品物のついでに売るんだ。造花の段ボール箱をワゴンに積んでスーパーを一軒一軒回るなんて、考えただけで埒《らち》があかねえ。それよか、ほかの問屋を探さなけりゃ」

話しながら社長は、花子を抱いている間にもはずすことのない腕時計を見た。居酒屋の帰りに立ち寄ってことを済ませるのは、一時間以内と決めている。

「ごめんなさい」

と、下着をつける社長の背中に向かって花子は詫《わ》びた。

「何がよ」

「おにいちゃんのこと」

「花ちゃんがいいってんだから、俺はかまやしない」

ゆすりたかりではないと、社長は言ってくれている。たちの悪い肉親が、給料を前借りにきているだけだと、社長は自分自身にも言い聞かせているのだろう。

「こんなことをしてて、花ちゃんには悪いと思ってるよ。だからいくらかでも多く小遣いをくれてやりてえんだけど、経理はかみさんだからなあ」

まったく妙な関係だ。花子と社長と兄と、妙な関係はそれなりに安定してしまった。このごろでは、給料前にやってくる兄も当然の集金をするような顔つきだし、社長も材料屋に支払いをする顔とどこも変わらない。

「じゃ、行くから。喫い殻、始末しといてくれよな」

酔ってもいないのに酔ったふりをして、社長は鼻歌を唄《うた》いながら部屋を出て行った。そのくせ鉄の階段を踏む足音は忍ばせている。

闇の中の置時計に目を凝らして、まだお風呂《ふろ》屋さんには間に合うと花子は思った。

男湯は酔っ払いの声で賑《にぎ》わっているが、夜の十一時を過ぎれば女湯は貸し切り同然だ。湯水を思いきり使って長い髪を洗い、手足を伸ばして湯舟に浸《つか》るのは、花子のたったひとつの贅沢《ぜいたく》だった。

その晩の先客はひとりきりだった。湯舟に唇まで沈めて、じっと花子の所作を見つめる顔には憶《おぼ》えがなかった。

「あんた、背が高いなあ」

いきなり背中から声をかけられて、花子は身をすくめた。物言いがまるで男だった。

「百七十ぐらいあるだろ。うらやましいなあ」

二人きりの洗い場では聞き流すわけにもいかない。鏡ごしに微笑み返して、花子は答えた。

「そんなにないです。六十八か九」

背の高さにはひけめを感じていた。猫背の癖は造花を束ねる作業のせいではなかった。中学生のころはむしろ小柄だったのに、東京に出てきたころから身長が伸び始め、伸びるほどに自然と背を丸める癖がついてしまった。

「俺なんかよォ、踵《かかと》の思いっきり高い靴はいて、やっとこさ六十五でさ。このごろの若い女ってみんなでかいから、それでも並んで歩くにはサマにならねえんだ」

おそるおそる振り返った。湯から上がった女の体を見て、花子はほっと胸を撫《な》でおろした。

「おどかしちまったか。男じゃないから安心しな。いやな、きょう近所に引越してきたんだ。アパートに風呂はついてるんだけど、独り者にゃこっちのほうが便利だよな」

女は湯舟の縁に股《また》を拡げて座り、わざとらしい胴間声で演歌を唄い始めた。妙な人間に出くわしたものだ。早く出て行ってほしいと、花子は祈る気持ちになった。

「ここらの人だよな」

「はい。近くの工場に住み込みで働いてるんです」

「住み込みって、何だよそれ。今どき珍しいな。昔の映画か何かみてえだ」

花子はなるべくかかわらぬようにして、湯舟の隅にちぢこまった。わずらわしいことに、女は湯から上がるどころかしきりに話しかけてくる。酒が入っているのかもしれなかった。

「あした、店がオープンするんだ。よかったら友達つれて遊びにきてよ。浅草の六区で、まあ場所柄は悪かねえんだけど、もとの店のお客をそうそう引っぱるわけにはいかねえし、大変なんだ。なにせ狭い業界だろ。マスターには長いこと世話になったし、ゼロからのスタートってわけ」

女がどういう種族で、狭い業界がどういう世界のことか、花子にもおぼろげにわかった。

「あたし、そういう趣味はないの。ごめんなさい」

「誤解しなさんなって。べつに趣味なんかどうだっていいんだよ。飲んで騒いで、面白けりゃいいじゃねえか」

答えずにいると、女はそのうち唄うこともしゃべることもやめてしまった。まるでふいに酔いが醒《さ》めたように、しどけなく膝をすぼめて、立ち昇る湯気の行くえを見上げている。

齢《とし》は三十を少し出たほどだろうか、肌は浅黒く灼《や》けているが横顔はやさしげだった。

「ごめんね。びっくりしたでしょ」

と、生まれついた声で女は言った。

「お風呂屋さんなんて、何年ぶりかしら。番台のおじさんも変な目付きで睨《にら》んでたし、常連さんと二人きりで何もしゃべらないのも、かえって気味悪がられるだろうと思ってね。まあいいや、つまらない言いわけはやめとこ。ともかくびっくりさせちゃって、ごめんなさい」

女は振り向いて湯に滑りこむと、花子に向き合った。悪意のない人間だとわかっても、見つめられて気持ちのいい相手ではなかった。

「あんた、女って損だと思ったことない？」

まるで花子の胸に、刃物をつきつけるような一言だった。

「趣味とか言うんなら、あたしにももともとそんな趣味はないのよ。ただね、ずっと思い知らされてきたの。女は損だって」

そう思いつめたあげくに、女を捨てたとでもいうのだろうか。だとすると、ひどく不純な動機だと花子は思った。

「要するに、オナベには二通りあるの。自分の本性を欺けないやつと、自分の本性を欺き続けるやつとね。でも、この世界に入ったら見分けはつかない。生きて行くためには、同じことをしなけりゃならないから」

妙な接近のしかたをしてしまった言いわけをしているだけなのかもしれない。だが、女の言葉はふいに頭上から被《かぶ》せられた投網のように、花子の自由を奪った。

「一等似ているのは、尼寺かな。神様仏様を信じて尼さんになるやつと、そんなものこれっぽっちも信じてやしないのに、てっとり早く世間のしがらみから逃れてくるやつがいるってこと。どっちにしろ、髪を切ってネクタイをしめたとたんに、それまでの自分はいっさいご破算になる。ちょっと卑怯《ひきょう》な気もするけど、悪い方法じゃないね」

話の先を聞く勇気をなくして、花子は湯から上がった。髪を洗いながら、女の言葉を考え続けた。考えたくはないのだが、女の言葉は濡《ぬ》れた髪と同様に花子の首や背にまとわりついてきた。

このままでいいはずはなかった。これから先もずっと、自分がはっきりと意思表示をするか行動をとるまで、同じ生活は続くだろう。なぜなら、今の暮らしは自分以外の誰にとっても都合がいいから。

「背中、流そうか」

まるでそうすることが身勝手な対話の償いであるかのように、女は念入りに花子の背を洗ってくれた。男の臭いを気取られはしないかと、花子は危ぶんだ。

「そんじゃ、また。さっきの話、気にしなさんな。やっぱ、あんたなんかが遊びにくるとこじゃないから」

女が出てしまうと、洗い場がいつにもまして広く感じられた。湯に浸りながら、ぼんやりと自分の人生について考えた。

やはり人間よりも花に近いのではないかと思う。じっと動かずにいて、与えられた水を飲み、お陽さまを浴びてさえいれば幸せだった。そのほかのことは好きも嫌いもなく、どうでもよかった。でも、はたちになったのだから、自分の生き方は自分で考えなければいけない。

湯気に曇ったガラスの向こうで、女が真白な晒《さらし》を胸に巻きつけていた。細身のわりには豊かな胸を、あんなふうにいつも圧《お》し潰《つぶ》しているのだろうか。

晒を巻きおえると、女はロッカーからまるでおっさんが身につけるような、ラクダ色の肌着を摑《つか》み出した。同じ齢ごろの男がそんな股引《ももひき》などはくわけはないのに、ともかく少しでも男らしく見せる身なりをしているのだろう。

あの人に会えてよかったと花子は思った。与えられたり奪われたりするだけではなく、自分で物を考え、行動しなければならないということを教わった。

大時計が十二時をさすと、働き者のおかみさんが洗い場の掃除を始めた。

「ねえねえ花ちゃん。いま、変な女がいただろ。やだね、これから毎晩くるのかね」

「べつに変な人じゃないですよ。それに、あしたからお店を開けるらしいから、もうお風呂にはこないと思うけど」

「ああ、そうかね。それ聞いてほっとした」

いつものように腰掛けや洗面器を取り片付ける手伝いをして、花子は湯から上がった。

小さな坪庭には山茶花《さざんか》の垣根がめぐっている。陽もそうは射さぬだろうに、一冬の間どこかしらに赤い花をつけていた。古木の底力と、ご主人の丹精のたまものだ。

そのご主人はと見れば、妙な女も客にちがいないと了簡《りょうけん》してしまったようで、べつだん怪しむ様子もなく、くわえ煙草でマッサージ機に座る女と世間話をしていた。

湯上がりには牛乳を飲みながら、花を絶やさぬ坪庭を眺めるのが花子の楽しみだった。

「そうかね。この不景気に店を開けるってのも威勢のいい話だ。ふつうの飲み屋なら行ってやりてえところだが、こればっかりァそうもいくめえ」

女は自分の店を持つことが積年の夢であったらしく、誰かれかまわず吹聴しているのだろう。そんな話にもお追従《ついしょう》を言わねばならぬご主人も気の毒だ。

「あの――」

花子は思いついて振り返った。

「お店の名前、何ていうんですか」

少し意外そうに花子を見つめてから、女はトレーニングウェアのポケットを探った。

昏《く》れなずむ空のような青に、見づらいグレーの文字を印刷した名刺は、それだけで秘密めいていた。

「ルピナスって、いい名前ですね」

「中野みのる、ってのは本名じゃないよ」

「本名は？」

「忘れた」

「ということは、本名ですね」

みのると名乗る女は、ふしぎそうに首をかしげた。

「あんた、変わった子だなあ。何だか浮世ばなれしてる。足、あるか」

「ありますよ、ほら」

「近ごろの若い子は、ルピナスも知らないんだ。きれいな花の名前だよって言ったら、どんなナスですかときやがった。あんたは知ってるんだな」

丘の頂きに色とりどりの穂花を敷きつめたルピナスの群生が瞼《まぶた》をよぎって、花子は胸がいっぱいになった。

上京するとき大切に持ってきた花々の種は、ほとんど芽吹いてはくれなかった。何とか芽を出しても、花をつける前に立ち枯れてしまった。一緒に上京した娘たちがひとりずつ工場を去って行ったころのことで、花にまで見捨てられた淋《さび》しさはひとしおだった。花の弱さを、花子は思い知らされたのだった。

「どうしたんだよ。何か気に障ることでも言ったか」

黙ってかぶりを振るほかはなかった。胸にかさむものは重すぎて難しすぎて、とうてい言葉にすることはできなかった。こんなことはしばしばあるのだが、花子はいつも肯《うなず》くかかぶりを振るか、せいぜい微笑み返すだけだった。

このままでいいはずはなかった。誰にとっても都合のいいこんな暮らしが続けば、きっと自分だけがしおれてしまう。


おばちゃんたちと官弁を食べていると、四角い顔が作業場のドアから覗《のぞ》いた。

「小川さんてさあ、花ちゃんに気があるんじゃないかね」

おばちゃんたちが囁《ささや》き合う。

「そりゃそうと、梅屋さん手じまいだってねえ。小川さん、どうするんだろ」

「小川さんのことより、この工場の心配しなきゃ。社長もどうするつもりだか」

ごちそうさま、と食べかけの弁当箱に蓋《ふた》を被せて、花子は作業場を出た。

小川がコンベアのすきまから手招きをしている。狭い工場の中では、立っているだけでも窮屈そうな体だ。

花子を振り返りながら、小川は工場を出て道路を横切り、荒川の土手に登って行く。商売をやめるにあたって、梅屋さんと工場の間でどんな話し合いがあるのかは知らないが、何かのっぴきならぬことを訊《き》かれそうな気がして、花子は怖くなった。

川風に舞ってきた新聞紙を、小川は草の上に敷いてくれた。

「集荷はきょうでおわりなんだ」

と、小川はいかにも無念そうに言った。

「いくら何だって急すぎやしねえかって、会社にもかけ合ったんだけど、実は在庫がしこたま残ってるんだ。返品してこいって、逆に怒鳴られた」

それだけを言って、小川は長いこと黙りこくった。いったい何を訊き出そうとしているのか、見当もつかない分だけ花子の不安は増した。

じきに隣のプレス工場から作業開始のサイレンが鳴り響いて、花子は腰を浮かせた。

「仕事、始めなくちゃ」

とたんに小川は、強い力で花子の腕を握った。

「やばいよ、花ちゃん。ずっと言おうとしてたんだけど、とうとうきょうになっちまった」

いかにも肚《はら》をくくって話すように、小川の表情は険しかった。

「何のことですか」

「とぼけたってだめだ。知らぬが仏は花ちゃんと社長だけで、工場の連中はみんな知ってる。奥さんだってとっくに気付いてるんだぜ」

驚くよりも、ふいに吐気がこみ上げてきた。体の芯《しん》が折れたように、花子は膝を抱えた。

「やばいって。奥さんはできた人だから、工場では知らん顔してるけど、家に帰ったら毎晩ごたごたしてるんだ。社長からは何も聞いてねえんか」

「知らないよ」と、花子はようやく答えた。

「おばちゃんたちだって噂してるんだぜ。今だって、花ちゃんが作業場からいなくなったら、たぶんその噂で持ち切りだ」

「知らないよ、あたし」

「本人の耳に入るもんか。噂ってのはそういうもんだろ」

「じゃあ、どうして小川さんが言ってくれるの」

「だからよ、言えるのは部外者の俺しかないって思ってたんだけど、言おう言おうとしてきょうになっちまった。やばいぜ、花ちゃん。ほんとにやばいって」

やばいという言葉の意味はよくわからないが、ただの忠告ではあるまい。事態が切迫しているというふうに聞こえた。

「花ちゃんのあにき、きょうも来てるんだ」

とっさに身を翻して駆け出そうとする花子を、小川は力ずくで引き戻した。

「行っちゃだめだ。あんましやばいから、花ちゃんを連れ出したんだよ。きょうのあにきはふつうじゃねえぞ。朝っぱらから酔っ払ってて、目が据わってる」

「お金なら、きのう渡してるよ」

「銭金じゃねえってよ。花子をどうするつもりだって、事務所で凄《すご》んでるんだ」

ばっかやろう、という兄の声が甦《よみがえ》った。口に出す言葉はみな風のように薄っぺらだが、その一言だけは妙に温かく、重たかった。

余計なことを言ってしまったと花子は悔いた。一万円ずつ故郷の父に仕送りをしているという告白は、よほど兄の身に応《こた》えたにちがいなかった。

ともかく、奇妙な形のなりに安定していた暮らしが、壊れてしまったのはたしかだった。いったん均衡を失えばどうなるのか、まったく想像はつかなかった。

「そんじゃ、中の様子を見てくるから。ここを動くんじゃねえぞ。俺がくるまで、じっとしてろよ」

花子は肯いた。やっぱり、このままでいいはずはなかったのだ。花ではなくて人間なのだから、黙って咲いていればいいというわけではなかった。

「いいな、花ちゃん。ここにじっとしてろよ」

もういちど念を押されたとたん、花子は根が生えたように動けなくなった。

気の早いたんぽぽを目でたどって行くと、岸辺に水仙の黄色い花が咲いていた。

「それじゃ、あとはよろしく」

強面《こわもて》の刑事と入れ替りに、齢《とし》かさの婦人警官が向き合って座った。制服の襟には金色の階級章が付いている。きっと調書を取った刑事よりも偉いのだろう。

婦人警官は花子の供述を部屋の隅でずっと聞いていた。刑事の訊問《じんもん》は怖かったが、その間にも自分の秘密を聞き続けている同性の視線が、うとましくてならなかった。

「警察には、民事不介入という原則があって、プライバシィにかかわることには、とやかく口を挟んじゃいけないの」

そう前置きをしてから、婦人警官は取調室のドアを閉めた。

「あの、どうなったんですか」

刑事には訊こうにも訊けなかった。あれからじきに大変な騒ぎになって、パトカーが何台もやってきた。血だらけの小川が警官と一緒に土手を登ってくるまで、花子は膝を抱えたまま震えていた。

「小川さんにはよくお礼を言っときなさい。あの人がいなかったら、あなたのおにいさんは殺人犯になるところだった。もっとも、包丁まで持ってきてたんだから未遂にはちがいないけど」

花子は胸を撫《な》でおろした。パトカーに押しこまれたとき、救急車に担架が運びこまれるのを見た。花子に気付いた奥さんが血相を変えて走り寄ってきて、パトカーの窓ごしに「ひとごろし」と叫んだ。その声でやっと、何が起こったのかがわかった。

花子は顎《あご》を振った。兄はろくでなしだが、警察の厄介になるようなことはないと信じていた。

「それはだめ。当分は接見禁止です。おにいさんに前科があるの、知ってた?」

「兄は――兄に会わせて下さい」

「あなたは、民事上は当事者なのよ。でも、刑事責任はありません」

「二年前に傷害事件を起こしていてね、執行猶予中なの。ということは、実刑はまず避けられないんだけど、どなたかあなたのほかにお身内の連絡先を教えてくれないかな」

「北海道に、父がいます」

「ええと、困ったね。そのおとうさんには連絡をしたんだけど、関係ないって。まあ、おたがい大人なんだから関係ないと言われればそれまでなのよ」

「身内がいないと、まずいんですか」

「べつにかまわないけどね。弁護人は国選をつければいいんだし。ただね、これは警察がとやかく言うことじゃないんだけど、泣いてくれる親兄弟がいないとなると、困るのはおにいさんだから」

いずれ裁判に際して、不利になるという意味なのだろうか。だとすると二年前の事件のときにも、兄は花子の居場所を口にせずに、不利な裁判を受けたことになるのだが。

「あたし、何でもします。あたしのせいでこんなことになったんだから」

「そこなんだけど」

　と、婦人警官は花子の声を遮るように言った。

「あなたは、もうかかわりあいにならないほうがいい。これも警察がどうこう言うことじゃないけどね」

「どうして、ですか」

「だから言ってるでしょう。あなたは民事上の当事者なのよ。被害者とは合意のうえの関係が続いていて、それを怒ったにいさんが男を刺した。あなたは実際に何もしたわけじゃないけど、民事的には共犯者だといわれても仕方ない。被害者の奥さんはあなたを殺したいほど憎んでいるだろうし、危害を加えないまでも賠償請求の民事告訴をするかもしれない。もちろん、個人的な忠告ですけどね。自分の人生を考えるのなら、あなたはたとえ肉親でも、おにいさんにかかわりあうべきじゃないと思うわよ」

　この人には自分と同じ齢ごろの娘がいるのかもしれない。婦人警官は話しながら、しきりにドアのあたりを気にしていた。たぶん、警察官としては言わでものことまで、言ってくれているのだろう。

「男が悪い」

　婦人警官はまっすぐに花子の目を見すえて、ぽつりと言った。

「あの、ほかの人は？」

けど」

「奥さんは病院。小川さんはあなたの取調べが終わるのを待ってるわ。あの人は信用できるわよ。たまたまレスリング部の後輩がうちの署にいてね、ちょっと話を聞いてきたんだけど」

婦人警官は机に身を乗り出して、花子の顔を招き寄せた。

「小川さん、泣いてたよ」

「泣いてたって――」

「あなたのことは一生俺が責任を持つから勘弁してやって下さいって。まさかあなた、二股《ふたまた》かけてたわけじゃないでしょうね」

花子は身を震わせて否んだ。他人からそんな邪推をされるだけでも、小川に申しわけないと思った。

「ああ、そう。だったら大したものだわ。事情をぜんぶ知ったうえでそうまで言ってくれるんだから、有難いと思わなけりゃ嘘よ。いい、つまり私は、そういう小川さんの気持ちも考えたうえで、あなたに忠告したわけ。わかるでしょう」

「あたし、どうすればいいんですか」

「知らないわよ。一生責任を持つって言ってくれてる人がいるんだから、言われた通りになさい。悪いのは男だけど、男がみんな悪いやつじゃないのよ」

婦人警官に付き添われて階段を降りると、小川が長椅子から立ち上がって両手を拡げた。

「花ちゃん、花ちゃん」と、小川は物も言えずに花子の名前ばかりを呼んだ。

　この人のことを、よくは知らない。だが少くとも、兄や社長よりも信じられると思った。いや、そもそも今となっては、小川のほかに頼るべき人間が花子にはいないのだった。

　小川は太い棒のような腕で、花子の肩を抱いてくれた。玄関を出たとたん冷気に身を震わせ、もしやと思って夜空を見上げると、街灯の白い輪の中に雪が舞っていた。

「とりあえず、俺のアパートにこいよ。六畳一間だけど」

　小川は誠実に言ってくれた。とりあえず、とは言っても、それは今晩に限ってというふうには聞こえなかった。もちろん、男の欲望などはかけらも感じられなかった。

　婦人警官が伝えてくれた小川の言葉を思い返して、これはプロポーズなのだと気付いたとたん、花子は消えてなくなりたいくらい恥ずかしい気持ちになった。

「工場に帰らなくちゃ」

「だめだよ。荷物なら明日にでも俺が取りに行く」

　不都合は何もなかった。新しい人生を歩み出すにあたって許しを請う人もなく、とりたてて別れを惜しむ人もいなかった。

　小川は歩きながらジャンパーを脱いで、花子の肩に掛けてくれた。そんなしぐさが自然に見えるくらい、小川の体は大きかった。この人と一緒にいれば、猫背も治るだろうと花子は思った。

だが、ひとつだけ心にかかってならぬことがあった。

限りなく誠実な、情けに満ちた人間の手で、自分は幸せな鉢に植えかえられる。人間の希《のぞ》む幸せは、けっして花の幸せではなかった。

「あたし、人を好きになったこと、ないんだけど」

小川は考えこんでしまった。言葉に嘘はなかった。恋愛というものに憧《あこが》れはするが、それがどんな気分なのか、花子は知らなかった。

「嘘だろ」

「ほんとよ」

「俺じゃだめか」

「わかんない」

言ったとたんに悲しくなって、花子は路上に蹲《うずくま》った。

「花ちゃんが好きじゃなくたって、花ちゃんを好きな人は大勢いるよ。みんな花ちゃんのことが大好きだよ。俺もそのひとりだけど」

そのとき花子ははっきり信じたのだ。自分はやっぱり人間ではなかったのだ、と。

タクシーを止め、花子をシートに押しこむと、小川はあらん限りの言葉を並べたてた。

「誰も好きになったことがないっての、俺、なんだか嬉《うれ》しいな。初めての男になるより、初恋の人になるほうがずっといいもんな。花ちゃんが変わってるんじゃないよ。きっと花ちゃんのまわりには、いい男がひとりもいなかったんだ。俺、そいつらよりいくらかマシだぜ。あ、運転手さん、向島《むこうじま》まで行って下さい」

車はフロントガラスに牡丹《ぼたん》雪を翻して、夜の町を走り出した。

小川の説得はここち良かったが、それは乾いた根にしみ入る水の有難さでしかなかった。植えかえられて生きることに、花子は懐疑し続けた。

「いっけねえ。すごく散らかってるんだ。悪いけど五分だけ外で待っててくれ」

玄関の灯《あか》りをつけたとたん、小川はあわててドアを閉めた。ちらりと覗《のぞ》いた室内はたしかにひどい荒れようで、万年床の上に足の踏み場もないくらい、雑誌やら弁当の食べ殻やら空缶やらが散らかっていた。

洗濯機に腰をあずけて、花子は雪闇を眺めた。どうやらここが花子の新しい鉢らしい。ドアごしに聞こえる慌しい物音が、つらくてならなかった。

小川のジャンパーを脱ぎ、洗濯機の上できちんと畳んだ。それからドアに向き合って、茎が折れてしまいそうなほど深くお辞儀をした。階段は足音を忍ばせて降りたが、その先は駆足になった。

大通りに出て、橋を渡る。見知った誰とも、もう二度と顔を合わせずにすむのだと思うと、静まり返った浅草の町が涯《はて》しない草原に見えた。

お金は一文もなく、口紅もハンカチも持っていなかった。何もないということが花子に決心をさせたのだった。あとは髪を切り、花子という人の名を捨ててしまえば、ようやく自分らしく生きることができる。

シャッターのおりたアーケードをさまよい歩き、六区の裏路地にめざす店の名を見つけ出したころには、寒ささえ忘れていた。

ルピナス。

看板には、名刺と同じ昏《く》れなずむ空の青に、見づらいグレーの文字が書かれていた。花子は開店祝の花が所狭しと並んだ螺旋《らせん》階段を見上げた。舞い落ちる雪に瞼《まぶた》をしばたたく。小さな扉の向こうから、歌声が滲《にじ》み出ていた。

雪がとけて、まっさきに咲くのはたんぽぽと桜草。スノードロップの白い花は冬の忘れ物。それから、紫のムスカリと黄色い水仙が咲く。菜の花とパンジーとビオラが丘を被《おお》いつくす。やがて綿のような柳の種が舞うころ、大地に虹《にじ》を延べたような七色のルピナスが咲き拡がる。

花子を泣かせるのは悲しみでも淋《さび》しさでも人の情けでもなく、胸いっぱいに溢《あふ》れる花のまぼろしだった。

ふいにドアが開いて、陽気に酔いしれた女たちが出てきた。

青いスーツにネクタイをしめたみのるは、夏空に向かってまっすぐに咲くルピナスだった。

　表通りまで客を送り出してしまうと、みのるはポケットに両手を入れ、肩を揺すりながら花子に近寄ってきた。

「よう。いらっしゃい」

　いったい何を言えばいいのだろう。何かをしゃべろうにも、そもそもここに来た理由が花子にはわからなかった。

「あの、みのるさん。あたしね――」

　言葉がとぎれたとたん、みのるは言ってくれた。

「あんたがどこの誰で、どうしてここにいるのか、そんなことは俺の知ったこっちゃない。女の浪花節《なにわぶし》なんて、まっぴらごめんだぜ」

　雪の中に差し出されたみのるの掌《てのひら》を、花子は言うにつくせぬ思いのたけをこめて握り返した。

＊　　　＊　　　＊

「カオルはいい男だった」

　ブーゲンビリアの朽葉をつまみながら、老婆は呟《つぶや》いた。

「男の中の男ってのは、ああいうのを言うんだろうね。情に厚くて、そのくせ人に惚《ほ》れなかった。みんながカオルを愛していたのに、カオルは誰も愛しちゃいなかった。そんなあいつのことを思い出すと、やっぱり人間じゃなくて、カオルという名の花だったんじゃないかって考えちまうこともある」

纏足《てんそく》のぎこちない足どりで窓辺に倚《よ》り、老婆は赤いゼラニウムの花をかき分けて夜の港を見つめた。

「ドックに浮かんじまったのは、そんな男気が仇《あだ》になったんだろうけど、この霧笛荘の住人はあんがい悲しまなかった。カオルにふさわしい始末のつき方だって、誰もが納得しながら、柩《ひつぎ》を花でうめたよ。恰好《かっこう》のいい生き方をするやつはいくらだっているが、死にざままで恰好のいい男なんて、そうはいるもんじゃない。やっぱり死人の部屋はいやかね。やれやれ、この花の手入れも、どうやらあたしが続けなきゃならんらしい。それじゃ、次の部屋に行こうか。言っとくがね、好き嫌いを口にするほど、あんたもたいそうな人生をすごしてきたわけじゃあるまい。いいかい、部屋はもうひとつきりなんだよ」

花に埋もれた部屋をもういちど眺めながら、老婆はくり返した。

「カオルはいい男だった。だからくたばったあとにも、あいつの情けでこんなに花が咲いてるんだ――」

第六話　マドロスの部屋

二階廊下の突き当たりに、年を経たマホガニーのドアがある。

船も港も、深い眠りについてしまったらしい。霧笛は聞こえず、運河の水音ばかりが末《まつ》期《ご》の血のめぐりのように、耳の奥に通った。

扉は老婆の姿をぼんやりと映しこむほどつややかだった。

「大男のくせしやがって、妙にまめで手先の器用なやつだった。もっとも、マドロス稼業なんてのは、そうじゃなくちゃ務まらないがね。このドアも、古道具屋で見つけたもんだかドックの廃品かは知らないけど、夏の暑い盛りにひとりで担いできた。そんで、上手に鉋《かんな》で削ってここに嵌《は》めこんじまったのさ。どうだね、勝手にそんなことされたって文句のつけようもないぐらい器用なもんだろ」

老婆は獅子頭《ししがしら》を象《かたど》った真鍮《しんちゅう》のノブを握った。ドアはわずかな軋《きし》みすらたてずに開いた。

その先には、夜空の色のビロードのカーテンが吊《つ》られていた。

「あいつは長いことここに住んでいた。まだ進駐軍が港を占領していた時分から、ついこの間までね。住人たちの面倒もよく見てくれた。カオルの葬式だって、あいつひとりで出したようなもんさ。何から何まで、銭なんてビタ一文遣わずにね。信じられるかい。棺桶《かんおけ》までてめえがこしらえて、下のホールに祭壇を作って、しまいには焼場までリヤカーで運んだんだ。もっとも、マドロスなんて稼業はそれくらいじゃなくちゃ務まらない。船の上には坊主も葬儀屋もいないんだから。さあ、見てごらん。呆《あき》れるくらい始末のいい男の部屋さ」

カーテンの向こうは船室《キャビン》だった。床板は黒々と磨き上げられ、月光の射し入る小さな丸窓が三つ、いったい元の造作をどう埋めたものかきちんと並んでいた。壁には古い舵輪《だりん》と海原の絵が飾られ、大型客船の精巧な模型がレースのテーブルクロスの上に置かれていた。

「みんなはあいつのことをキャプテンと呼んだ。変わったやつだったよ。船になんぞ乗っちゃいないのに、若いころはマドロスのなりで、年を食って痩《や》せちまってからは金ボタンの制服にボウ・タイを締めた、キャプテンの恰好《かっこう》をしていたんだ。そこのロッキング・チェアにでかい図体を沈めて、一日中パイプをくゆらしながらブランデーを舐《な》めてた。めったに口もききゃしない。そのかわりいつもにこにこ笑っていて、愛想だけはいいのさ。あいつは外国航路のキャプテンそのものだった。廊下で行き会うと、必ずごつい掌《て》を差し出して握手するんだ。よい旅をなさってらっしゃいますか、不都合な点がありましたら何なりと、だとさ。いったいどこまでが冗談で、どこからが本気なのかわからないやつだった。

みんなはおつむがおかしいんだと思ってただろうけど、長いつきあいのあたしは、あいつの正気を知っていた。まったく、どういう了簡《りょうけん》であんな生き方をしてたんだか」

ロッキング・チェアに腰をおろすと、海の男のぬくもりが体を抱きしめた。

＊　　＊　　＊

大桟橋から港に沿って続く公園は、バラック小屋で埋めつくされていた。迷いこんだら二度と抜け出られないような気のする、巨大な闇市である。身の丈に並ぶトタン屋根が夏の光をはじき返して、あたりは地獄のような暑さだった。

耐え難い空腹を抱えて、園部《そのべ》幸吉《こうきち》は考えた。

うまそうなものを食うのではなく、いくらかでも滋養になるものを食わねばならない。鍛え上げた自慢の筋肉が、一年前とは較べようもないほど削《そ》げ落ちてしまった。港に行けば荷役《えき》の仕事にありつけると噂に聞いてやってきたのだが、午前中の面接で空腹のあまり足元がふらついてしまった。

（なあ、将校さんよ。いかに図体がでかくたって、腹っぺらしで気を付けもできねえんじゃあ仕様があんめえ。飯を食ってもういっぺん出直してきな）

人足の手配を請け負う顔役らしき男は、気の毒そうに言った。食おうにも金がないと、園部はすがる思いで言い返した。すると顔役は舌打ちをして、証紙を貼った旧円紙幣をこっそり握らせてくれた。

(御国のために戦った兵隊さんは目をかけるようにしてるんだが、役人の手前ってこともある。しゃんと立ってさえいりゃあ雇ってやるからよ)

闇市の奥深くまで分け入り、園部は鰯《いわし》のバタ焼きに白飯という、数日ぶりの豪勢な昼食をとった。

たちまち膝《ひざ》の蝶番《ちょうつがい》がしっかりと伸び、腹に焼《く》べられた飯が燃えさかるのを感じる。人ごこちがつくと、この身なりを何とかしたいものだと思った。

去年の秋口に復員して以来、階級章をはぎ取った軍服に雑嚢《ざつのう》と軍隊毛布を背負ったまま、一年近くが過ぎていた。濃い緑色の将校の軍服は生地も上等だし、袖線《そでせん》もついているからひとめでそうとわかる。元の身分に情けをかけられたことを、園部は恥じたのだった。

葭簀《よしず》張りの露店の前で、園部は足を止めた。妙に明るい感じのする古着屋である。柄物のアロハ・シャツなどが並べられているのは、進駐軍の横流しだろう。

店番のチンピラは、園部のくたびれた軍服姿を鼻で嗤《わら》った。

「いいかげん着替えたほうがいいんじゃねえのか、将校さんよ」

園部は若者を睨《にら》みつけた。まだあどけなさの残る顔つきからすると、兵隊にはとられぬまでも勤労動員には出ていただろう。その同じ若者が、一年も経たぬうちに進駐軍の吐き出した衣類を売っている。

「着替えられるものなら、とうにそうしている」

「何なら、そっくりとっかえてやるぜ」

考える間もなく、これはうまい話だと園部は思った。軍服を着ていて得なことなどは何もなかった。

「ほんとか。金ならないぞ」

「軍服と戦闘帽に値打ちはねえけど、靴と毛布と水筒を置いてきゃ、そっくりかたぎのなりをさせてやらあ。気に入った服はあるかい」

「何だっていい。見つくろってくれ」

園部は葭簀の蔭《かげ》に歩みこむと、いまわしい殻でも脱ぎ捨てるように軍服のボタンをはずした。

「内地にいなすったのかい。それとも外地から復員したんか」

答える気にはなれなかった。そうした問いは、ずっと軍服につきまとっていた。あわれみとも、呪いの言葉ともとれた。

「士官学校ですかね」

「いや、そんな上等なものじゃない。学徒動員の俄《にわ》か将校さ」

「そいつはご苦労なこって」

上衣《うわぎ》と軍袴《ぐんこ》を若者に投げつけ、毛布も水筒も短靴も放り出すと、園部は褌《ふんどし》一枚で服を物色した。

「勝手に持ってくなよ。こっちはお情けでそう言ってるんだぜ。こんなのどうだね、港町にはお似合いだ」

若者が差し出した服は、紺と白の横縞《よこじま》のシャツだった。

「派手だな。まるで船乗りじゃないか」

「軍服よりはなんぼかましでしょうよ。これに白いズボンとジャケツをつけてやる。靴のかわりに千日履きをつっかけりゃ、マドロスの一丁上がりだい」

切口上とともに並べられた一揃いの夏の服を、悪くはないと園部は思った。

二人のやりとりを聞いて、店先には客が寄り始めていた。なかなか商売熱心な若者だ。どうやら園部をサクラに使ったらしい。

「さあさあ、マドロスさんご用達《ようたし》、縞のシャツにラッパズボン、麻のジャケツで港を歩きゃ、ねえさん方もほうっちゃおかねえ。ナニ、まけろだと。冗談は顔だけにしておくんなさいよ、こちとら進駐軍のPXにわたりをつけて、命も体も張ってるんだ。わかった、わかった。そんなら、まけるかわりに船員帽をつけてやる。これァ海軍さんの払い下げじゃねえぞ、ご覧の通りピッカピカのマドロス帽だ。持ってけ泥棒！」

人が人を呼んで、店先はたちまち客で溢《あふ》れ返った。

「いいのか」

と、園部はせわしなく客あしらいをする若者に訊《たず》ねた。胸元に投げられた船員帽は、白い被《おお》い布をかけた立派な代物だ。

「ありがとよ。おかげさんでいい商売ができそうだぜ」

若者は振り向いて囁《ささや》いた。

縞のシャツをかぶり、白いズボンをはく。丈も身頃《みごろ》も、大柄の園部の体に誂《あつら》えたようだった。

「では、いただいていく」

若者はあわただしい切口上の合間に、園部をちらりと見て笑った。

「ついでにその物言いも置いてけ。マドロスなら、あばよって言うもんだぜ」

「あばよ」と、園部は手を挙げた。

店先を離れると心が浮き立った。身にまとっていた敗兵の服が、それまでの不幸のすべてだった。

絵に描いたようなマドロスの身なりを、闇市に行き交う人々は珍しげに振り返った。初めて大学の角帽を冠《かぶ》ったときよりも、動員されて陸軍将校の軍服を着たときよりも、ずっと誇らしかった。

港を一望にする岸壁まで歩いて、園部は麻のジャケツを肩に負い、船員帽を阿弥陀《あみだ》にかしげて沖を眺めた。

明日はこのなりで、もういちど港湾事務所に行こう。久しぶりに飯も腹いっぱい食ったことだし、たぶん足元がふらつくことはあるまい。

「あばよっ」

もういちど闇市の雑踏を振り返ってから、園部は陽ざかりの岸壁を颯爽《さっそう》と歩き出した。

澄子さんへ
本日早朝　遂に待望の出撃命令が下達されました
是迄《これまで》にも　待機命令は幾度もありましたが　敵艦は容易に我が兵器の射程内には入らず出撃には至りませんでした　然《しか》し今度は違ひます　戦隊長は各中隊長に出撃命令を伝へたあと「特攻隊員には遺書を書かせよ　遺品もまとめさせよ　隊員は軍神であるから　書簡の検閲はしない　各々後顧に憂ひなきやうに」と申されました
これは確実に　本土決戦を挑まむとする敵艦隊が　我が兵器の射程内に入つたといふ意味です　思へば基地に着任してより半年　その間　待機命令と解除の連続で　生殺しのやうな毎日でした　正直のところ　漸《よう》く救はれる思ひです
死　即《すなわ》ち　救済
何だか妙な論理ですね　こんなことはどの哲学者も言つてはゐないでせうが　緩慢な死

に直面して居ると　つまるところ一刻も早く楽になりたいのです
僕の中隊には　船舶特別幹部候補生の未成年者が多くをり　彼らはむしろ生と死の往還を楽しんでゐるふうがありますが　歴戦のつはものたる船舶工兵の下士官等は　僕と同じやうに　待機と解除の連続にいささか参つて居るやうです
普段とは違ふ　今度こそ撤回の有り得ぬ出撃命令に　僕や下士官等は枷《かせ》をはずされたやうにホッとしました
澄子さんへ
僕の乗る兵器は飛行機ではありません　いつか貴女《あなた》と一緒に乗つた　井の頭公園のボートなのです
大きさも　ベニヤ板にペンキを塗つた造作もそつくりです　ちがふところは唯《ただ》一つ　舟《ふな》縁《べり》に爆雷を抱へてゐることだけでせう
僕は　貴女と二人して満開の花の下にボートを漕《こ》ぎ出すやうに　あの一日の思ひ出とともに行きます　こんなことならば　接吻《せっぷん》のひとつもしておけば良かつたと云《い》ふところが本音ですけれど
ともあれ　貴女を傷付けなかつたのは幸ひでした　この遺書は燃やして下さい
三月の大空襲で家は焼け　父母も亡くなつて　思ひ残すことは何一つありません　つまり僕は　遺書を書かうと思ひ立つたは良いものの　受取人もをらず　勝手に許婚《いいなずけ》と定めた

貴女に　かうして未練を語つて居るだけなのです　どうか　重く受けとめず　僕の我儘《わがまま》だと思つて下さい
僕は貴女を　心の底から　愛して居ります　今迄　貴女は僕の生きる支へであり　そして今は　潔く死する支へです
有難うのほかに　遺《のこ》す言葉はありません

昭和二十年八月十四日　午後四時三十分
海上挺進戦隊第二中隊長
陸軍少尉　園部幸吉

遺書を書きおえると、体が軽くなったような気がした。

先任下士官の大井曹長が、特攻隊員たちの遺書をとりまとめていたが、ガダルカナルの生き残りのこの老兵に、宛名を読まれるのは気恥ずかしかった。ましてや園部の指揮官艇だけは二人乗りで、腕の確かな大井曹長が操縦をする。

岬の断崖《だんがい》に貼りついたような待機廠舎《しょうしゃ》を出て、急な山道をひとつ越えたところに、丸太と竹で偽装を施した戦隊指揮所がある。

「検閲なしというのは本当かね」

と、園部は封筒を差し出しながら、事務一切を取り仕切る准尉に訊ねた。

「いよいよ本土決戦ということになって、軍機も糞《くそ》もありますまい」

軍神だからと言われるより、そのほうがずっと理に適《かな》う。准尉は無遠慮に宛名を読んだ。

「ほう、恋人ですか」

「いや。大学時代の恩師のお嬢さんでね。いろいろお世話になった方なんだ」

「それは要らぬ詮索《せんさく》をしました。失敬、失敬」

大学の卒業をくり上げて動員された俄《にわ》か将校らに対して、彼ら生え抜きの軍人たちは軽侮とも憐憫《れんびん》ともつかぬ特殊な感情を抱いている。むろん園部も、自分が特攻艇に乗るしか使《つか》い途《みち》のない将校であることは知っているから、彼らの感情に気付いても腹は立たなかった。

「戦隊長殿はおいでか」

「はい、特攻参謀殿と何やら朝からこもりきりです。取り次ぎますか」

「いや、いい。出撃準備は万端だと伝えて下さい」

敵艦隊の情報を知りたいと思ったが、船舶工兵から叩《たた》き上げた戦隊長はともかく、つい先日に大本営から派遣された特攻参謀なる人物は苦手だった。階級は戦隊長と同じ少佐だが、いかにも士官学校出身の選良中の選良というふうで、年齢も二十代の若さである。

竹藪《たけやぶ》の道を帰りかけると、思いがけずにその参謀が後を追ってきた。名を呼ばれて、戦隊長に対してもそうまではするまいという緊張した敬礼を返す。参謀の胸にはまばゆい懸章が下がっている。

「やあ、ご苦労」

気合のこもった挙手の答礼をしてから、参謀はにっこりと笑った。参謀の笑顔を見るのは初めてのような気がした。やはり今度ばかりはまちがいないのだろうと、園部は出撃を確信した。確実な死に対しては、敬意と慰めのないまぜになった笑顔を、参謀は満面にうかべるほかはないのだろう。

「岬の機関砲に伝えてもらいたい」

第二中隊の舟艇を格納した岬の洞窟《どうくつ》の近くには、戦隊唯一の対空砲座があった。

「もし敵の偵察機が来ても、射撃をしてはならん」

意味がわからずに、園部は理由を訊ねた。

「出撃の前に、敵の艦載機に叩かれたら元も子もあるまい」

言いおえたとたん、参謀はちらりと園部の顔色を窺《うかが》い、目が合うといくらか気まずそうに竹藪の空を見上げた。

自分はそれほどに、死する者の威厳を備えているのだろうかと園部は思った。しかし参謀と別れて岬への道をたどり始めると、さまざまの妄想が膨らんだ。

軍隊のよいところは、邪《よこし》まな思惑のないことだ。まるで機械のように命ぜられた任務だけを遂行すればよかった。娑婆《しゃば》ならばどんな小さな社会にも存在する人間関係の繁雑さに、煩わされることがなかった。

だが、参謀の常にない表情は、娑婆のどこにもあるが軍隊にだけはありえぬ、邪悪な人間のそれを感じさせた。少くとも彼は、死にゆく者に対する敬意や慰めではない、軍人として不慣れな嘘をついているように思えた。

これまでは待機命令と解除の連続で心をすりへらしてきたが、いざ出撃命令が下達されて、そこに何かしら不明の虚偽があるというのは、たまらぬ不安だった。

いいかげんにしてくれと、あてのない怒りにつき動かされ、園部は歩きながら軍刀を抜いて夏草を薙《な》いだ。

短期間の特攻教育ののちに、同期生の多くは沖縄や台湾や、比島の戦線に投入された。彼らはみなすでに、二個の爆雷を両舷側《げんそく》にくくりつけた舟艇に乗って、その戦果のいかんにかかわらず戦死したはずだ。本土決戦部隊として内地の海岸線に縛りつけられ、生と死のはざまを往還する毎日は、耐え難かった。そのうえの何の嘘かと思えば、指揮所にとって返して怒鳴りちらしたいほどの苛立《いらだ》ちを覚えた。

ともかくこの岬は、澄子の住む東京まで汽車に数時間も乗れば着く場所なのだ。こんなところで、六十馬力の自動車エンジンの射程に敵艦が入るまで鉢巻をしめてただ待っている自分は、人類史上最悪の兵隊だと思う。死する覚悟と生きる希望の橋の上を、いったい何度行きつ戻りつさせられたことだろう。

生きる権利などはとうに放棄している。死する権利までいいように弄《もてあそ》ばれたうえ、ようやく許された死に、何かしらの嘘が隠されているという考えは、よしんば死を目前にした人間の妄想だとしてもたまらなかった。

対空砲座では、働き者の分隊長がひとりで砲を磨いていた。大井曹長と一緒にガダルカナルを撤退してきたというその軍曹は、よほどの地獄を見てきたためかひどく無口で、部下の兵と言葉をかわすこともない。だからまるで腫《は》れ物《もの》にさわるように人々から遠ざけられていつもぼんやりと海を眺めているか、砲の手入れをしていた。

参謀の命令を掩体《えんたい》の下から伝えると、軍曹は死んでいるのか生きているのかもわからぬ無表情で、「いよいよそういうことですか」と言った。

「いよいよとは、どういうことだ」

赤銅《あかがね》色の裸体を午後の陽に晒《さら》したまま、軍曹はこともなげに言った。

「戦争が終わるんですよ、中隊長殿」

園部は一瞬、現実と妄想の境を見失ってとまどい、その一言が紛れもなく軍曹の声だと確認すると、背後から鬼の力で背骨を抜き取られたような気分になった。

問い返したつもりが、声にはならなかった。

「ポツダム宣言を受諾したのでしょう。どうりできのうもきょうも、敵機の姿が見えんと思いました」

敵空母はよほど近くに遊弋《ゆうよく》しているらしく、数日前までは偵察機どころかしばしば艦載機がやってきては、機銃掃射をくり返して陣地を脅かしたのだが、それもきのうからはぷつりと途絶えていた。

「だが、けさ俺の中隊に出撃命令が出た」

ようやく園部は言った。軍曹は遥《はる》かな沖合に機影を探し求めるように双眼鏡をかざしながら、のどかな声で答えた。

「そのあたりはようわかりませんなあ。大井曹長に訊《き》いてごらんなさい」

言われてみれば、戦隊指揮所の空気が弛緩《しかん》していたような気がする。出撃命令を受けてからの極度の緊張で、目に見えるもの耳に聞こえる音がみなちがって感じられるのだろうと思っていたが、もし軍曹の推測が図星ならば、すべての説明がついてしまう。命令下達のとき戦隊長が俯《うつむ》きかげんに見えたのも、准尉がいつにも増して捨て鉢な態度だったことも、特攻参謀が意味不明の笑いを含みつつ妙な命令を伝えたのも。

体が急に、鉄球でも曳《ひ》いているように重くなった。下り坂で尻餅《しりもち》をつき、待機廠舎の前を通り過ぎて、舟艇の格納されている洞窟へと向かった。大井曹長には信管の点検を命じてあった。

海は鏡のように凪《な》いでおり、もし出撃命令が確かな索敵情報に基くのであれば、水平線上に敵艦影のひとつも見えるはずだった。特攻舟艇の航続距離は、その程度なのだから。

湿った洞窟の中で、大井曹長は舟艇のエンジンを検《あらた》めていた。言葉を探してぼんやりと佇《たたず》む園部に気付くと、敬礼をするより先に若い整備兵たちを洞窟の外に追いやった。

「中隊長殿、どうかなさいましたか」

自分はよほどひどい顔色なのだろう。何を見聞してきたのかすべてお見通しとでもいうふうに、大井曹長は油まみれの顔を、うんざりと園部に向けた。

気を取り直して、園部は参謀の様子や指揮所の空気や、機関砲分隊長の言ったことを、もしやという遠回しの推量に糊塗《こと》して伝えた。

「おそらく、そういうことでしょうな」

曹長は戦闘帽で顔の汗を拭《ぬぐ》い、だからどうしたというように園部を睨《にら》みつけた。

「ではなぜ、出撃命令が出たんだ」

にべもない答えが返ってきた。

「引っこみがつかんでしょう。中隊長殿はどうかしらんが、戦隊長殿や自分のように悪い戦をくぐり抜けてきた者は、勝ち負けなどどうだっていいのです」

「それは、俺も同じだがね」

気負ったつもりはなく、思うところを口にしたのだが、曹長は鼻白んだ笑い方をした。

「実は、三月の大空襲で父も母も死んだ。帰る家も焼けた」

さすがに曹長は笑みをとざし、足元の水面に揺れる複座の指揮官艇に、工具の先端を向けた。

「でしたら、大本営が何と言おうが、自分の後ろに乗って突っこみますかね」

「そのつもりだ」

小さな舟艇がひどく粗末な、子供の工作のように見えた。たしかに公園のボートといくらも変わるまい。舷側の左右にくくりつけられた二個の百二十キロ爆雷さえなければ、ベニヤ板でできたこの四式肉薄攻撃艇を兵器だと思う者はいないはずだ。

「ま、つまらんことを考えるのはやめましょうや。何事も戦隊長殿と特攻参謀殿の肚《はら》ひとつです。行けと言われりゃ行くし、やめろというんならやめます」

心と体を宰領していた寡黙な死の殻に亀裂《きれつ》が走り、生の饒舌《じょうぜつ》などよめきが洩《も》れ聞こえてきた。生と死のたゆみない往還は、ついにこんな形になって提示されたのだった。生死を分かつ橋の上に、自分はとうとう行くこともも戻ることもままならず、磔刑《たっけい》に掲げられた罪人のように、ひとつしかない命を他人の自由意志に委《ゆだ》ねているのだと思った。

引っこみがつかんという言葉は、言い得て妙だった。もし自分に人間として許される意志があるとしたら、やはりその一言しかなかった。意地でも負けじ魂でもない。少くとも特攻隊を志願してからというもの、死は既定の未来であり、その実現は時間の問題でしかなかった。すなわち、死に向かって突進する姿勢のほかに、心も体も、機能する方法を失っていた。

工具を片付けると、大井曹長は特攻服の居ずまいを斉《ととの》えた。特攻服といっても、航空兵のそれのように見映えのするものではない。船舶工兵の薄っぺらな水上作業衣に、意味のない救命胴衣をつけ、拳銃《けんじゅう》と軍刀を吊《つ》る。有効な武器らしきものは各人一個の手榴弾《しゅりゅうだん》だが、それをまさか肉薄する敵艦に向けて投擲《とうてき》するわけはなく、目標を見失って洋上を漂流するほかはなくなった場合、「秘密兵器」である舟艇もろともに自爆するためのものだった。沿海の制空権も完全に失っている日本軍には、漂流する舟艇を救助する方法も気力もなく、艇を爆破して生還するというよほどまっとうな選択すらも、特攻隊員である限り許されなかった。

兵士の背負うた死の宿命は、戦局の推移するほどに宿命なぞとは言えぬくらい膨満しなおかつ狡智《こうち》になり、ついには兵士の頭ごしに跳躍して、まるで風を孕《はら》んだ落下傘のように特攻隊員たちをひとつしかない決着に向かって曳きずってゆくのだった。

「それでよろしいでしょう、中隊長殿」

いったい何がよいのか。たとえ大本営が戦をやめても、戦隊長が降参するはずはないと、大井曹長は信じているふうだった。少くとも彼自身は、ほかの帰結を考えられぬのだろう。

「そうだな。命令に従えばそれでいいんだ」

たとえ戦隊長が軍命に従って出撃命令を解除しようとしても、あの若い特攻参謀は許さぬだろうと思った。

彼がこの辺鄙《へんぴ》な特攻基地に派遣されたのは、信じ難い話だが郷里に近いからだという噂だった。存在理由を失った大本営は、参謀たちに本土決戦の局地的指揮をとらせるべく、それぞれの郷里の部隊に差遣《さけん》したのだという。指揮所の准尉が洩らした話だから、たぶん嘘ではあるまい。

敵の上陸部隊がやってきたら戦隊長以下の特攻三個中隊は次々と出撃し、残った予備中隊と整備兵らは参謀の指揮のもと陸上戦に突入するという筋書らしい。そうした任務を帯びている士官学校出の参謀が、戦をやめよと命ぜられて素直に従うとは思えなかった。

命令の出どころや、その正当性などはもうどうでもよかった。ともかく一刻も早く艇の舫《もや》い綱を解いて、本来あるべき結末に向かってつっ走りたかった。敵艦が射程内になくてもよかった。途中でグラマンの餌食《えじき》となるもよし、燃料が尽きて自爆をしても予定通りの戦死のうちにはちがいなかった。

陽の傾きかけた岬には、特幹あがりの少年特攻兵たちが、ようやく身の始末がつく安堵《あんど》の顔色で、見映えのせぬ不細工な死装束の肩を寄せ集めていた。

園部を認めて立ち上がり、一斉に敬礼をしたあとで先任の特攻兵が言った。

「今しがた指揮所から伝令が参りました」

「そうか。何の用だ」

出撃かと思ったが、そうではなかった。

「明日正午に、天皇陛下おん自らのラジオ放送があるので、全員指揮所前に集合せよとのことであります」

それまでに敵艦が射程内に現れたなら、どうするのだろうか。そのあたりは指揮所に行って訊いておかねばなるまいと思ったが、予測のつかぬ回答が怖ろしくもあり、足を向ける気にはなれなかった。

「明日の正午まで、出撃はないということでありますか」

余命を読み取ろうとする少年兵に向かって、園部はひどいことを言った。

「そういう意味ではない。いつ発進してもいいよう、心構えをしておけ」

いたいけな子供らを、そうまでいじめる自分を園部は怪しんだ。


一夜のうちに偽装を解かれた指揮所の前庭で、戦隊の全員は雑音ばかりの放送を聴いた。聴きとることのできぬ玉音《ぎょくおん》の内容を、戦隊長が解説した。ということはやはり、指揮所はすでに敗戦も無条件降伏も知っていたことになる。この一日、第二中隊の特攻兵は命を弄《もてあそ》ばれたのだと思うと、摑《つか》みかかりたい気分になった。

しかし戦隊長は、老いたなりに精悍《せいかん》な顔を部下のひとりひとりに据えて、まる一日の経緯を説明してくれた。

「第二中隊ニ対スル出撃命令ハ、戦ワズシテ敗ルコトニ堪エザル、戦隊長ノ独断デアル。戦隊長ハ第二中隊ト行動ヲ伴《とも》ニシ、敵ニ一矢ヲ報イント考エテイタ。シカシ、山本参謀ハ軍命ニ抗《あらが》ウベカラズト、戦隊長ヲ諫《いさ》メタ。断ジテ譲ラズ一日一夜ヲ論ジ合ッタ末、本未明、山本参謀ハ『一死以《もつ》テ戦隊総員百四名ノ命ト替エラレタシ』ノ遺書ヲ遺シ、拳銃自決ヲ遂ゲラレタ。戦隊長ハタトエ天皇陛下ノ御命令ニ抗ウテモ、山本少佐ノ仁慈ノ衷情ニ抗スル勇気ヲ持タヌ。ドウカ百四名全員、戦ワズシテ敗ル特攻兵ノ屈辱ニ甘ンジテ、生キ残ッテクレ。戦隊長モ百四名ノウチノ一人デアル。死ニハシナイ。ドウカ戦隊長ノ最後ノ命令ヲ、オノオノ聞キ届ケテ下サイ。オ願イシマス」

語りおえて力尽き、老いた戦隊長は白髪まじりの坊主頭を真夏の陽に晒《さら》して、俯《うつむ》いてしまった。

人間とはわからぬものだということのほかに、園部にはさしたる感慨も湧かなかった。

復員までには長い時間を要した。

四式肉薄攻撃艇は本土決戦用の秘密兵器とみなされ、占領軍の調査団の到着を待たねばならなかったからだ。

後になって考えてみれば、そんなものはさっさと爆破してしまえば面倒はなかったのだが、山本参謀の諫死《かんし》がよほど応《こた》えたのか、戦隊長は終戦後に受領した命令をけっしておろそかにはしなかった。

九月も半ばを過ぎてからようやくやってきた一個分隊ほどの米軍調査団は、岩窟《がんくつ》内に後生大事と収納された「秘密兵器」をひとめ見て大笑いをした。そして標本用の一艘《そう》だけを遺《のこ》して、あっけないほど簡単に爆破してしまった。

園部幸吉が軍隊毛布と携行食だけを持たされて復員したのは、焼け跡に饐《す》えた秋風の吹くころだった。

「ところで、行くあてはあるんですかね」

たどり着いた東京駅のプラット・ホームで、大井曹長は訊《たず》ねた。

「許婚《いいなずけ》を訪ねます」

園部は勝手にそうと決めている澄子のことを口にした。

「大学の恩師のお嬢さんでしてね。もし命永らえたら結婚しようと――」

えっ、と大井曹長は思いもかけぬ愕《おどろ》き方をした。

「あんた、その人に遺書を書いたろ。まさかそれきりじゃあるまいな」

「仕方ないでしょう。復員までこんなに手間がかかるとは思っていなかったし」

戦が終わってからの岬の陣地は孤島のようなものだった。郵便局のある村までは八里の峠道で、唯一の車両は占領軍の先遣隊に徴発されていた。何よりも兵たちを復員させてしまったあとの基地には、死から見放され、生にもすがれぬ怠惰な時間が過ぎていた。日に一度、浅瀬に手榴弾を投げて魚を獲《と》るほかには、何もすることがなかった。

遺書を受け取った人のことを考えぬでもなかったが、時の経つほどに恋愛感情が怪しいものに思えてきた。誰かに何かを言い遺さねばならず、さりとて適当な人物がいないと思いあぐねるうちに、たった一度だけ井の頭公園のボートに乗った恩師の娘を、標的に定めたような気がしてきた。たとえ思いこみでも、死が感情を保証しているうちは真実ということができた。だから怠惰な日々のうちに死の影が遠ざかり、生の実感が兆《きざ》してくると、悪い冗談を言ってしまったような、気恥ずかしさに顔を顰《しか》めるようになった。

むろん、先方が許してくれるのならば、遺書の責任を取る覚悟はあった。許婚という澄子の立場は、勝手にはちがいないがその覚悟からすれば根拠のないわけではない。つまり八里の峠道を歩いて生存の報《しら》せを送るには、経緯がいささか複雑すぎた。

「あのなあ、園部さん」

と、大井曹長は親しげに呼びかけた。

「だったらあんた、死んだことになってるだろう。いきなり訪ねて、びっくりさせなさんなよ。まったく、わけのわかんねえ人だな」

実はそれほどの関係ではないのだ、と今さら説明を加えるわけにもいかなかった。太い溜息《ためいき》をついたあとで、大井曹長は紙片に住所を書いて園部に手渡した。

「もし行くあてがなくなったら、訪ねてきなさるがいい。寝る場所と食い物ぐらい何とでもする」

東京郊外の農家は空襲にも遭わず、女房子供も達者でいると、大井は手短かに付け加えた。園部の境涯を察してそれまで口にしなかったのだろうが、遺す家族を聞かず語らずは、特攻基地の仁義でもあった。

「ありがとう。その心配はないと思うが、落ち着いたら連絡をするよ」

それじゃあ、と言って戦闘帽を脱ごうとすると、大井曹長は答えるかわりに太い両腕で、がっしりと園部の体を抱きしめてくれた。

「中隊長殿」

と耳元で呟《つぶや》いたなり言葉はつながらず、やがて抱きしめる力が実はよろめきすがるあやうさに震えていることに、園部は気付いた。腋《わき》を支え上げていなければ、大井はそのままホームに頽《くずお》れて息を止めてしまいそうだった。

軍服にこびりついている潮の匂いは、あの岬の香りではなく、もっとずっと遠くの、皆殺しの島の匂いなのだろうと園部は思った。九死に一生どころか、万死の果てのたったひとつの生の重みに、この兵は今、両足で立つこともままならぬほど圧《お》し潰《つぶ》されているにちがいなかった。

「おたがい、忘れちまいましょうよ」

そう言って大井の体を抱き起こし、人混みの中に押しやった。老兵が振り返ることはなかった。

＊　　＊　　＊

「あいつは、真夏のお天道《てんと》さんを、あのごつい背中にしょってやってきた。そこの鉄橋をごとごと渡ってくるとき、何だかそんなふうに見えたんだよ」

老婆は丸窓に伸び上がって、夜の運河を覗《のぞ》き見た。

「マドロス帽を阿弥陀《あみだ》に冠《かぶ》り、麻のジャケツを肩に掛けて、周旋屋で聞いてきたんだが空部屋を見せてくれろって言った。あたしァ、とんでもない野郎がきたもんだと思ったよ。顔つきも身なりもしゃべることも、何から何まで嘘ばかりだって、ピンときたからね。だってそうだろ。終戦から一年も経ってないあのころに、どうして外国航路の船員が、そんな映画スターみたいななりで歩いてるんだ。本物はみんな船もろとも徴用されて、南洋のどこかで藻屑《もくず》になっちまったさ」

にいさん何があったんだねと、老婆はいきなり訊ねた。すると男は朗らかな笑顔を翳《かげ》らせて、どうしようもない嘘をついた。

長い航海から帰ってみたら、許婚が肺病で死んじまっててよ。いや、父親はそう言ったけれど、ありゃあそうじゃねえな。仏壇に短刀が供えてあってな、つまるところ純情な女学生が、御国に殉じて自決しちまったってわけよ。どうだい、ねえさん。ひどい話もあったもんだろ――。

「そんなの嘘に決まってるじゃないか。で、あたしはお見通しの筋書をそれとなく訊ねてみたのさ。こんなふうにね」

そりゃおにいさん、その女学生にはあんたのほかに誰かいい人がいたのさ。特攻隊か何かで、さっさと死んじまったんだろう――すると男の顔は、みるみる紙みたいに白くなった。そんなはずはねえよ、あいつは俺にぞっこんだったんだから、と男は喘《あえ》ぐような嘘を重ねた。

「それですっかり読めたんだ。あたしだって女のはしっくれだから、純情な娘の気持ちぐらいはわかる。御国に殉じて死ぬなんてのはふつうじゃなかろうけど、惚《ほ》れた男の後を追うのは純情な娘のしそうなことさ。どんなひどい話を思いついたって、現実よりもひどい嘘なんてあるはずのない時代だった。あんた幽霊だろって、あたしは訊いた。紙みたいな白い顔が、夕昏《ゆうぐれ》どきの港みたいに灰色になっちまったよ」

老婆は真鍮《しんちゅう》の窓枠に息を吹きかけ、手拭《てぬぐい》でていねいに磨き始めた。

「べつだん勘がいいわけじゃない。アパートの管理人なんぞを長くやっていると、店子《たなこ》がここにきたいきさつってのが、自然に読めちまうだけだよ。たとえばあいつがお天道様をしょってきたのも、そんなふうに見せていなけりゃたちまち闇に囲まれて、首でもくくって死ぬほかはないからさ。どんな陽気なやつだって、そうそうお天道様をしょって歩けるか。でもね――」

嘘にも功徳はある、と老婆は言った。他人の金を掠《かす》め盗《と》ったり、女を欺《だま》したりする嘘に得はないが、生きるために仕方なくつく嘘は、どんな下手糞《へたくそ》な嘘だろうが身につくものだ、と。

「その証拠に、この部屋に住んでからのあいつは、存外いいやつだった。嘘つきがみんな悪者じゃないよ。あいつは嘘をつき続けるしか生きる手だてのない男だった。いったん死んだ人間が生き返るってのは、生やさしい話じゃないんだ。何もキリストさんじゃなくたって、そういう人間はいくらもいるもんさ。嘘つきだってやってることはキリストさんなみだろ。だから、いいやつに決まってる。もういっぺん、この部屋をようく見てごらん。あいつがどれくらい頑張って嘘をつき続けたか。てめえに魔法をかけて生きようとしたか。この部屋の隅々まで目を凝らせばよくわかる」

丸窓から射し入る月の光が、テーブルに置かれた客船の模型を、青々と照らし上げていた。

男はこの世にありもせぬその船に乗り組んで、戦とは無縁の海原をめぐり、どうやら留守の間にひどいことが起こったらしい母国の港に帰ってきたのだろう。

マドロスの部屋は平和な海の記憶に埋めつくされていた。

「この霧笛荘の、修繕も掃除もみんなあいつの役目だった。朝から港に働きに出て、帰ってからもずっと働きづめに働いていた。マドロスがいつしかキャプテンに出世して、その船長服もだぶだぶになっちまうほど痩《や》せ衰えるまで、あいつは身を削って働いた。カオルとは顔を合わせりゃ喧嘩《けんか》ばかりしていた。どっちもいいやつなんだが、おたがいはどうにも癪《しゃく》にさわったらしい。何となく、わかるような気もするけどね」

一階のホールに立派な祭壇をこしらえ、手造りの棺桶《かんおけ》をリヤカーに積んで焼場まで運んだのだと、老婆はくり返して言った。

「そのとき、あいつは言ったんだよ。ここからはキャプテンの仕事だ、誰もついてくるな、ってね。わかるかい。あいつは神様や仏様だって救いようのない人間の苦労を、てめえひとりで背負いたかったんだ。泣くのは俺ひとりでたくさんだと、言ったつもりだったんだろう。あいつは霧笛荘の住人の誰も、泣かせたくはなかったのさ。体に合わなくなった船長服を着て、帽子を目深に冠って、襟元の緩んだ真白いシャツに、それでもボウ・タイをきちんと結んで、あいつはひいひい唸《うな》りながらそこの鉄橋を渡って行った。カオルの棺桶から花が溢《あふ》れるたびに、リヤカーを止めて、花びらを拾い集めていた。そんなあいつは、やっぱりお天道様を背中にしっかりしょってたよ。初めてここにやってきた、あの日と同じだった。マドロス稼業ってのは、どんなに苦労だって日蔭《ひかげ》に入っちゃいけないのさ」

暗いキャビンをめぐるマホガニーの腰壁を、汚れた手拭で拭うでもなくなぞりながら老婆は歩いた。

「ところで、霧笛荘の部屋はもうこれきりなんだが、あんた、どうするね。千秋がいつも窓辺にぼうっと座っていた、港の見える部屋。眉子の一部始終を見ていた、鏡のある部屋。バカの鉄夫が住んでた、朝日のあたる部屋。二階に上がって、四郎の瑠璃《るり》色の部屋。まだカオルの匂いがする、花の咲く部屋。居抜きで住もうというんなら、このマドロスの部屋が手っとり早い。さあてこうしてお見受けしたところ、選《え》り好みをするほどたいそうな人生じゃあるまい。今までだってそうだったんじゃないかね。身のほど知らずにあれやこれやと注文つけてるから、いつまでたったって落ち着けないんだ。いいかね、これだけははっきり言っとく。この霧笛荘の住人に、不幸なやつはひとりもいなかった。どいつもこいつも、みんな幸せだった」

人知れず運河を行く艀《はしけ》の舷《ポール・ライト》灯が、漆喰《しっくい》の天井に赤い帯を解いた。

＊　＊　＊

人はみな胡《う》散臭《さんくさ》げに見ているが、他目《はため》なんか気にするんじゃないよ。

どのみち君は天国に行くんだ。念仏も聖書もないけど、冥福《めいふく》は僕が保証する。花に埋もれて、しばらくお眠り。

不運でしたね、と刑事さんは言った。ひどい話さ。つまり、まじめに犯人探しなんかしないよ、というわけだ。

べつだん君と悶着《もんちゃく》を起こしたやつが誰だろうと、知ったところで仕方ないがね。だが、人の命をゴミみたいに言うのは許し難い。だから警察からの帰りしなに、こう言ってやった。

人生は運不運じゃありませんよ。それを言うなら幸か不幸かでしょう。

なあカオルさん。君はわかるだろう。そうさ、運だの不運だのは、力の至らなかった人間が口にするセリフなんだ。だから力を出し惜しむときも、人はそれを言う。何でもかんでも運のせいにした日には、人間は獣と同じだろうに。

君を獣あつかいした連中こそ獣だと僕は思う。むろん、獣に対するのと同じあわれみをたれたやつらも。

僕は、嘆きこそすれあわれみはしないよ。喧嘩ばかりしていたけれど、内心は君を尊敬していたから。

あの日、先生は僕を叱って下さらなかった。

敬虔《けいけん》なクリスチャンであられる先生は、学生を叱ることがなかったんだ。学問を授けるということは、心をこめて教え訓《さと》すほかはないのだと決めておられた。

祭壇の前に蹲《うずくま》る僕の背に掌を置いて、先生は神のものかと聞き紛《まご》うほどのお声でこうおっしゃった。

「しょせん人生は運不運だね。君は運がよく、澄子は運が悪かった。ただそれだけのことさ」

先生のやさしさは、どのような叱咤《しった》や打擲《ちょうちゃく》にもまさっていた。僕はやさしさにうちのめされた。

言葉は魔物だ。

先生が言葉で僕の人生を呪縛《じゅばく》したように、僕もまた一通の遺書によって、澄子の命を奪ってしまった。

もし僕らの間に言葉が介在しなかったなら、あの夏の海や空のように沈黙を守り続けていたなら、僕は何事もなかったように澄子を妻とし、大学の研究室に戻って、先生の学灯を継いだにちがいなかった。

死者を穢《けが》すつもりはないけれど、澄子はおそらく、そうせねばならぬほど僕を愛していたわけではないと思う。僕が幻想の恋愛によって理不尽な宿命に理を与え、死と親和しようとしたのと同様に、澄子もまた幻想の恋愛に身を委《ゆだ》ねて、そうすることが信義であると思いこんだにちがいなかった。

日本人のすべてが、本土決戦一億玉砕という既定の未来から突然解放され、回れ右をして生きよと命ぜられたあの一瞬の混乱を、今の人々は誰もわかりはすまい。経験をした人ですら、たぶん忘れてしまっていることだろう。

歩き出せと言われたところで、方向も速度も歩様《ほよう》もわからぬ混乱の中にあって、人間が誠実であればあるほど立ちすくまねばならなかった。

そんな折も折、澄子は僕の遺書を落掌《らくしょう》してしまった。そしてたちまち、言葉の魔物にとりつかれた。

それまでの僕らは長きにわたって、日夜耳にし、目で読む勇ましい言葉に馴致《じゅんち》されていた。それらの言葉はすべて終戦の御詔勅によって覆されたのだが、つまるところ女学生にとっては、あの難解な名文よりも僕の書いた遺書のほうが、はるかに理解しやすかったのだ。

「君と澄子が恋仲であったとは知らなかった。うかつだったよ」

と、先生はおっしゃった。僕には返す言葉がなかった。先生がうかつだったのではない。たとえどれほど神経の細やかな、世事に長《た》けた親でも、幻想の恋愛まで察知することなどできまい。澄子はひそかに落掌した遺書を家族の誰に見せることもなく、また終戦によって僕が生き延びた可能性も確かめようとはせずに、つまり脇目もふらずに死んでしまったのだった。

あの遺書は、戦場の兵士たちに下達される命令書とどこも変わらなかった。実に、言葉は魔物だ。出撃命令も愛の告白も、同じ魔性の実力を持っているということに、僕は愚かしくも気付かなかった。山本参謀の諫死《かんし》によって戦隊長は命令の撤回をしたが、そのためにいちはやく死から免れた僕は、僕自身の出した出撃命令の撤回を忘れていた。そして澄子はひとりで行ってしまった。

戦争は人の心を恐慌に陥れる。兵士の内なるヒステリーを、かろうじて命令で制御しながら戦は遂行される。だからこそ、感情をみずから制御しづらい女性を巻きこむべきではなく、その原理を知っていた昔の人は城を捨て野に出て戦ったのだ。そうした意味からすると、国家を総動員する戦などは、究極の外交手段としての戦争の正当性を踏みこえた、集団ヒステリーでしかない。国家と国民のあるかぎり戦争はくり返されるが、戦うための筋肉を備えた兵士以外の人間を巻きぞえにするような戦は、もはや戦争ではあるまい。

そうした理屈も、僕がのちになって考えたことなのだけれど。

先生の家からの帰り途《みち》、僕は井の頭公園の池のほとりに、日の昏《く》れるまで立ちつくした。この際の僕の身の処し方を百人の人間に訊《たず》ねたとしたら、百人が百人、「おまえは死ぬべきだ」と答えただろう。無言で僕を送り出した先生も、内心はそれを望んでいたのかもしれない。

だが、どうしても死ねなかった。けっして怯懦《きょうだ》であったわけではない。命令によって生と死の橋の上を何度も行きつ戻りつさせられたあげく、ついに終戦を迎えた特攻隊員にしか、そのときの気持ちはわかるまい。たとえ世界が僕ひとりを残して破滅していたとしても、僕は死ぬことができなかったろう。

池のほとりの桜は秋色に染《そ》んでおり、その下枝《しずえ》に、朽ちたボートが沈んでいた。僕と澄子の乗ったボートかもしれなかった。

先生のお宅を訪ねて入営の報告をした帰り、澄子は僕を吉祥寺《きちじょうじ》の駅まで送ってくれたのだった。どちらが言い出すでもなく、ボートに乗ろうということになった。もし憲兵に見《み》咎《とが》められたら、許婚との永の別れだと言えばよかろうと思った。

折しも満開の桜の下には、僕らと同じような男女が大勢おり、そのどれもが永訣《えいけつ》を惜しんでいるように見えた。巡査や憲兵の姿も見かけたが、それらはいかにも多勢に無勢という感じで、むしろロマンチックな別れの光景を彼ら自身も娯《たの》しんでいるかのようだった。

花の下で、僕らはひとときの恋人になった。僕と澄子が二人きりで言葉をかわしたのは、後にも先にもその一度きりだった。

ふと僕は、戦の終わった公園に、かつて戦時下に見た恋人たちの姿の一組とてないことに気付いた。そして、ひどく人間を怪しんだ。いったい彼らは、どこに消えてしまったのだろう、と。

どう考えをめぐらしたところで、それは過ぎにし花の行方を尋ねるようなものだった。

僕ひとりを池のほとりに置き去って、世界は破滅したのかとまで思った。

なあ、カオルさん。

どうして人はみな、すべてを忘れることができるのだろう。そんなことは夢まぼろしだったのだ、はなからなかったことなのだと思いこめるのだろう。

忘れることができぬのなら、せめてありもせぬ嘘を作り上げて、もうひとつの人生に身を置くほかはあるまい。僕は君をよく知らず、君も僕をよくは知らなかったが、僕らはたがいに理解し合っていた。ほんとうの戦友とは、そういうものさ。

さあ、この坂を登りきれば、じきに天国の門が見える。おたがい何ひとつ知らなかったけれど、僕は戦友だからひとりで君の骨を拾う。

他目《はため》なんか気にするんじゃない。どのみち君は花に埋もれて天国に行くんだ。だから僕は、釜《かま》の扉の前できっと大泣きに泣くだろうが、嘆きこそすれけっして君をあわれみはしない。

貧しくて歪《いびつ》な僕らの人生が、醜いものだとはどうしても思えないから。それこそが栄光の人生だと信じているから。

そして餞《はなむけ》の涙が乾いたなら、僕は若かったマドロスの時分に立ち戻って、とっておきの別れの文句を口にするだろう。

どれほど忌み嫌われ折檻《せっかん》を受けようとも、僕らが心から恋い慕い続けた継母《ままはは》のような太陽を背負って。

「あばよ、カオル」

そうさ。その一言だけでいいんだ。

第七話　ぬくもりの部屋

「やれやれ、すっかり体が冷えちまった——おいで。ふんぎりがつかないんなら、熱いお茶でも飲んでゆっくり考えるがいい。誰の人生だって、結末を怖がるほど短くはないんだ。考える時間はいくらだってある」

マドロスの部屋の厚い扉を押して廊下に出る。花の咲く部屋からはかぐわしい香りが漂い出ており、瑠璃《るり》色の部屋の薄闇をステンド・グラスがぼんやりと染めていた。

階段は一歩を踏むごとに、呻《うめ》くような軋《きし》み声をあげた。踊り場の高窓から射し入る光が滑らかな甃《いし》に照り返って、ホールは熱帯の水底《みなぞこ》のように明るんでいた。半地下の廊下には、港の見える部屋と鏡のある部屋と朝日のあたる部屋が並び、閉め忘れたものか自然に開いてしまったのか、それぞれの戸口から淡い光が洩《も》れ出ていた。

「霧が上がったみたいだ。ほら、船が鳴かなくなったろう」

冷えきったロビーに身を屈《かが》めれば、玄関の歪《ゆが》んだガラス越しに夜空が見える。

「いったいどうしてこんな妙な建て方をしているのかって、そりゃああんた、このちっぽけな足を見りゃわかりそうなもんだ。半地下の部屋から抜け出して、この石段を這《は》い上がるのは苦労なんだよ。誰が酔狂でこんな船倉みたいなものを造るもんかね。纏足《てんそく》の女たちが、銭金で売り買いされていた悪い時代の話さ」

しじまを切りさいて、ふいにロビーの赤電話が鳴った。老婆はいまいましげに舌打ちをした。

「何時だと思ってるんだろう。間違い電話かいやがらせか、もしかしたらここを出て行った誰かが、懐しくなって電話をかけてよこしてるのかもしれないがね。一晩に三度もかかってくるんだ。出やしないさ」

老婆は鳴り続ける赤電話にはかまわず、玄関から降りる石段のきわの、たてつけの悪い扉を開けた。とり散らかった台所に細長い板敷が付いただけの土間である。粗末な管理人室は、こごえた体がたちまちとろけるほどの温もりに満ちていた。

「温床《オンドル》なんて、初めて見ただろう。竈《かまど》の煙《けむ》が床下を抜けるようになっているんだ。あたしはかれこれ七十年もここで暮らしている。港が客船で賑《にぎ》わっていたころも、軍艦がひしめいていたころも、みんな知っているのさ」

温床の壁には、満月を嵌《は》めたような円い櫺子窓《れんじまど》があった。曇りガラスを開ければ、運河の向こうに大桟橋が望めるのだろう。

老婆が殆《あやう》い足どりで茶を運んできた。欠けた湯呑《ゆのみ》の底には、手品のように菊の花が咲いていた。

「幸福な時代にも不幸な時代にも、ここの住人はみな似た者だった。ということは、存外幸せな連中だったってことだよ。そんなの、わかるだろう。不幸のかたちは千差万別だが、幸せな暮らしは似たりよったりだもの。はじめは不幸に追いたてられて、ここまでたどり着く。倉庫街をさまよって運河にかかった鉄橋を渡れば、この霧笛荘のほかに行き場はない。ここは浮世のどんづまりさ。でも、地獄じゃない。生きようがくたばろうが、ここは誰にとっても居心地のいいところだった。なに、意味がよくわからんか。そりゃああんた、わからんのはまだまだ苦労が足らないからさ。そうさね――なら、わかるように話してやろう。六つの部屋の住人が、みんな幸せに暮らしていた夏のことだよ」

老婆は温床にちんまりと腰を据えると、湯呑の底に過ぎにし日を覗《のぞ》きこんだ。

＊　　＊　　＊

山崎茂彦はこのごろ、銀行を辞めて不動産業界に転職したことを後悔し始めている。

さほど悩んだわけではなく、むしろ渡りに舟と信じた転職だった。同僚はうらやんだし、妻も賛成してくれた。

一流大学を出て大手都市銀行に入行したところまでは、思い通りの順風満帆だったのだが、同じキャリアばかりの職場でこの先も順調に出世を果たせるかというと、保証の限りではなかった。

地方都市や海外支店勤務は、若いうちに経験してしまったほうがいい。だが山崎は三十代のなかばまで東京近郊の支店ばかりを歩いている。どうやら子供らが最も手のかかる時期に、お鉢が回ってきそうだった。それもたぶん近いうちだろうから、少くとも五年は中央に戻れないとなると、妻にも子供らにも苦労を強いることになる。決心の理由の第一はこれである。

第二の理由は、独身時代に取得した不動産鑑定士の資格である。地価高騰の折から、銀行員としては強力な武器になると思っていたのだが、あんがいその資格は活用する機会もなければ、銀行内で評価されることもなかった。地価は上がり続けるという神話は疑いようもないので、銀行員は融資業務にのみ専念すればよかった。

第三の理由は、理由というよりも直接動機である。支店の最大融資先である昭和実業から中途入社を請われた。誘われたのではなく、社長の口から直々に強い要請を受けたのである。条件は時の勢いを反映して、現状の五割増という高額給与を提示された。出張はあるが転勤はありえない。役職は営業課長の付け出しである。しかも昭和実業が今や飛ぶ鳥を落とす勢いの不動産デベロッパーであることは、数年間にわたって融資の担当をしてきた山崎が誰よりもよく知っていた。

銀行の社宅を出て、昭和実業の自社物件を社員価格で購入できるというのも魅力だった。不動産物件の価格急騰に購入のタイミングを失ってしまった山崎にとって、これは十分に第四の転職理由ともなりえた。

これだけの条件が揃えば、妻が反対するわけはない。同僚はおろか親しい上司もうらやむはずである。何よりも三十七歳という年齢は、人生の再選択をなすには絶妙であった。

こうして山崎茂彦は、さほど迷わず悩まず、昭和実業の本社営業部第十一営業課長として、新しい人生の端緒についた。

「山崎さんよお。あんた何だっていつまでもあんなボロアパートにかかずり合ってるんだい。手のかからない物件は、ほかにいくらもあるだろうに。今のご時世、地上げなんてのは鼠の俵引きみたいなもんなんだぜ」

会議室に向かうみちみち、自称「ボスの右腕」の脇田課長に肩を叩《たた》かれた。接待の酒がまだ残っているらしく、脇田は歩きながらしきりに首筋を揉《も》んだ。

「鼠の俵引きって、何ですそれ」

「小学校の運動会でやったろう。米俵を十個ぐらい並べておいて、自分の陣地に引っぱりこむやつ」

頭の中で運動会の校庭を俯瞰《ふかん》した。紅白の力が拮抗《きっこう》している俵があり、大勢のすでに決した俵がある。つまりほかに力を発揮する物件はいくらでもあるのだから、いつまでもひとつにしがみついているな、という意味なのだろう。

「ああ、四号地の物件のことですね。いずれ何とかします」

「おいおい。まちがっても会議でいずれなんて口にしなさんなよ。たちまちボスのカミナリが落ちるぞ」

転職して一年以上になるが、社長はまだ自分を特別扱いしていると思う。四号地の古アパートの件にしても、交渉に入ってから半年が経つのだから、担当が山崎以外の誰かであればとっくに怒鳴りつけられているはずだ。

「なあ、山崎さん」

と、脇田は腕時計をちらりと見てから、山崎を給湯室に引きこんだ。山崎も時計を見た。八時三十分の早朝会議までには、まだ十分ほど余裕がある。いや、社長はきっかり五分前には顔を見せるから、五分の余裕だ。

「あのな、いちおう老婆心で忠告しておくよ。なにしろ俺は、昭和実業が元町の周旋屋だったころからの社員だから、ボスの考えていることならたいがいわかるんだ」

脇田が「ボスの右腕」を自称するのは、創業以来の社員というほかに何の理由もない。つまり「ボスの右腕」は、昭和実業が元町の賃貸業者だったころからの最古参社員という意味でしかなかった。正しくはいまだお義理で営業課長の席を与えられている厄介者である。同僚から疎んじられている分だけ、後輩に対しては陰険だった。

「ボスは無一文からの叩き上げだから、コンプレックスのかたまりなんだ。あんたを銀行から引き抜いたのも、べつに能力を認めたからじゃなくて、東大出の一流銀行マンというキャリアに憧《あこが》れただけなんだよ。そういう人間を顎《あご》で使いたかったんだ」

「やめましょうよ、脇田さん。飲み屋じゃないんですから」

憤る相手ではない。ここは軽く往《い》なしておかねばならなかった。

「まあ聞けって。ほんとうなら、秘書課長とか社長室長とか、そういうポストがあんたには適役なんだよ。だが、実務経験なしじゃ下に舐《な》められるかもしれんというわけで、とりあえず営業職に据えた」

「はいはい、まあそんなところでしょう」

「ハイは一度でいい——あ、ボスの口癖だな。ま、そういうわけだから、あんたが半年も四号地の物件に苦労しているのは、うまくないんだよ。もっと簡単な俵を一つ二つ引っ張りこみさえすれば、たちまち社長室長だ」

「社長がどうお考えになろうが、今は営業職ですから。与えられた仕事に最善の努力を尽くすだけです」

相手が脇田でなければ、こんな歯の浮くような優等生の回答を口にするわけはない。百も承知の忠告に、山崎は嫌味で応じたつもりだった。

「ともかく、四号地からはさっさと手を引けって。悪いことは言わないからさ。まったく、何であんな物件に執着するんだか」

同輩の営業課長たちが、続々と廊下を通り過ぎて行く。誰もが胡乱《うろん》な目付きで給湯室の二人を睨《にら》んだ。

「脇田さんのおっしゃることはよくわかりました。行きましょう」

忙しい職場である。毎朝八時三十分から、いや正しくは八時二十五分から営業会議があり、各課長は「有言実行」の社長方針にそってなすべき仕事の誓いを立て、経過説明をし、成果の発表をし、そして毎日誰かしらが社長に罵倒《ばとう》される。一年の間にただの一度も叱責《しっせき》を受けたことのない山崎を、ほかの課長たちが快く思っていないのもたしかだった。

そう思えば脇田を憎む気にはなれない。

定刻五分前には私語も絶える。部長は兢々《きょうきょう》として顔ぶれを見渡し、欠員のないことを確かめてほっとする。

やがて、ラッパが鳴らぬのがふしぎなくらい正確に、大時計の秒針が八時二十五分を指したとたんボスが姿を現す。お伴《とも》は年老いた専務と、書類のホルダーを拷問のように抱えた秘書である。全員が立ち上がって不動の姿勢をとり、営業部長の号令で「おはようございます」と声を揃える。

専務は社長の遠縁にあたる人で、元は税務署の役人だったらしい。会議で発言するどころか、日ごろも声を聞いたためしがなかった。ただ、恰幅《かっぷく》のよい老人だから、隣にいるだけで社長に威を副《そ》えている。

社長は活力のかたまりである。小さな体に不釣合な巨顔が、人間ではない何ものかを思わせる。ミュンヘン・オリンピックのボクシング代表で、ライト級のメダリストだという噂だが、山崎の調査では該当する選手の名はない。

その噂は、社長のもうひとつの看板である「中卒叩き上げの苦労人」という経歴とまっこう矛盾するのだから、誰もが疑っているはずなのだが、神話や伝説に事実の真偽を問う必要はなかった。社長は昭和実業という世界においては全能の神であり、空前の活況に湧く不動産業界のナポレオンだった。

まず十五人の課長がそれぞれの業務報告をする。持ち時間は一分間である。社長は日報で業務の把握はしているから、つまりこの一分間のスピーチは、それぞれがきょう一日の闘志をかき立てるための儀式といえる。そして後半の十五分間は社長の独壇場となる。まるで日直当番のように、誰かひとりが社長の怒りを受け止める。

しかしこれもまた一種の儀式である。品性に欠け、ボキャブラリーも乏しい社長は社員の前で訓辞などできない。しかし根っからの親分肌で説教は得意だから、そうした方法で実は全課長に訓辞をたれているとも思えた。

そのように考えると、毎朝の会議は社長の性格に則した朝礼なのである。

一分間の業務報告は難しい。なにしろ山崎は、この半年の間ひとつの物件にかかりきりなのだから、いっこうに埒《らち》のあかぬ交渉をいかにも進捗《しんちょく》しているかのように話さねばならないのだった。むろん社長に対してではなく、ほかの営業課長に対してである。

「埠頭《ふとう》四号地の買収予定物件について報告いたします」

そう切り出しただけで、ほかの課長たちはうんざりとした顔をする。

「当該物件面積百十五坪には、共同住宅名称『霧笛荘』が建っており、引き続き土地建物所有者兼管理人および六世帯の居住者との交渉にあたっております」

ここまでは毎日が同じ文言である。きょうは物件の奇妙な来歴を用意してあった。

「所有者兼管理人は、昭和二十一年に前所有者死亡に伴い、遺言によって当該物件を相続したものであります。なにぶん高齢のうえに身寄りがなく、未帰化の中国国籍という障害もありますので、介護付き高齢者用マンションへの転居を強くお勧めしています。もちろん具体的に三ヵ所の候補物件の資料も提示し、説明もいたしております。客観的に判断いたしましても、高齢者が余生を快適に過ごすには当社の提案に従うべきですから、引き続き自信を持って説得にあたります。以上、業務報告を終わります」

ちょうど一分である。山崎が席につくと、隣の課長がうって変わって威勢のいい報告を始めた。

ふと、ふだんは銅像のように黙然としている専務が、社長に何やら耳打ちをした。社長は小声で何ごとか訊《たず》ね返し、そんな応酬が何度かあって、二人は元の姿勢に戻った。

山崎はたまらなく不安になった。いよいよ社長のカミナリが自分の上に落ちそうに思えた。

はたしてすべての業務報告が終わると、社長はじっと山崎に目を据えた。

「おまえ、まだ銀行員根性が抜けねえな。おい、聞いてるのか。おまえだよ、山崎」

はい、と答えて山崎は立ち上がった。名指された者は気を付けをして社長の叱責を受ける定めである。むろん返答を求められるまでは、けっして口応《くちごた》えをしてはならなかった。

社長はとっさに秘書が差し出した書類に目を落とした。

「埠頭の四号地ってのはおまえ、倉庫のほかには何もねえんだぞ。ボロアパートさえ地上げすればだな、その後の交渉はアルバイトだってできるんだ。あっという間に緑地つきの高層マンションが建つ。多少交通の便が悪くたって、埠頭と海岸通《バンド》りを窓から一望できるマンションなんて、ほかにあるか。即日完売まちがいなし。資産価値も十分。それをおまえ、何だって半年がかりでぐずぐずしてやがるんだ。銀行ならそれでもいいんだよ。持ってる金を貸すのが商売なんだから。だがうちの会社はな、その銀行に高い金利を払って商売してるんだ。おまえがぐずぐずしてる間だって、否応《いやおう》なしに金利は払わなけりゃならねえんだぞ。おい、山崎。おまえもしや銀行の回し者か。そうじゃねえっていうんだったら、今週中に契約書にばあさんの判をついて持ってこい。それができねえんなら――」

社長は一同を睥睨《へいげい》して、おそろしい宣告をした。

「辞表を書いてもらう。東大出だろうが元融資課長だろうが、稼ぎのねえやつを置いとくわけにはいかねえ」

山崎は課長たちの顔色を窺《うかが》った。意外なことに、誰もが山崎に同情しているように見えた。

会議をおえてからも、山崎はしばらく呆然《ぼうぜん》と椅子に座っていた。社長の怒りは正当だった。自分は特別扱いに甘えていたのだと思う。たぶん専務は、(もう限度でしょう、これじゃほかの者にしめしがつかない)とでも囁《ささや》いたのだろう。

入社して半年間は、脇田課長と一緒に外回りをした。脇田はその間に地上げした二件の物件のうちのひとつを、山崎の実績にしてくれた。むろん、社長の指示だとは思うが。

つまり社長と脇田は、山崎が入社以来何ひとつとして会社に利益を与えていないことを知っている。社長の怒りも、脇田の忠告も正当だった。

あの物件がいけないのだと山崎は思った。居住権が絡む共同住宅の地上げは難しい。一件まとめれば大きな勲章である。だが上物《うわもの》はとうに使用限度を超えた古家で、居住者が全員独身、そのうえ同居の大家が身寄りのない老人である霧笛荘の地上げは、誰が担当しようが簡単に手に入る勲章にちがいなかった。社長は据《す》え膳《ぜん》も食えぬ山崎に、とうとう業を煮やしたのである。

たしかにいつまでたっても、粗野で幼稚な社風にはなじめない。銀行を辞めたことを後悔している。しかしこの期《ご》に及んで辞表を書けと言われても困る。この好景気ならば再就職先はあるだろうけれど、入社と同時に購入した自社物件を維持するだけの給料はもらえまい。社員価格との差額は、即時返済と言われても仕方がない。

「山崎課長、ボスがお呼びですよ」

秘書の声で、山崎はようやく真青な顔をもたげた。

山崎と入れちがいに、営業部長と脇田課長が社長室から出てきた。二人とも山崎とは目を合わそうとしなかった。たぶん四号地物件の詳細を訊ねられていたのだろう。

社長は戸板のように大きいデスクに向かって物件に関する書類を読み、専務はソファに座って業界紙を開いていた。

「きついことを言っちまったが、悪く思うなよ。おまえならわかるだろう」

社長は霧笛荘の居住者リストを太い指先でたどりながら言った。少しだけ気分が楽になった。

「だが俺も口に出した以上は、言っただけのことはしなくちゃならねえ。有言実行はわが社のスローガンだしな。今週中にまとまらなけりゃ、おまえはコレだ」

と、手刀を首筋に当てる。

「五百万でどうだ」

書類から顔を上げると、小さな体がよけい小さく見える革椅子にもたれて社長は言った。

山崎にはとっさに意味がわからなかった。退職金かと思った。

野蛮で明晰《めいせき》な、常人にはまったく捉《とら》えどころのない目付きでしばらく山崎を見上げたあと、社長はようやく解説してくれた。

「一世帯あたり五百万の立退き金だ。みんな大喜びで出ていく。六人の同意書があれば、ばあさんだって五億の銭をもらって引越すのに文句はなかろう。むろんこの条件は、俺とおまえと専務だけの秘密だ。経理にもわからねえように、立退き料の三千万は俺の懐から出す」

山崎は黙って頭を下げた。六人の住人にはそれぞれ接触しているが、どれもあの古アパートにふさわしいその日暮らしに見えた。家主兼管理人の老人が、彼らに愛着を持っているのもたしかだった。世帯あたり五百万という法外の立退き料は、いわばすべてを平和解決する秘密兵器である。

「専務にも礼を言っとけ。俺は百万で十分だろうと思ったが、五百万投げろと譲らねえんだ」

「百万でいいと思いますが」

山崎は本心から言った。霧笛荘の住人は百万でも喜んで出て行くと思う。

ふと背後で新聞を閉じる音がし、山崎は初めて専務の声を聞いた。

「百万はじきになくなるが、五百万は使い手があります。人生を変えうる金ですよ」

悪い時代を生き抜いてきた人間の言葉だと、山崎は思った。


迅速に行動しなければならなかった。デスクに戻ると三十分で同意書を作成した。こういうとき、いちいち上司の決裁を仰がなくていいこの会社の仕組みはありがたい。すべての業務はワンマン社長から現場へのトップ・トウ・ダウンで進行し、結果さえ出せば誰も文句はつけない。

「楽勝ですね、課長」

浜口が同意書に目を瞠《みは》りながら言った。四号地物件に往生している部下である。去年の春に体育大学を卒業した浜口は、山崎とペアを組んだおかげで、まだ一本の契約もとれずにいる。

「自分も、これしかないんじゃないかと思ってたんですよ。あいつらだって肚《はら》の中は銭金に決まってるんだ。いいなあ、自分も霧笛荘に住んでりゃよかった」

浜口は脳味噌《のうみそ》まで筋肉でできているような若者である。昭和実業の社員の典型といえる。

「主任」という役職は、名刺に添える肩書きのほかに意味はない。ひとつの課の定員は四名で、課長と係長が若い「主任」とそれぞれペアを組んでいた。

二人はいったん会社を出て、海岸通《バンド》りの喫茶店で打ち合わせをした。社長からこれだけの特別扱いをしてもらうからには、今日中に六人の居住者から内諾をとりたかった。全員から立退きの承諾を得たということを、明日の早朝会議で報告したい。

汗が引くまで、二人はぼんやりと窓の外の景色を見つめていた。会社を出たとたん、時刻を怪しむほどの陽射しに打ちのめされた。

「カンカン虫は昼休みじゃないと捉《つか》まりませんね」

街路樹の厚い葉蔭《はかげ》の先に見えるドックを指さして、浜口は言った。

「ホストとホステスはまだ寝ているかな」

「もう十時すぎですから、朝駆けでいいんじゃないですか。自分が行きますよ」

仕事の分担はあっさりとまとまった。三人の女は夜の勤めだから、アパートにいるはずである。三人の男は稼ぎに出ている。そこで、通称「カンカン虫」「バンドボーイ」「キャプテン」の三人の男を山崎が回り、通称「オナベ」「ホステスA」「ホステスB」を浜口が訪問することになった。

「あんまり舐《な》めてかかるなよ。たしかに楽な交渉だとは思うが、条件がよすぎてピンとこないかもしれない。なにしろ五百万が天から降ってくる話だからな」

「わかってますよ、課長。油断大敵っていうのはよく知ってますから」

それから浜口は、楽な相手に一本負けを喫した苦い経験を、まるで取り返しようのない人生の失策のように語った。

聞き流しながら、何でもかんでも勝ち敗けで割り切ることのできる浜口を、うらやましく思った。人生というものは、単純な勝敗の累積なのかもしれない。希望や計画や、反省や後悔や、つまり勝負の前後にあれこれ考えることに意義などなく、非情な結果だけが人生を決定してゆくのだろう。たとえば社長などは、そういうわかりやすい人生の標本のような人物だと思う。

並木道の向こうには、花壇に赤い夏の花を咲かせた公園が拡がり、その先は油を流したように凪《な》いだ海である。鷗《かもめ》の群が暑さに窶《やつ》れた人間を嗤《あざわら》っていた。

五百万円はたしかに人生の航路を変えうる金だと、山崎は思った。


それにしても、埠頭四号地の立地はひどい。

車を霧笛荘の玄関に横付けるには、運河の川上から遠回りをしなければならない。だから訪れるときはいつも、対岸の堤防のきわに車を捨てて、まるで山あいの吊橋《つりばし》のように小さく危うい鉄橋を渡る。

倉庫街を買収すれば高層マンションを建てるには十分な面積だが、車が通れる橋を架けなければ使い物になるまい。

車を降りたとたん、腐った空気が体に絡みついてきた。着る気にもなれぬ背広の前ボタンをきちんと留めて、浜口は鉄橋を渡った。

見れば見るほど醜い建物である。一階の窓の半分は地中に埋まっており、二階の窓が堤防の高さだった。津波や高潮がこようものならひとたまりもあるまいが、この建物の長い歴史の間にはそんなことは何度もあったような気がする。

アパートは切石を積み上げてできている。大方は鬱蒼《うっそう》たる蔦《つた》に被《おお》われており、すきまのところどころに風化した石の肌が見えた。

少し傾いているような気がする。その傾き具合が、いかにもフルスロットルで航行する船のようだ。つまり艫《とも》が沈んでいる。

立地といい古さかげんといい、少しでも良識ある大家ならとっくに建て替えているはずである。このアパートの六部屋がすべて埋まっていること自体、浜口には信じられなかった。

あたりは倉庫街で、まるきりひとけがない。買物に不自由だなどというなまなかな淋《さび》しさではなく、たとえば不慮のガス洩《も》れ事故か何かで居住者全員がいっぺんに死に絶えたとしても、何年かは放置されているのではなかろうかと思える。

玄関を入れば、いきなり円型劇場の客席のような階段がある。まったく意味不明の構造である。階段の底の石敷で、老婆が関帝を祀《まつ》った祠《ほこら》に線香を上げていた。

「ごめんください」

祠の前に跪《かしず》いた老婆の足うらの小ささに、浜口はぞっと肩をすくめた。灰色の袍《パオ》の背に垂れる髪は、少女のように長くて黒い。

「きょうは若い衆ひとりかね」

「はい。居住者のみなさんに、ご挨拶《あいさつ》をしたいと思いまして」

「挨拶だけじゃあるまい」

不満げに言いながら、老婆は片手を廊下に向けた。

「まだ、おやすみでしょうか」

「起きてるよ。ここには朝寝するやつなんかいやしない。みんなお天道様《てんとさま》をもったいないと思ってるんだ。ま、そんなこと言ったってあんたなんぞにゃわかるまいが」

手みやげの菓子折を老婆に渡して、浜口は尾上眉子の部屋に向かった。課長との間の隠語では「ホステスA」である。いちどだけ義理を売るつもりで勤め先を訪ねたことがあった。いかにも時代遅れのナイト・クラブにお似合いの、モノクロームの映画のヒロインのような美人だった。

ドアをノックするとき、たとえいちどでも客となった男に、起き抜けの素顔を見せるのはいやだろうと思った。だが、霧笛荘の住人はどうしたわけか誰も電話を持っていないというのだから仕方がない。玄関には公衆電話機が一台あるが、その番号に電話をしても誰も出ようとはしない。

ともかくこの古アパートは、世間の常識にかからず、運河を隔てて浮世と断絶している。都合のいいことに、尾上眉子の部屋には「ホステスB」すなわち隣室の星野千秋が来ていた。

この女も美人である。店で同席したときには、いかにも水商売に不慣れという感じで、ほとんど口をきかなかった。尾上眉子よりは若く見えるが、むろん浜口よりは齢上《としうえ》だろう。眉子の造り物めいた美貌《びぼう》に比べると、生身の女らしい愛らしさがあって、少くとも恋愛の対象になりうる現実味は持っていた。

二人は粗末な卓を挟んでコーヒーを飲んでいた。夜の女のこうした楽屋裏を覗《のぞ》くのは初めてである。その印象は浜口の予想に反していた。

もっと粗野な、色気もなにもないあけすけなものだと考えていた。だがふしぎなことに、二人が向き合う部屋の空気は生活を感じさせぬほど清潔で、静謐《せいひつ》だった。一竿《さお》の箪笥《たんす》と姿見があるほかは何もない部屋で、二人の女は予期せぬ来訪者にとまどうでもなく、普段着の居ずまいもきちんとしていた。化粧気のない素顔はともに、夜の灯の下で見るよりも美しかった。

浜口の話に、二人はさほど興味を示さなかった。山崎課長が言った通り、「条件がよすぎてピンとこない」のだろうと浜口は思った。で、露骨な説明を加えた。

「同意書に判をついて下さったなら、五百万円は現金でも振込でも、ご指定の方法で即刻お支払いします。お引越先については、当社の賃貸事業部が斡旋《あっせん》します。いかがでしょうか」

それでも二人の女は、他人事《ひとごと》のようにぼんやりとしていた。視線は浜口の顔を透かして、どこか遠くを見つめているようだった。

「ここから出てけば、五百万円くれるってさ。どうする、千秋ちゃん。あんた、もらっときなよ」

千秋は俯《うつむ》いてしまった。泣くほどありがたい話として受け止めたのだろうと浜口が思ったのもつかのま、千秋は爪を噛《か》みながら思いがけぬことを呟《つぶや》いた。

「私、お金なんていらないわ」

眉子は溜息《ためいき》をついた。

「もらっときなさいよ。邪魔になるものでもあるまいに」

「邪魔よ」

「ま、その気持ちはわからんでもないけどねえ。この人の立場だってあるでしょうし」

千秋も妙だが、眉子の態度も怪しい。まるでこの条件は、千秋にだけ提示されたとでも思っているようだ。

「あの、尾上さん。もちろん条件はみなさん同じなんですけど」

眉子は憮然《ぶぜん》とした。

「そんなのわかってるわよ、二度言わなくたって」

なぜいちいち溜息をつくのだろう。しばらくありもせぬものを見つめるように壁を眺めてから、眉子は腰を泳がせて半地下の窓ににじり寄った。秀でた額に手庇《てびさし》をかざして、二階を仰ぎ見る。

「カオルちゃあん、起きてる」

おう、という荒々しい声が返ってきた。

「起きてるぜ。セガレもビンビン立ちだ」

「ハハッ、そりゃどうでもいいけど、いまうちの部屋に不動産屋さんがきてでさ」

「ああ、ババアを泣かせてる地上げ屋だな。待ってろ、俺が叩《たた》き出してやる」

「ここから引越したら、五百万くれるって言ってるよ」

「へえ。そりゃ眉子さん、五百円のまちがいだろ」

「そうじゃないって。五百万円くれて、アパートももっといいところを世話してくれるんだってさ」

「どこだってここよりはいいところだぜ。ま、そういうおいしい話なら聞かんでもねえ。待ってろ、すぐ行くから」

これで一気に解決するだろうと浜口は思った。

カオルとはいちど顔を合わせている。管理人室で埒《らち》のあかぬ交渉をしていたとき、ステテコに腹巻姿で怒鳴りこんできた。カオルに言わせれば自分らは、「年寄りをいじめる悪党」だそうだ。だが山崎課長がいかにも元銀行員らしい物腰で説明をすると、「金持ちになって、長生きするのも悪かねえぞ、ババア」と説得までしてくれた。

カオルが男か女かは別として、単純な正義漢にはちがいなかった。

「五百万よこすだとォ。てめえ、ガセだったらぶっ殺すぞ」

大声で叫びながら、カオルが階段を駆け下りてきた。

喫茶店で打ち合わせをおえると、山崎は営業車のキーを浜口に渡して、街路樹の木蔭づたいに歩き出した。

「カンカン虫」はドックの昼休みに面会する。「キャプテン」の仕事場は定まっているからいつでも捉まる。問題は「バンドボーイ」である。

何日か前に霧笛荘の部屋を訪ねたとき、深夜から正午までは海岸通りの道路工事をしていると言っていた。売りあぐねていたコンサート・チケットを十枚まとめて買ってやった。疲れ果てているのに、笑顔のきれいな青年だった。

立ち退き条件を切り出したら、いったいどんな顔をするだろう。大金には無縁の若者だから、商売ッ気は抜きでわかりやすく言って聞かせようと山崎は思った。

海岸通りの道路工事は、山崎の記憶する限りここ数年は続いている。公園の入口を過ぎてから一キロばかりのどこかしらを、いったい何の工事をしているのか掘っては埋めてのくり返しで、どう考えても役所と業者の悪だくみにちがいなかった。車線規制はウィーク・デイの深夜から午前中まで、つまり観光客の迷惑にならぬだけの配慮はしている。

この国は土木国家だという論評を、何かの記事で読んだことがあった。さほど意味のない公共工事で食っている人間が多すぎる。なるほどその通りである。たとえば目の前の東京湾の埋立工事などは、徳川家康の関東入封からえんえん四百年間も途切れることなく続いているわけで、それでも地図上の形があまり変わらないところをみると、完成させる目的ははなからないと考えたほうが正しかろう。

深夜から正午までの道路工事ならば、「バンドボーイ」はその現場にいるだろうと見当をつけていた。

名物の銀杏《いちょう》並木が終わって交叉点《こうさてん》を渡れば、灼熱《しゃくねつ》の歩道が続く。埠頭《ふとう》に出入りする大型トレーラーの視野を狭くするという理由で、そこから先の街路樹はすっかり枝を詰められた丸裸だった。つまり無意味な公共工事をくり返すには、市内でもここにまさる好立地はなかった。

暑さに耐えきれず背広を脱ぎ、ネクタイを緩めてしばらく歩くと、あっけなく「バンドボーイ」の姿を見つけることができた。ヘルメットのうなじから腰まで金髪が伸びているのだから、これほど見つけやすい人間もいない。

バンドボーイは規制車線の先に立って、黄色い旗を振っていた。ほかの作業員たちはダンプカーの蔭に座りこんで煙草を吹かしている。休憩時間というよりも、炎天下の最後の時間はそんなふうに過ごすのが彼らの悪習であるように見えた。

太陽に焙《あぶ》られた怠惰の中で、金髪の青年ひとりが懸命に旗を振っていた。汗のにじむ視界いっぱいに、「バンドボーイ」の振る八の字の軌跡が広がる。山崎は自分が天の功徳を携えて彼のもとに向かっているような気分になった。ほかの居住者はともかく、五百万円は必ず彼の人生を変えるだろう。

「アレ、俺に用事ですか」

旗を振る手を休めずにバンドボーイは言った。

「いい話を持ってきたよ。明日からはもう、こういう仕事をしなくていい」

用意していた文句を口にすると、晴れがましい気持ちになった。他人に幸福を授けるのはいい気分だ。

「会社から特別の条件が提示されてね――」

山崎は正確かつ手短かに用件を伝えた。青年は旗を振り続けていた。疑っているのかピンとこないのか、コンサート・チケットを買ってやったときに見せた笑顔すら、青年はうかべようとはしなかった。

「四郎、もう旗振りはやめとけ。そのお客は警察《サツ》の旦那《だんな》じゃねえだろうな」

ダンプカーの蔭《かげ》から声がかかっても、四郎は腕を休めようとはしなかった。

「そんなことを言ったってよォ、車がぶつかってきたらどうすんの」

山崎は怠惰な作業員たちに向かって、軽く会釈を返した。

「これから佐藤鉄夫さんと園部幸吉さんに会って、同じ話を伝えるんだけどね。まっさきに君の耳に入れたかったんだ」

「どうして俺がまっさきなんですか」

「お金の余裕があれば、本業に専念できるだろう。こんなことをしていたら、夢は夢のままだよ」

「そうかな」

と、四郎はちらりと作業員たちを振り返った。

「俺はあいつらとはちがうもね。こうして旗振ってたって、頭の中は音楽でいっぱいでさ。無駄なことをしてるなんて思ってないよ」

降って湧いた幸運を、いきなり信じろというほうが無理なのかもしれない。

「素直に聞いてくれないかな」

「聞いてるよ。そんな話があるんじゃないかって、鉄夫さんも言ってた」

「同意してくれるよな」

「俺ひとりでどうこう言えないもね。みんなの意見も聞いてみなけりゃ」

「君の人生なんだよ」

四郎は旗を振り続けたまま、山崎に怪訝《けげん》な目を向けた。

「おっさん、俺の人生なんか知ってるのかよ。たかが銭金のことで、よくも神様みてえな口がきけるな」

それきり四郎は、二度と山崎の顔を見ようとはしなかった。


ドックの面会所に、「カンカン虫」は肩を怒らせながらやってきた。

暑いさなかに、この男はなぜ革ジャンパーなどを着ているのだろう。

「おう地上げ屋。俺ァ事情があってカンカン虫をやっちゃいるけどよ。実は大港会の鉄っていうもんだ。知ってるか」

「はい、お噂《くみ》はかねがね」

これは与しやすい相手だと山崎は思った。見栄《みえ》と劣等感のかたまりで、頭もちと足らない。

白いコンクリートで塗り固めた面会所には、老いたガードマンが置物のように座っているきりだった。おそらく海軍が使っていたものか、米軍が港を接収していた時代の遺物だろう。

「で、何の用事だい。言うことを聞かねえババアを追い出すのに力を貸せってか。冗談はよせ。こう見えたって俺は弱きを助け強きを挫《くじ》く任侠《にんきょう》だぜ」

革ジャンパーの腕をたくし上げると、中途はんぱな彫物をぐいと押し出して「カンカン虫」は凄《すご》んだ。

老いたガードマンが閑《のど》かに諫《いさ》めた。

「鉄よ、借りた金は返さにゃならんよ。開き直るってのはいいことじゃない」

たぶん金貸しが取り立てにやってくることもしばしばなのだろう。

「うるせえ、クソじじい。いつまでも受付にしがみついてねえで、早えとこくたばれ。後がつかえてんだ」

山崎は鉄夫を弁護した。

「いえ、借金取りじゃないんです。アパートの立退き交渉でしてね。会社から好条件が提示されたものですから、それを伝えにきました」

ええっ、とそこまで愕《おどろ》くことはあるまいと思うほど愕いて、鉄夫は立ち上がった。

「いくらだ」

「いくらなら同意していただけますか」

「そうさな。とりあえず少しはましなアパートに引越して、元金は払い切れなくたって金利ぐれえは詰めてえ。五十でどうだ。それよりは一歩も譲れねえぞ。カンカン虫にだって生きる権利はあるんだ」

しばらく鉄夫の目を見つめてから、山崎はおごそかな口調で言った。

「その十倍、払わせていただきます。同意書に判さえついていただければ、数日以内にお渡しします」

ペンキの匂いのする海風が、さあと吹き過ぎた。山崎の差し出した同意書をちらりと見たなり、鉄夫は置物のような老ガードマンの頭を殴った。

「難しい字が読めねえ。ジジイ、まちがいねえか」

ガードマンは仏頂面で同意書を読んだ。

「昭和実業といえば信用のおける大手デベロッパーだね」

「デッパもソッパもあるか。まちがいねえのかよ」

「ああ、まちがいない。いい話じゃないか、鉄。人間まじめに働いていれば、いつかは報われるものさ」

鉄夫は芯《しん》の折れるように、スチール椅子に座りこんだ。それから見ようによっては男前の横顔を大桟橋に向けて、黙りこくってしまった。

「判はお持ちですか。もしお持ちじゃなければ、拇《ぼ》印《いん》でもけっこうですけど」

「ちょっと待てよ、地上げ屋」

海を見つめたまま、鉄夫は思いがけぬことを言った。

「俺はよくたってよ、了簡《りょうけん》できねえやつもいるんじゃねえのかな。抜け駆けはまずいぜ。

てめえの欲得だけではいさいですかと判をついた日にァ、任俠の名がすたる」

老ガードマンは仏頂面のまま、こくりと肯《うなず》いた。


何となく、悪い予感が兆してきた。

港の公園にはどうして夏の陽を避ける樹木が少ないのだろう。水飲場の生ぬるい水をしこたま飲むと、たちまち全身から汗が噴き出た。

四郎と鉄夫の即答しなかった理由が、山崎にはよくわからなかった。むろん拒否するはずはないが、山崎が予想した喜色満面の笑顔を二人が見せることはなかった。

たぶん、とまどっているのだろう。今ごろは二人とも気もそぞろになって、五百万円の使《つか》い途《みち》についてあれこれと考えているにちがいない。

花壇から立ち昇る陽炎《かげろう》の向こうに、「キャプテン」の勇姿が見えた。

公園の名物である。客船のキャビンを象《かたど》った屋台に、飲み物やアイスキャンデーやホット・ドッグを満艦飾に詰めこんで、店主の「キャプテン」はその名の通りの船長服で決めている。霧笛荘の老婆の話によると、若い時分はボーダーのシャツにラッパズボンをはいたマドロスのなりだったそうだ。

客あしらいをしながら山崎を目ざとく見つけ、キャプテンは甲板でパッセンジャーに行き会ったような、折目正しい敬礼をした。

「いちど雑誌のグラビアで拝見しましたけど、こうして見るといいお店ですね。とても夢があります」

「すべて私の手作りなんですよ。うまいものでしょう」

細い口髭《くちひげ》を撫《な》でつけながら、キャプテンは自慢げに夢の小舟を見渡した。

「船はこうでなくちゃいけません。大砲を積んだり、爆雷を抱かせたりするのはもう船じゃない」

なんとも浮世ばなれのした老人だが、背の高い痩身《そうしん》は本物の船長のように見映えがし、表情や物言いには知性が感じられる。

「船に乗ってらしたのですか」

「ふむ。船といえばそうだが、さきに述べた諸元に従えば、船ではないということになります」

「すると、軍艦に」

「軍艦。そういう分類をしていいものかどうか。長さ五・六メートル。幅一・八メートル。ベニヤ板製。乗員は一ないし二名。動力は自動車用六十馬力。最高速度は二十ノット。そこまではまあいいとして、百二十キロ爆雷二個というのはいただけない」

四郎は偏屈。鉄夫は少し足りない。この老人は頭がややおかしい。

「太太《タイタイ》から聞いたのですが、もとは銀行においでになったとか。ユニヴァーシティはどちらですかね」

山崎が控えめな言い回しで母校の名を口にすると、キャプテンは肯いて「私の後輩ですね」と言った。あながち嘘でも冗談でもないような気がした。

沖合に猛々《たけだけ》しい入道雲がそそり立っていた。

「きょうの予報では夕立ちがくるらしいので、早じまいにしようと思っています」

キャプテンはいちいち嚙《か》んで含めるような物言いをした。意味のない雑談でも、何かしら深い警句が潜んでいるように思えて、山崎はそのつど考えこまねばならなかった。もし頭がおかしいのではないとすると、並はずれて聡明《そうめい》な人物なのかもしれなかった。

「この書類に目を通していただきたいのですが」

口頭で告げる勇気を挫かれて、同意書を手渡した。キャプテンはベンチに腰をおろして老眼鏡をかけ、ためつすがめつするほどの時間をかけて書類を読んだ。

「いかがでしょうか。私どもとしては前例のない好条件を提示したつもりですが」

キャプテンは眩《まぶ》ゆげに山崎を見上げた。なぜ悲しい目をしているのだろう。

「あのねえ、あなた――」

言うにつくせぬ悲しみを呑《の》み下すように、キャプテンは尖《とが》った咽仏《のどぼとけ》を動かした。

「御社《おんしゃ》のご厚意はわからんでもないがね。だが、人間の心を金で買おうというのは、どうも」

「いえ、私どもに悪意はありません。そんなふうにお考えにならないで下さい」

「あのねえ、あなた。資本主義がどれほど成熟しても、金が全能ではないのですよ。お金持ちは得てしてそう信ずるが、それは誤りです。人間ととことん貧乏をいたしますとね、ふと真理に気づくのですよ。世の中には千金万金を積まれたって、売ってはならないものがたくさんあるのです。大学でも銀行でも教えてはくれないでしょうけれど」

言い返そうとして、山崎はひやりと口を噤《つぐ》んだ。キャプテンは言葉にすることができたが、四郎や鉄夫も同じ意思を持っていたのではないかと思ったのだ。

キャプテンはとまどう山崎の表情を慈《いつく》しむように、にっこりと微笑み返した。

「あなたは、クレヴァーな人ですね。私の話など理解できるはずはないのに、仮定として思料せんとなさっている。銀行員も今のお仕事も、あなたにはもったいないと思います」

山崎は返す言葉を失ってしまった。選良と信じていた自分が、その自信ゆえに認めようとしなかった世界の構造を、キャプテンが魔法使いのように暗幕をちらりとめくって垣間見せたような気がしたのだった。

霧笛荘の買収に半年も往生してしまった理由に山崎は思い当たった。強引に話を進めることもできず、潔く撤退することもできなかった真の理由は、霧笛荘という未知の領域の大気に、わけもわからず蠱惑《こわく》されたからだった。ここちよい大気の謎を、どうしても解き明かしたかったのだ。

「そうですねえ。では、午前一時ということでいかがでしょうか。商談にはいささか非常の時間ですが、霧笛荘の住人が一堂に会することのできる時間といえば、そのあたりしかありませんから。ご足労ねがえますかな」

キャプテンは言いながら沖合の雲を訝《いぶか》しんだ。夏雲は猛く朗らかだが、その足元には黒々と裳裾《もすそ》を曳《ひ》くような雨雲がわだかまっていた。

夕立ちが過ぎたと思う間もなく嵐がやってきた。

真夜中の運河は盥《たらい》の水のように波立ち、鉄橋は殆《あやう》く揺れた。予期せぬ低気圧の到来に、貨物船はみな船腹の毀傷《きしょう》を怖れて桟橋を離れ、沖に投錨《とうびょう》して警笛を鳴らし続けていた。

山崎と浜口が霧笛荘を訪れたのは、午前一時ちょうどである。運河の対岸に車を止めて鉄橋を渡るわずかの間に、横なぐりの雨が二人を濡《ぬ》れ鼠に変えてしまった。

昭和実業の社員にとっては、必ずしも非常の時刻ではない。二人がデスクに俯《うつぶ》して仮眠をとっている間にも稟議書《りんぎしょ》を書いている者はいたし、嵐の街で尽きぬ接待を続けているチームも何組かはいるはずだった。

浜口には住人たちの同意を取りつける自信がある。「ほかの人たちとも相談しなければならない」というのがホステスとホストの結論だが、ならばなおさらのこと住人たちの総意は見えていた。山崎課長の浮かぬ顔はいつものことである。この人は慎重さとマイナス思考とでずいぶん損をしている。銀行員の性根が抜けていないのだと思う。

霧笛荘の玄関には、時代を経た青銅の軒灯が影を落とし、管理人室の櫺子窓《れんじまど》がまぼろしの満月のようにぼんやりと浮かんでいる。

二人は玄関の軒下で髪を拭《ぬぐ》い、居ずまいを正した。樋《ひ》の腐った庇《ひさし》からは、滝のように雨が流れ落ちていた。

「考えてみれば、明日でもよかったですね。カンカン虫も道路工事も公園の屋台も、これじゃ仕事にならないでしょう」

いや、と課長は厚い眼鏡を拭いながら答えた。

「できれば早朝会議で報告をしたいんだ。それに、予定を変更しようにも電話連絡がとれないんじゃ仕方ないだろう」

玄関のドアを押す。船底のようなロビーで赤電話が鳴っていた。まったくわけのわからぬアパートである。夜中の一時に公衆電話が鳴るのも非常識だが、管理人室に集まっているらしい人々の誰も、呼音など聞こえぬかのようだ。

電話は夜討ち朝駆けの借金取りだろう。誰も応じようとしないのは、つまり似た者だからにちがいない。そのことひとつを考えても、不同意の住民がいるはずはなかった。

幾何学紋様のタイルには、どこからかしみ出てくる水が溜《た》まっている。二人を睨《にら》み上げる関帝像に向かって、浜口はお道化《どけ》て手を合わせた。

「おい、あんまり舐めてかかるなよ」

「そうは言ったって課長、みなさん何の相談をしてるか知ってますか。条件を呑《の》むかどうかじゃないでしょう。ばあさんを説得してるんですよ」

条件は住人のひとりひとりに対して提示されたのだから、所有者の意思などは関係がない。だが身寄りのない老婆を置き去りにするのは気が咎《とが》める。女たちが言っていた「ほかの人たちとの相談」を、浜口はそう解釈していた。

みんなに出て行かれたら、こんな古アパートに入居する物好きがそうそういるとは思えない。収入を絶たれてしまえば、物件を売り渡すほかに老婆の選ぶ道はないはずだった。

この期に及んで課長がなぜ慎重なのか、浜口にはわからなかった。

物の本で読んだことがある。事業家は成否が五分五分でも勝負に出る場合があるが、銀行家は九分一分の成功と信じても下りるのだそうだ。この慎重さは、やはり銀行員の性根なのだろう。

管理人室のドアをノックする。

「お入りなさい」と、老婆のしわがれた声がした。

たびたびここで老婆と膝《ひざ》を交えたが、何とも居心地の悪い部屋である。湿った土間に細長い板敷がついていて、どこもかしこもひどい散らかりようだった。まさか床暖房ではあるまいが、板敷はいつも生温かかった。

その板敷の上にオナベと二人のホステスが座っている。「カンカン虫」と「バンドボーイ」は土間に佇《たたず》んでおり、中国ふうの古椅子にちょこんと座った老婆の肩を、キャプテンが支えている。どうやら結論は出たようだった。

勧められるままに、二人は丸椅子に腰を下ろした。

この狭苦しさと蒸し暑さは耐えられない。浜口はそそくさとアタッシェケースを開けた。

すると、課長の手が浜口を制した。いいかげんにして下さいよ、いったい何をそんなにビビッてるんですか――声に出さずに浜口は課長を睨みつけた。

「さっそくですが、みなさまのご意見をうけたまわります」

課長は背筋を伸ばして、ひとりひとりの顔を見つめた。とっさに答える者はなく、人々はそっぽうを向いたり、髪の先を弄《もてあそ》んだり、目をつむったりしていた。

「キャプテン、あんたが言えよ」

四郎が責めるように言った。

「年寄りに世話かけるな。言い出しっぺはおまえだろう」

と、カオルが四郎をなじった。

「誰でもいいわよ。ここ、暑くてたまんない」

千秋が濡れた髪をかき上げた。

「なら、鉄夫さん。言い出しっぺならあんたも同じだろ」

四郎に話を振られて、鉄夫は額の汗を革ジャンパーの袖《そで》で拭った。

「まったく、どいつもこいつもだらしないねえ。そんなら私が言うわよ」

櫺子窓の下で眉子が言った。伝法な立て膝《ひざ》で煙草に火をつけてから、嵐に鳴きまどう霧笛を聞くように目をつむり、眉子は住人たちの結論を語り始めた。

誰が言い出したわけでもないわ。ここに集まったときには、みんな肚《はら》はきまってたのよ。四郎と鉄ちゃんは、先に口をきいちまっただけ。

お金は、いらない。

あら、何よその顔。そんなにびっくりするほどの答えじゃないと思ったけど。誤解しなさんな。何もあんたらの足元を見てるわけじゃないのよ。五百万が五千万だって、五億だって答えは同じさ。

どうしてかって、ああ、ああ、そこまで言わなけりゃならないか。まったく面倒くさいったらありゃしない。ま、理由を言わなくちゃあんたらも後生が悪かろう。

ねえ太太《タイタイ》――この人たちに納得してもらわなけりゃならないから、悪いけどちょっとだけ話すよ。ごめんね。

太太はこの古アパートを、遠い昔に誰かさんからもらった。まさか買ったんじゃないよ。ただでもらったんだ。

こんなもの、欲しくはなかったよね、太太。かけがえのない人が死んじまって、命のかわりに銭や物をいくらもらったってちっとも嬉《うれ》しくなんかないさ。古株のキャプテンは、たぶんその男を知ってるんだろ。何だってうまく言うインテリのくせに、これだけはご勘弁か。ハハ、あんがい浪花節《なにわぶし》なんだね。

もっとも、太太が三度三度のごはんを二人前こしらえてるわけを、あたしらみんなにしゃべっちまったのはキャプテンさ。太太は大好きな人に、ずっと蔭膳《かげぜん》を据えてるんだって。泣かせるじゃないの。

理由はそれだけ。ほかには何もないよ。疑うんだったら、あたしらひとりひとりのこれからを、そっと見てるがいい。何ひとつ変わりゃしない。神様だか関帝様だかが決めた人生を、もそもそ歩いてくだけさ。

五百万あれば人生が変わるってか。

そりゃそうだろうけど、それじゃ太太の人生はどうなるんだい。

あんたら、勘ちがいしてるね。老いさき短い人生は安いか。そんなのは保険屋のセリフだ。いいかい、少ないものほど重いのはあたりまえだろう。

太太は惚《ほ》れた男のくれたこのアパートで死ぬ。その筋書は誰も変えちゃならないんだ。だって、太太の人生だもの。てめえの幸せのために、他人の幸せを犠牲にするのは畜生のすることさ。だからあたしらはみんな、自分の人生を変えやしない。太太の人生を変えやしない。

どいつもこいつも、無一文で、偏屈で、ちょいと頭がおかしい。中でもあたしが一番。でもね、人間の根っこはちゃんと持ってる。

たしかに幸せは金で買えるよ。でも、金で買えないものも、この世にはたくさんあるんだ。太太は、そのことをみんなに教えてくれた。

これでいいよね、太太。

頭なんか下げちゃだめ。あたしらはべつに人助けをしたわけじゃない。ここの住人があたしらじゃない誰だって、人間ならば答えは同じさ。

そんじゃ、そういうわけで。


眉子の話を聞いているうちに、苛立《いらだ》ちも怒りも萎《な》えてしまった。

よくはわからない。だがわからないのは自分の苦労が足りないからだろうと、浜口は思うことにした。

山崎課長は唇を薄く開いて、ぼうっとしている。いつも考えすぎるくらい物を考えている課長の、そんな呆《ほう》けた表情を浜口は初めて見た。

「負け、ということですかね、課長」

課長は肯《うなず》きも否みもせずに、どうしようもない人生を背負った人々の顔を、ひとつずつ眺めていた。

＊　　　＊　　　＊

温床にちんまりと腰かけたまま、老婆は冷えた茶を啜《すす》った。湯呑の底に咲いていた菊の花は、寒さにしおたれてしまった。

「みんないいやつらだった。たしかに無一文で、偏屈で、ちょいと頭がおかしかったけどね。でも世の中の上と下をひっくり返したら、どいつもひとかどの人物にはちがいない。あんたも人間を馬鹿にしちゃいけないよ。馬鹿なやつほど馬鹿力を持ってるもんだ。利口なやつにはそれがない。だからちっとも怖かないんだ」

老婆は不自由な足を曳《ひ》いて竃《かまど》に寄ると、灰ばかりの熾《おき》をかき混ぜた。

扉の外では赤電話が鳴っていた。

「東大出の課長さんは会社を馘《くび》になった。本人はそう言ってたけど、ほんとうのところは自分から辞めたんだろう。顔を見たけりゃ公園に行けばいい。キャプテンの店の跡継ぎに収まってる。頭がよくって、お愛想は銀行じこみだからね。けっこう繁盛してるらしい。船長服もまんざらじゃない。もうひとりの若い営業は、しばらくしてからここに置いてくれと言ってきたけど、あたしは断った。なぜかって、あの男にくすぶりは似合わないからさ。あたしの勘は百発百中だ。勤めていた不動産会社が不景気でつぶれちまったあと、若い連中をまとめて商売を始めた。ついこの間、運河の向こう岸にベンツを乗りつけて、あたしの様子を見にきやがった。ババア、生きてるかァ、だとさ。あたしァ、遺言を書いとこうと思ってるんだ。あいつはいい男だから、この建物と土地をくれてやるのも悪かない。条件はひとつだけ。葬式なんて出してもらわなくたっていい。港の沖に骨を撒《ま》いてほしいんだ。それくらいのことをしてくれたってよかろう。あとはこのアパートをぶち壊そうが高層マンションを建てようが、あいつの勝手さ」

老婆は小さな膝を抱えて、少女のように微笑んだ。

「ところで、あんたはどうするんだね。その鞄《かばん》の中身が札束だろうと生首だろうと、あたしの知ったこっちゃない。どの部屋も住みごこちは悪かないと思うんだがねえ——」

夜を揺るがせて、霧笛が鳴った。

『霧笛荘夜話』刊行記念著者インタビュー

――浅田さんは、これまでの作品で、相当な数の人物を描いてこられましたよね。

「街を歩いていて、すれ違いざま『あれぇ、知ってる人のような気がするけど、誰だっけかなぁ』と考えることがあるんだけど、大概、僕の小説の登場人物だったりする（笑）。というのも、朝何時に起きて、食べ物はどんなものが好きで何が嫌いか。作品には書かないプライバシーまで想像した上で書く。そうすると僕のなかではほとんど実在の人物と化してしまうわけです」

――人物相関図を作られたりするのですか？

「プロットもそうですが、厳密なものを作るとストーリーが広がらない。イメージを小さいところに封じ込めてしまうことになりかねないので、メモ程度。『蒼穹の昴』や『壬生義士伝』のような長編でも創作ノートは存在しません。だから必然的に資料は何回も読む。やっていることはものすごくアナログですよ。

〝事実は小説より奇なり〟と言われるけど、作家がどんなに面白い話を思いついても、三面記事にはかなわない。僕が若いころ好きでよく読んだカポーティに、『ＩＮ　ＣＯＬＤ　ＢＬＯＯＤ（冷血）』という作品があるんだけど、これは彼が現実の題材をもとに書いたノンフィクションノベル。確かに素晴らしい作品ではあるんだけれど、現実をドキュメントするのが小説だとするなら、これはフィクション、ひいては小説家としての敗北を認めたことになってしまうんじゃないかとも思うわけ。じゃあ、敗北をせず、現実に対抗していけるだけの面白いフィクションをどうやったら書いていけるのか。僕にとっての方法はただ一つ。登場人物を、現実にそこにあるが如くに高めてから、書き始める。これも習い性になってしまっているから、理屈の部分はいまさら考えたりはしてないよね。それで『誰だっけかなぁ……』となる。思いだすのに困るのは、ちょっとした端役。この本でいうなら一番最後に出てくる専務とかね。いそうだろ、ああいう人物？（笑）」

——たしかにそうですね（笑）。ところで、記憶力はいいほうですか？

「いいと思います。子供のころからトランプの神経衰弱だけは負けたことがない。あれは覚えようとして覚えられるものでもないと思う。ギャンブルで鍛えたものかもしれないけど（笑）」

——登場人物の名前は、どのようにして決めているのですか？

「深く考えてはいません。考えすぎると如何にも小説の中の人物になりがちで、ポンと落っこちて来たくらいのがちょうどいい。第二話に登場する〝吉田よし子〟とかね。

小説はストーリーですから、名前に頭をひねるということはないです。ただ、同じ名前を前に使っていないかどうか。これには気をつけています」

――「吉田よし子」ですが、別人に変わろうとする際に彼女は名前を変えますよね。

「女性は結婚をすると名前が変わる。たとえば〝金子〇〇子さん〟。『子』が二つある。だから名刺を見たときに、これは旧姓が違っていたはずだ、彼女はミセスだなと思う。まあ、それはともかく変身願望というのは誰にでもあるものでしょう」

――浅田さんご自身の変身願望というと？

「僕はＦ１レーサーになっている自分を思い浮かべることが多かったよね。いまでもときどきは。変身ってわけではないんだけど、どうも僕にはおかしな癖があって、お医者さんが集まるパーティに出席していると自分まで医者になったようなつもりでいるっていうのはしょっちゅうです」

――執筆中にはその人物に入り込んでいるのですか？

「内面を書こうとすると、これは入らざるを得ない。僕は突き放して観察するということができないし、視点は必ず一視点に決めている。でないと自分の力を発揮できないタイプ。だから書いている間はその人間の耳なり、目となっていることが多いです」

――自分を同調させるまでに時間や手続きのようなものが必要になったりはしませんか？

「書き始めた段階では、すでに人物が立ち上がっているから、もう最初から自分も乗り移ってるかな。たとえば第四話で、大事な姉が亡くなったと聞かされたらどういう気持ちなんだろうか、と第三者の目で客観的に書くというのではなく、僕が四郎になってしまって、自分の姉さんが死んだ気持ちにならないと、そこから先はまったく書けない。だから困るんだ」

――鉄夫のような愚かな者を描くと、浅田さんの筆は冴えわたりますね。

「ダメ男ね、これが僕、好きなんですよ。自分もダメ男だと思っていますから。どんなときって……。競馬で負けたときとか、暴言を吐いた後とか。自分で自分が嫌になることはありますよ。誰でもそうでしょうけど。反省癖がある。帰り道に『ああ、あのとき横暴な態度をとっていたよなぁ』とか。でも、後悔はしない。反省はするんだけど。

本当に反省するためには、うじうじと考えることが必要なんだろうけど、どこか他人のような感じでみてしまう。だからいつまでたっても反省が身につかない（苦笑）」

――鉄夫が港で仕事するときの「カンカン虫」という言葉がリアルなんですが。

「友達でやっていたのがいて、聞いた話が面白くて、それを頂戴しました。横浜で立ちん坊をしていて手配師のオヤジが『カンカン虫、十人』とか言うと、手をあげる。船の高いところに上る危険な仕事だから、高くなるほどやり手が減るんだけど、それが自慢にもなる。聞いたのは昔だけど、一度聞いたら頭の中にクリップしておく。詳しく聞かないのがコツで、あとは自分で膨らます。話によってはやっていた人から『あそこは違う』って言われるかもしれないけど、そこが小説です。

だいたいよくない生活をしてきた者ほど、しゃべる話は面白い。この鉄夫というのも僕の好きな男で、おそらく出会えば友達になるタイプではあるよね」

――浅田さんにとっての友達とは？

「友達というのは、その人間の知性とか人格とは関係ない。一緒にいて、その時間が面白いかどうか。ためになる、ならないじゃない。得するかどうかでもない。味のあるやつかどうかです」

――では、自分を愚かしいと思ったことは？

「そんなものしょっちゅうだよ。何言っているかねぇ。猫をひっぱたいては、あぁなんてことをしたんだろう。うまいうまいとメシを食いすぎちゃ、反省する。馬鹿だなあって。もっと大きな愚行？　それは陰で編集者がいろいろ言っているんだろうよ」

――第四話の主人公、田舎から出てきたギター弾きの四郎の姿が、矢沢永吉とオーバーラップしました。

「好きだもん。これは自慢ですが、キャロルは『ファンキー・モンキー・ベイビー』で大ブレイクする前から知っています。90年の後楽園スタジアムのライブも観に行きました。不思議？　いいじゃない、矢沢永吉。

よく口ずさむ歌って……。『サブウェイ特急』かなぁ。知らない？

矢沢永吉はいつもクルマの中にCDが積んであって、いまでもよく聴いてますよ。あれはねぇ、小さいボリュームじゃつまんないんだ。目一杯、もう大音量で聴くのが基本。で、窓を開ける。これは決まりですね。

だけど、ひとを乗っけていると、どうも嫌がられるんだよなぁ」

——確かクラシック、お好きですよね。矢沢永吉とは……

「ぜんぜん矛盾しない。それは純文学と大衆文学のような、妙な区分けをするのと同じで無意味なこと。いいものは、いい。いいんですよ。

矢沢永吉というのはロマンチスト。彼自身が書いたものではないにしても、詞がとにかくきれいです」

——「なり上がり」ということについては？

「だって、俺もなり上がりだから。昔からいるような顔をしているけれど、出てきたのなんてついこの間ですから。通じ合うところがあります」

——運やツキについてどう考えられますか？

「結果論としての幸不幸はあるにしても『運不運』という言葉は嫌い。運が悪かったと言ってしまえば、他に何の理由もつけなくてもいい。経過における運不運なんて、口にするのも耳にするのもイヤ。

だから占い事の類は昔から受け付けない。テレビに占い師が出ていたら、すぐに消す。大嫌いですから。ああいうものは人生を惑わすだけ。ゲン担ぎもしたことがない。

ただし、こと祭り事に関しては別。お祭りは大好き。血がさわぎますから」

――スランプに陥ったときには、どんなふうに気分転換をされていますか？

「スランプだなんて思ったらもうそれでおしまいでしょう。スランプだろうがなかろうが、試合には出ないといけないんだもの。自分のピンチヒッターなんていない。となれば、どうあろうともスランプなんてありえない。

ええ。いつもポジティブシンキングで生きていますから」

――登場人物を愛するほうですか。

「僕の小説には、完全な悪人というのは出てこない。

どうしてって？　そりゃ自分より悪いやつはいない。俺から見たらたいてい、どんな悪人だって善人に見えてしまう」

――それでは浅田さんが思い描く「善人」とは？

「善人のイメージねぇ。難しい質問だなあ。いつも、ひとの悪いところはなるべく見ないようにしている。癖なんだろうけど、いいところを見ようとする。それで、さんざん、わたくしは編集者からは玩具のようにいいようにされてきたわけですよ」

――では「悪女」のイメージは？

「いっぱい会ってきたよな、悪女には。悪い男はそうでもないけど、悪い女となるとねぇ……。でも、すべて忘れることにしている。ですから僕の小説に出てくる女性は『聖女』です、みんな。僕はフェミニストですからね。

たとえば『輪違屋糸里』の中に出てくる〝お梅〟というのは、世間では毒婦の典型のように言われている。そういう女性であっても僕は、実はこれこれの事情があってのことだというふうに裏を考え、いいように反転して解釈してしまう。そんな女性観を持っていると、何度も何度も女に騙されてしまうことになるわけですよ。そりゃね」

――女性を好きになるポイントは？

「飽きない。これは、どのような美貌、どのような性格にも優るチャームポイントでしょう。人間の深みだと言い換えてもいい。

ダメなのは、うそつき。これは話がつまらないし、男も女もそうだけど、一緒にいて楽しくない」

――浅田さんはこれまで、作中に「戦場」を描くということをあまりされてこなかった印象があります。

「戦場を書くにはそれだけの責任が必要で、まだまだ力不足だと思いますから」

――代わりというとなんですが、市井の人たちの銃後の暮らしぶりを描くことが多い。

「単純な理由として、戦場にいた人たちは経験を語りたがらない。僕も爺さんたちから話を聞くのは好きなんだけど、銃後の体験については話してくれても、戦場のことは喋りたがらない。自分の人生を振り返ってみても、思い出したくもない、口にしたくもない、顔をしかめたくなるような出来事はいろいろある。それを他人が聞かせてくれ、と強いられるものでもない。難しいところです」

――特攻隊員に選ばれた若者が一度会っただけの女性に遺書めいた手紙をしたためるのだけれど、戦争が終わると手紙を書いたこと自体忘れていた。園部幸吉という男のこの逸話がボディブローのように効いています。

「海で会い、激しい恋に落ち、それが東京で会ってみたら『なんでこんな女に……』というのはよくあることでしょう。恋愛の正体って案外そういうことなのかもしれない。

戦争のとき、恋人もいない二十歳そこそこの若者が死ななければいけない。そうしたら架空の恋人をつくりあげて、そのひとのためにならと思いこもうとするわけですよ。

お袋からもそういう話は聞いたことがある。よく知らないひとからあの頃、手紙をもらったことがあるって。戦時中は、架空のラブレターが氾濫してたんじゃないかな。だって、なかにはお国のため、家族のために死ぬという純真な子がいたかもしれないけど、年頃の男としては、好きな女のために死ぬと考えるほうが自然でしょう。茫洋とした大義のために死ぬなんて、無理がありますよ。だから自分は確実に死ぬんだという前提があって、恋愛は燃え上がった。でも前提がなくなったとたん、恋心は書割と化してしまう」

――しかし女性は後追い自殺を遂げていた。

「そこで園部幸吉はいろいろと考え続けざるをえなくなる。言ってみれば、この小説は様々な誤解から出来上がっているわけです」

――それまで一人ひとりで生きていたアパートの住人たちは、地上げ話が持ち上がったとき、お金では動かないと結束する。最終話の展開はロマンティックです。

「現実にどうかと問われれば、そんなこと起こりえないでしょうけどね。そこが小説です。貧乏をしていると、起こりえないと思う反面、起こしてやりたくなる。誰でも金は欲しい。金に対する渇望があるのと同時に、貧乏するほど人間というのは銭に対する偏見を持つ。生まれつきの金持ちは、金に偏見を持ったりしていない。彼らにとって、お金はお友達ですから。

しかし、何度もお金に裏切られ続けていると、お金をもらってどうしようというふうに考えなくなる。全員ではないにしてもそういう人間が出てくるものだと思う。僕はいま貧乏じゃないけれども、貧乏だったときはどうだったか。あのときの精神はずっと忘れないようにしている。貧乏をしていると何がよく見えるといったら、そりゃ金持ちの下品さだね。金持ちほどケチ。だからヘンな金持ちにはなりたくないと自分に言い聞かせています」

――このアパートの大家、纏足の老婆という人物は謎めいていますが、どのようにして浮かんできたのでしょうか。

「これもありえないイメージではあると思うんだけど、小説の設定としては面白いんじゃないかな。小説というのは、これは嘘話。だけど歴史上の人物を書くときもそうだけど、最大限の敬意は払っている。だからその人を侮辱するような無責任なことは書けない。その人の霊があらわれてだよ、『おまえ、ぜんぜん違うよ、何言ってんだ』と言われるようなことは書きたくない。書くには責任をもたないと」

——最後の質問です。小説を書いていて一番楽しいと思うのは？

「小説を書いていることは、何より楽しい。だけども、苦痛だと思うこともあって、それは被虐的な喜びがともなうことでもある。明日締め切りというときには、とくに。

何が快感って聞かれたら、それは『了』の字を入れる瞬間。達成感に優るものはないね」

（二〇〇四年一〇月二二日収録　「野性時代」二〇〇五年一月号掲載より　取材・文／朝山実）

本書は、二〇〇八年四月に角川文庫として刊行された作品に、「野性時代」二〇〇五年一月号掲載のインタビューを加え新装版としたものです。

霧笛荘夜話《むてきそうやわ》

新装版《しんそうばん》

浅田次郎《あさだじろう》

平成29年 11月13日　初版発行
令和7年　2月20日　5版発行

発行者●山下直久

発行●株式会社KADOKAWA
〒102-8177　東京都千代田区富士見2-13-3
電話　0570-002-301(ナビダイヤル)

角川文庫 20592

印刷所●株式会社KADOKAWA
製本所●株式会社KADOKAWA

表紙画●和田三造

●お問い合わせ
https://www.kadokawa.co.jp/（「お問い合わせ」へお進みください）
※内容によっては、お答えできない場合があります。
※サポートは日本国内のみとさせていただきます。
※Japanese text only

ISBN978-4-04-106319-4　C0193

◆◇◇

角川文庫発刊に際して

角川源義

第二次世界大戦の敗北は、軍事力の敗北であった以上に、私たちの若い文化力の敗退であった。私たちの文化が戦争に対して如何に無力であり、単なるあだ花に過ぎなかったかを、私たちは身を以て体験し痛感した。西洋近代文化の摂取にとって、明治以後八十年の歳月は決して短かすぎたとは言えない。にもかかわらず、近代文化の伝統を確立し、自由な批判と柔軟な良識に富む文化層として自らを形成することに私たちは失敗して来た。そしてこれは、各層への文化の普及滲透を任務とする出版人の責任でもあった。

一九四五年以来、私たちは再び振出しに戻り、第一歩から踏み出すことを余儀なくされた。これは大きな不幸ではあるが、反面、これまでの混沌・未熟・歪曲の中にあった我が国の文化に秩序と確たる基礎を齎らすためには絶好の機会でもある。角川書店は、このような祖国の文化的危機にあたり、微力をも顧みず再建の礎石たるべき抱負と決意とをもって出発したが、ここに創立以来の念願を果すべく角川文庫を発刊する。これまで刊行されたあらゆる全集叢書文庫類の長所と短所とを検討し、古今東西の不朽の典籍を、良心的編集のもとに、廉価に、そして書架にふさわしい美本として、多くのひとびとに提供しようとする。しかし私たちは徒らに百科全書的な知識のジレッタントを作ることを目的とせず、あくまで祖国の文化に秩序と再建への道を示し、この文庫を角川書店の栄ある事業として、今後永久に継続発展せしめ、学芸と教養との殿堂として大成せんことを期したい。多くの読書子の愛情ある忠言と支持とによって、この希望と抱負とを完遂せしめられんことを願う。

一九四九年五月三日